Hiltrud Leenders / Michael Bay / Artur Leenders

Eulenspiegel

Kriminalroman

grafit

Die Autoren

Hiltrud Leenders, geboren 1955 in Nierswalde (Niederrhein), hat Germanistik und Anglistik studiert. Von 1979 bis 1982 war sie als Übersetzerin tätig, und sie hat sich als Lyrikerin einen Namen gemacht. Sie ist Mutter von zwei Söhnen.

Michael Bay erblickte 1955 in Rheine (Westfalen) das Licht der Welt und verdient als Diplompsychologe in Bedburg-Hau sein Geld. Er ist verheiratet und hat drei Kinder.

Dr. Artur Leenders, Vater oben genannter Jungen, ist 1954 in Meerbusch (Rheinland) geboren. Als Chirurg im Emmericher Krankenhaus sorgt er für das Überleben seiner Familie.

Alle drei Mitglieder des Trio Criminale wohnen in Kleve. Seit 1988 konspirieren sie in gemeinsamer Wertschätzung von Doppelkopf, Clouseau, Pin Sec und Monty Python's Flying Circus.

Bisher sind von ihnen erschienen: *Königsschießen* (1992; nominiert für den ›Glauser 1992‹, den Autorenpreis deutschsprachiger Kriminalschriftsteller), *Belsazars Ende* (1993), *Jenseits von Uedem* (1994), *Feine Milde* (1995) und *Clara!* (1997).

Für Theo, im Ernst. Endlich mal: danke!

1

»Mann, dat is' doch wohl Ehrensache, Chef!« Ackermann lachte. »Kommt ga' nich' in die Tüte, dat Sie den ganzen Rummel hier alleine wegmachen.« Er räumte die vollen Aschenbecher zusammen, zog sich den Hemdsärmel über die Faust und wischte damit die Tischplatte ab.

Helmut Toppe, der Leiter der Klever Mordkommission, öffnete erst einmal beide Fenster weit und atmete tief durch. Die Nachtluft war feucht und erfrischend kühl. Wolkenfetzen fegten über den mondhellen Himmel. Auf der Obstwiese neben dem Haus blökte ein Lamm.

»Richtich«, meinte Ackermann aufgekratzt, »ers' ma' den Rauch ablassen. Dat die Jungs auch immer so paffen müssen! Haben Se ir'ndwo 'n Tablett? Inner Küche vielleicht?«

»Das steht hier.« Toppe legte eine Hand ins Kreuz und bog den Rücken durch. Den ganzen Tag hatte er nur gesessen. »Aber ich mach' das schon.«

Er nahm das Tablett, das neben dem Kamin an der Wand lehnte, stapelte die schmutzigen Gläser, die leeren Chips- und Erdnußschälchen darauf und trug alles in die Küche.

Ackermann wieselte mit den Aschenbechern hinter ihm her. »Spülen tu ich, da bin ich Fachmann drin. Sie können abtrocknen.«

Die Geburtstagsfeier – »nichts Großartiges, nur ein paar Kollegen auf ein Bier, schließlich ist es ein ganz normaler Wochentag« – war etwas aus dem Ruder gelaufen, es war kurz vor drei.

»Sie haben aber auch die goldene Partyregel nich' beachtet, Chef«, meinte Ackermann und spritzte großzügig Spülmittel ins brühheiße Wasser. »Keine harten Sachen! Davon kriegen die Leute Sitzfleisch.«

Toppe verkniff sich ein Grinsen. Der liebe Kollege vom Betrugsdezernat, der sich hier so energisch die Ärmel aufkrempelte, hatte nur zwei Bier getrunken und trotzdem am längsten durchgehalten.

Er nahm ein Küchenhandtuch von der Heizung und gähnte. »Den Aquavit hätte ich wohl besser nicht getrunken. Ich habe das Gefühl, ich werde langsam zu alt für solche Gelage.«

»Ha!« schnaubte Ackermann. »Grad' ma' Fuffzich un' schon rumschwätzen. Aber dat Mädken hat früh schlappgemacht, wa?« Der Blick, den er Toppe über die Schulter zuwarf, konnte sich zwischen neugierig und besorgt nicht entscheiden.

»Dat Mädken« war Astrid Steendijk, Toppes Freundin, die heute ihren vierunddreißigsten Geburtstag gefeiert hatte.

»Na ja«, lächelte Toppe, »die war auch seit heute früh auf einer Fortbildung in Krefeld.«

»Ah so«, meinte Ackermann, »dat kenn' ich: den ganzen Tach zugelabert werden, macht einen mehr kaputt wie fünf Stunden Holzhacken.«

Er hielt Toppe ein tropfendes Glas hin und zwinkerte. »Aber et bringt ja au' wat, oder etwa nich? Ich mein', wir machen doch echt wat her. Jetz' is et vorbei mit dat verpennte Präsidium am Rande der Stadt. Wir sind jetz' 'n Modell, dat muß man sich ma' wegtun!«

Toppe knurrte mißmutig.

Charlotte Meinhard, die neue Chefin, die vor einem Jahr angefangen hatte, war wie ein Wirbelsturm über sie gekommen: Sie hatte dafür gesorgt, daß das ganze Präsidium mit Computern ausgestattet worden war, die nicht nur untereinander, sondern auch mit dem LKA vernetzt waren. Sie nannten sich jetzt »Musterbehörde« und waren ein Modellversuch, der vom Land finanziert und angeblich von der ganzen Polizeination neidvoll beobachtet wurde.

»Ja, ich weiß, Sie ham et nich' so mit de Computers«, nickte Ackermann und zog den Stöpsel aus dem Spülbecken. »Aber für mich, wenn ich wat zu prüfen un' zu rechnen hab', sind die Dinger echt Gold wert.«

Toppe brummelte nur. Er hatte keine Lust mehr zu reden, aber Ackermann hörte nicht auf.

»Im Moment is' et vielleicht noch 'n bisken viel mit de alten Daten eingeben, aber demnächst! Dat is' für euch doch auch super. Stellen Se sich ma' vor, da können wer mit Täterprofile arbeiten un' mit Tatortprofile, un' wat weiß ich noch alles. Warten Se ma', dat dauert nich' lang', da sind wer genauso gut wie die Amis.«

»Das befürchte ich auch«, antwortete Toppe leise und räumte die sauberen Gläser in den Schrank. »Übrigens kriegen wir jetzt auch noch einen ›Personal Manager‹, wie es sich für jedes moderne Unternehmen gehört.«

»Klasse!« feixte Ackermann. »Un' wat is' dat für 'n Ding?«

»Tja, da mußte ich mich auch erst mal aufklären lassen. Ein Personal Manager analysiert die Karrieren der Mitarbeiter und stellt dann fest, welche Fortbildungen man zum Beispiel noch besuchen muß.«

Ackermann legte nachdenklich die Stirn in Falten. »Ach wat? Ich dacht', et würd' keiner mehr eingestellt.«

»Wird ja auch nicht«, sagte Toppe. »Das übernimmt einer von uns.«

Ackermann schüttelte den Kopf und wischte langsam das Spülbecken aus. »Einer von uns? Is' der dann nich' mehr Polizist, oder wie?«

Toppe zuckte die Achseln.

»Moment.« Ackermann ging ein Kronleuchter auf. »Heißt dat etwa, ich müßt' mir von so 'nem Arsch wie Flintrop erzählen lassen, wat ich zu tun hab'?«

»Genau«, griente Toppe.

»Oder von Look! Na, dat wüßt ich aber! Dat wollen wer doch noch ma' sehen!«

»Wie?« Toppe konnte es sich nicht verkneifen. »Wollen Sie etwa keine Karriere machen?«

Aber Ackermann blieb ernst. »Ich weiß et noch nich' so genau«, grübelte er. »Die Chefin sacht, ich soll End' der Woche ma' 'n Termin bei ihr machen. Dann könnt' man dat bekakeln.«

Er wischte sich die Hände an der Hose trocken und sah sich um. »Ich glaub', dat Gröbste ham wer jetz'. Bloß noch ... wo steht denn Ihr Staubsauger?«

Toppe winkte ab. »Das hat Zeit bis morgen.« Er wollte endlich ins Bett.

»Nix da! Wat ich mach', mach' ich gründlich. Da is' Asche auffem Teppich, un' dat stinkt.«

Er hielt inne und machte große Augen.

Astrid kam schlaftrunken in die Küche getappt. Sie hatte eins von Toppes weißen Oberhemden übergezogen, sich aber nicht die Mühe gemacht, es zuzuknöpfen. Ihr langes, schwarzes Haar fiel offen über ihren Rücken. Sie stand am Türrahmen, gähnte und streckte sich ausgiebig.

»Komm doch endlich ins Bett.«

Dann rieb sie sich die Augen. »Ach, Ackermann«, seufzte sie und drehte sich langsam zur Tür. »Na dann, gute Nacht.«

Ackermann stand mit offenem Mund und schwieg ergriffen. Aber das dauerte nicht lange.

»Boah«, flüsterte er. »Ich mein', dat ganze Präsidium weiß, dat die Kollegin bombig aussieht, un' man hat ja auch schon immer ma' spekuliert mit de Körbchengröße, aber dat die so scharf ... un' auch die schwarzen Löckskes ... Au Mann, da würd' sich der *Playboy* aber de Finger nach lecken!«

Dann schlug er sich auf den Mund und blickte Toppe erschrocken an. »Ach du Scheiße, dat war jetz' wohl nix«, meinte er reumütig. »Meine Dicke sacht immer: Deine große Klappe bringt dich noch ma' in 't Grab. Hat se wohl recht mit. Ich glaub', dat mit dem Staubsaugen, dat lassen wer lieber. Sie haben jetz' andere Pflichten. Wo hab' ich denn meine Jacke hingetan? Obwohl, wenn dat Pflichten sind, dann weiß ich nich', wat ...«

Toppe schob ihn schmunzelnd vor sich her in die Halle.

»Astrid ...«

Walter Heinrichs klang so betont beiläufig, daß bei

Astrid Steendijk sofort alle Alarmglocken schrillten, und sie hatte sich nicht geirrt.

»Wenn auf einmal der Bildschirm schwarz wird, ist dann irgendwas abgestürzt?«

Astrid zählte langsam bis fünf und drehte sich dann kopfschüttelnd um. »Du treibst mich noch mal in den Freitod, Walter, weißt du das?«

Heinrichs lächelte schief und hob hilflos die Schultern.

Der Mann war sechsundfünfzig Jahre alt, gestandener Vater von fünf Kindern und ein ausgefuchster Kriminalist, aber wenn er dieses Gesicht machte, vergaß man das alles und konnte ihm unmöglich böse sein.

»Was hast du denn jetzt wieder gemacht?«

»Wenn ich das wüßte! Diese blöden Dinger stellen sich aber auch zickig an. Da tippt man aus Versehen mal auf eine falsche Taste ...«

»Ich schwöre dir, das kann nicht nur eine Taste gewesen sein. Laß mich mal ran.«

Ächzend hievte Heinrichs seinen schweren Körper aus dem nagelneuen Bürosessel und machte Astrid Platz.

»Soll ich uns einen Kaffee kochen?«

Astrid nickte; dabei konnte er kaum was falsch machen. Sie war bis vor kurzem die einzige im 1. Kommissariat gewesen, die mit Computern arbeiten konnte, aber jetzt durfte sich keiner mehr davor drücken. Alle hatten sie mehrere Kurse besucht, aber die hatten bei Walter Heinrichs kaum Spuren hinterlassen. Er war an die Sache rangegangen wie an jede neue Aufgabe: mit großer Neugier und kindlicher Freude und dem Motto: »Mut zur Lücke«.

»Machst du mal das Fenster auf, Walter? Es ist so stikkig hier.«

Heinrichs beeilte sich; sein Gewissen schlug wohl doch, weil er mal wieder alles vermasselt hatte. »Mm«, reckte er die Nase in die Frühlingsluft, »ein Wetterchen wie im Hochsommer. Ah, da kommt ja auch Norbert endlich.« Er sah auf seine Armbanduhr. »Der reizt die Gleitzeit aber auch bis zum letzten aus.«

Heinrichs war seit Jahren immer der erste im Büro. Er versorgte frühmorgens seine Kinder, lieferte sie bei den verschiedenen Schulen ab und fuhr dann gleich durch zum Präsidium. Auch Astrid war heute schon vor acht gekommen. Wenn Helmut bei ihr schlief, wachte sie meistens schon um sechs Uhr auf, weil es ihr im Bett zu eng wurde.

Norbert van Appeldorn kam ins Büro geschlackst. »Morgen«, muffelte er und ließ sich in seinen Sessel fallen. »Oh, was sehe ich? Miss Troubleshooter schon wieder fleißig am Werk!«

Genau, dachte Astrid. Es wurmt dich mächtig, daß du mich manchmal um Hilfe bitten mußt. Aber sie hielt den Mund; auf ein Wortgefecht mit van Appeldorn hatte sie so früh am Tag noch keine Lust.

»Guten Morgen«, meinte sie nur knapp über die Schulter.

Norbert van Appeldorn tat sich mit der Computertechnik von allen am schwersten. Nach wie vor hantierte er mit Schmierzetteln herum, gab Daten erst im Nachhinein in den PC ein und schimpfte ständig über doppelte, schwachsinnige Arbeit. Astrid hatte den Eindruck, daß er sich aktiv bemühte, nichts zu kapieren.

»Na, wie war der Osterurlaub?« fragte Heinrichs aufgeräumt.

»Ging so. Liegt was an?« hoffte van Appeldorn.

»Nichts Besonderes, Datenkram eben.«

Van Appeldorn knurrte was von Zeitvergeudung und schaltete sein Terminal ein. Aber dann lächelte er plötzlich, ging zu Astrid hinüber und streckte ihr die Hand hin. »Hätte ich doch fast vergessen. Du hattest ja gestern Geburtstag. Glückwunsch!«

»Danke. Schade, daß du nicht kommen konntest.«

Er zuckte die Achseln. »Vaterpflichten. Und wie alt ist man geworden?«

»Vierunddreißig.«

Van Appeldorn zog die Augenbrauen hoch. »Vierunddreißig? Donnerwetter, hätt' ich nicht gedacht!« Dann grinste er breit. »Sag mal, ich kenne mich da nicht so aus. Wie ist das denn so als Frau? Ich meine, tickt deine biologische Uhr in dem Alter nicht schon heftig?«

Astrid sah ihm fest in die Augen. Wie so oft hatte van Appeldorn mit blinder Sicherheit seinen Finger in eine offene Wunde gelegt.

»Tja«, gab sie aber nur kühl zurück, »bei mir tickt sie wenigstens noch.«

Heinrichs lachte laut auf. »Geht das bei euch eigentlich nie ohne Kabbelei?«

»Macht doch Spaß«, antwortete van Appeldorn und schlurfte zu seinem Platz zurück. »Mir jedenfalls.«

Es klopfte.

»Herein!« riefen sie gleichzeitig.

Helmut Toppe steckte den Kopf zur Tür rein. »Störe ich?«

»Hast du sie noch alle?« rief Heinrichs. »Seit wann klopfst du denn an?«

Van Appeldorn starrte erwartungsvoll auf den Zettel, den Toppe in der Hand hielt. »Kann es sein, daß Rettung naht?«

Toppe runzelte verwirrt die Stirn. »Rettung?« Dann sah auch er auf den Zettel. »Ach so! Nein, mit einem neuen Fall kann ich nicht dienen. Ich mußte nur mal raus aus meinem Führerbunker. Habt ihr noch einen Kaffee für mich?«

Charlotte Meinhard hatte darauf bestanden, daß Toppe ein eigenes Büro bekam: »Sie sind der Leiter des Kommissariats, und das möchten wir auch demonstrieren.«

Toppe hatte sich im gemeinsamen Büro sehr wohl gefühlt, und er wollte und brauchte den Austausch mit den anderen. Seit mehr als elf Jahren war er Leiter seiner Abteilung; es wäre ihm nie in den Sinn gekommen, das betonen zu müssen. Doch die Chefin hatte alle seine Argumente weggewischt, freundlich zwar, aber sehr bestimmt. »Es geht um den Eindruck, den wir in der Öffentlichkeit machen. Wir wollen doch an unserem Image arbeiten. Und wenn Sie sich erst einmal eingewöhnt haben, werden Sie mir recht geben, da bin ich sicher.«

Heinrichs öffnete die Schranktür der neuen Kühl-Spül-Soft Drink 'n' Snack-Einheit und nahm einen Kaffeebecher heraus, weißes Porzellan mit Silberrand.

Vorbei waren die Zeiten, wo sie sich an zweieinhalb Schreibtischen beinahe auf den Schößen gesessen hatten, wo das Faxgerät unter dem alten Garderobenständer auf einem wackeligen Tisch balancierte, die Zeiten der selbstgekauften Kaffeemaschine auf der Fensterbank, gleich neben den Aktenstapeln, der angestoßenen Keramiktassen, die irgendwer mal mitgebracht hatte.

Zwar würde das Präsidium erst in einem Jahr in den Neubau an der Kanalstraße umziehen, aber die Meinhard hatte die Mittel für die Inneneinrichtung vorzeitig lockermachen können, wie auch immer sie das geschafft hatte. Pünktlich mit den Computerterminals waren die Möbel geliefert worden: weiß und zartblau mit einem Schuß Lichtgrau; funktionell, motivierend, positiv. Der feuchte Muff in den verwohnten Räumen war geblieben, schien sogar schlimmer geworden zu sein, und der Kontrast konnte einen schwermütig machen, wenn man einen schlechten Tag hatte.

Toppe war mit der Kaffeetasse zur Fensterbank hinübergegangen und hatte es sich dort gemütlich gemacht. »Die Chefin hat mich gebeten, euch daran zu erinnern, daß der Vortrag von Herrn ...« Er griff nach seinem Zettel. »... von Herrn Jacobi von der Akademie Hiltrup heute um 14 Uhr obligatorisch ist. Thema ...«

»Sag es nicht«, warnte van Appeldorn.

»Oh doch«, grinste Toppe. »Polizei im Wandel – das neue Steuerungsmodell ...«

Er hob einen unsichtbaren Taktstock und nickte auffordernd.

»Produkt Sicherheit«, setzten die anderen ein.

»Sehr richtig!«

Van Appeldorn schlug die Augen gen Decke. »Vielleicht«, murmelte er, »vielleicht hat der liebe Gott ein

Einsehen und schickt uns eine kleine Körperverletzung oder einen netten, fetten Raubüberfall.«

Heinrichs brummte. »Laß den lieben Gott aus dem Spiel, ja?«

2

Jupp Ackermann war mit der Welt im Reinen: Die letzten Tage hatte er sich wahrhaftig nicht kaputt gearbeitet, jeden Abend pünktlich Schluß, und jetzt lag auch noch ein schönes, freies Wochenende vor ihm. Herz, was willst du mehr?

Das Wetter hatte sich auch gehalten, da konnte er die Karnickel heute abend draußen schlachten. War sowieso besser. Blutflecken im Keller, da war die Mutti nicht so erpicht drauf. Eins von den Viechern hatte er dem Chef versprochen. Der wollte wohl ein neues Rezept ausprobieren, wie er gesagt hatte. War ja neuerdings ganz verrückt auf Kochen, der Toppe. Italienisch und so andere fremdländische Sachen. Nun ja, Geschmacksfrage. Er selbst war ja mehr für Hausmannskost: Kaninchen mit dicker, brauner Soße – lecker!

Aber ob ein Karnickel für den Chef reichen würde? Konnte eigentlich nicht. Jedenfalls nicht für dem seine ganze Kommune. Es kam einem ja immer noch komisch vor, daß ausgerechnet der Toppe so was fertigbrachte: in schöner Eintracht auf dem Hof zusammen mit seiner Exfrau, seinen Kindern und seiner Flamme. Na, obwohl mit der Eintracht ... wer konnte das schon sagen? Man guckte ja nicht dahinter.

Für die Kinder war das aber so bestimmt am besten. Obwohl, so klein waren die ja auch nicht mehr. Der Christian mußte doch schon über achtzehn sein, und der Olli war auch nicht viel jünger.

Ob der Chef wohl auch mit der Gabi immer noch ...? War ja schließlich mal seine Frau und auch große Liebe und so. Ach, da würde er doch zu gern mal Mäuschen spielen. Aber nein, der Chef doch nicht! Obwohl, von der Potenz her ...

Im Ortskern von Donsbrüggen staute sich der Feierabendverkehr.

»Linksabbiegen um diese Zeit müßte man glatt verbieten«, stellte Ackermann fest und schaltete das Radio ein. Macarena! Schwofen gehen, da hätte er auch mal wieder Lust drauf.

Da vorne, war das nicht dem Pit Royen seine Kleine? Meine Fresse, die hatte sich aber in ein heißes Gerät verwandelt! Kaum aus den Windeln und schon hinter der Hecke mit den Bengeln rumflanieren. So war es eben. Hauptsache, die hatten Spaß dabei.

Ja, die jungen Mädchen ... Seine Nadine war da noch nicht so auf den Trichter gekommen, obwohl die jetzt auch schon in dem Alter war. Wenn man die so anguckte mit den kurzen Röckchen, der Schminke und dem Eumel, den sie sich da neulich durch die Zunge hatte piksen lassen, dann sollte man sonst was denken. Aber weit gefehlt! Mußte ja auch noch nicht sein. Sie war eben ein Papakind, würde ihm bestimmt auch gleich mit den Karnickeln helfen. Ja gut, sie las schon mal *Bravo*, auch diese bestimmten Seiten. Die Mutti klebte die nachher immer zusammen wegen der zwei Kleinen. War ja vielleicht auch richtig.

Die neue Ampel in Nütterden stand komischerweise auf Rot. Dabei war weit und breit die unberührteste Natur, nicht ein einziger Fußgänger. Ackermann trommelte einen fetzigen Rhythmus aufs Lenkrad. In spätestens zehn Minuten konnte er sich sein erstes Bierchen reinzischen. Ach, da kriegte man eine Vorstellung, wie es im Paradies sein mußte! So, jetzt ging es endlich weiter.

Was flackerte denn da so traulich? Die grünen Kollegen mit dem Tannenbaum an, mitten im Acker? Was sollte das?

Ackermann bremste scharf und lachte über das Hupkonzert hinter ihm. Das mußte er doch mal kurz gegenchecken. Er bog ab und rumpelte den Feldweg entlang.

Ein Paketauto von der Post? Ob die sich festgefahren hatten? Aber was wollten die denn mitten in der Pampa?

Sein Lieblingskollege Flintrop hatte die Autotür offen und quakte aufgeblasen ins Mikrofon. Der andere Kollege saß im Gras und klopfte einem Postbeamten den Rükken. Der Mann hatte die Hände über die Augen gelegt und schüttelte die ganze Zeit den Kopf.

»Wat geht denn hier ab?« brüllte Ackermann.

Flintrop sah kurz hoch. »Postraub.«

»Ha! Verarschen kann ich mich alleine«, legte Ackermann los, aber dann blieb ihm das Lachen in der Kehle stecken. Jetzt erst sah er den zweiten Postmann, der auf der Seite halb in einem Graben lag. Jemand hatte sein Gesicht mit einem Postsack zugedeckt.

»Heiliges Kanonenrohr!« rief Ackermann. »Ich glaub', et hackt! Flintrop, ruf den Toppe an, schnell, mach schon!«

Flintrop schnaubte. »Hältst du mich für beschränkt? Was meinst du, was ich gerade getan hab', du Penner! Wir haben doch erst mal versucht, die arme Socke da vorne wieder ans Atmen zu kriegen.«

Ackermann sah verschämt zu dem toten Postmann hinüber. »War wohl nix mehr drin?«

Flintrop stierte ihn finster an. »Nein, Scheiße, keine Chance. Der hatte schon keinen Herzschlag mehr, als wir angefangen haben.«

»Wat is' denn nu' überhaupt passiert?« fragte Ackermann. »Dat mit dem Postraub war doch wohl 'n blöder Witz.«

Der Postbeamte im Gras nahm die Hände vom Gesicht und wandte sich langsam um. »Der war's«, krächzte er, räusperte sich und zeigte auf Ackermann. »Das ist der Mann, der mir die Pistole an den Kopf gehalten hat.«

Zum ersten Mal in seinem Leben war Josef Ackermann sprachlos. Er stand nur da und starrte den Mann an.

Auch Flintrop brauchte eine Weile, bis er reagieren konnte. »Was sagen Sie da?«

Der Postmann zog den Kopf zwischen die Schultern

und duckte sich. Die nackte Angst sprang ihm aus den Augen, aber er blieb dabei: »Das ist der Mann.«

Flintrop schüttelte ungehalten den Kopf. »Wie kommen Sie denn darauf? Sie haben mir doch eben noch gesagt, die Männer wären maskiert gewesen, und an die Kleidung könnten Sie sich auch nicht erinnern.«

»Die Stimme«, würgte der Mann hervor. »Das ist dieselbe Stimme, ganz sicher.« Dann erbrach er sich.

Jetzt kam Leben in Ackermann. »Der steht doch unter Schock, der Mann. Dat sieht doch 'n Blinder! He, ich bin selbs' Bulle!« rief er laut.

Flintrop betrachtete ihn mit einem merkwürdigen Blick.

»Bleiben Sie bei Ihrer Aussage, Herr Hoymann?« sagte er schließlich, ohne Ackermann aus den Augen zu lassen.

Der Postmann wischte sich den Mund mit einem Taschentuch, das ihm der andere Polizist in die Hand gedrückt hatte, und nickte. »Ja.«

»Tja, Jupp, so leid es mir tut ...«

Ackermann machte einen Satz nach hinten. »Ich warn' dich, Flintrop! Der Mann sieht se doch fliegen!«

»... so leid es mir tut, ich muß dich festnehmen. Du kennst die Vorschriften.« In seinem Blick lag tiefe Genugtuung.

Ackermann hüpfte vor Aufregung. »Vorschriften? Flintrop, ich mein', ich war nich' immer Kumpel, aber ...«

»In deinem Fall, denke ich, können wir auf Handschellen verzichten.« Flintrop ließ sich nicht mehr vom Weg abbringen.

Ackermann stand plötzlich still.

»Ich schwör' dir, Flintrop, dat is' bloß geliehen«, grinste er leise. Dann streckte er beide Hände nach vorn. »Ich besteh' auf Armbänder. Wenn schonn, denn schonn. Mach voran!«

Astrid knöpfte ihre Strickjacke zu und setzte sich ins Auto. Heute morgen schien es noch eine gute Idee gewesen zu sein, auf den Mantel zu verzichten, aber da hatte sie auch nicht geahnt, daß sie den Abend auf einem morastigen, verblasenen Acker verbringen würde.

Helmut wollte abwarten, bis der Erkennungsdienst erste Spuren genommen hatte, und das konnte noch dauern. Besser, sie nutzte die Zeit, sich für ihren Bericht ein paar Notizen zu machen. Sie schaltete die Innenbeleuchtung ein und schlug ihren Block auf.

Jeden Freitag abend brachte ein Postauto rund 750.000 DM von Kleve nach Kranenburg. Das Geld wurde in verplombten Alukästen transportiert, aber das war auch schon die einzige Sicherung. Das Postauto war ein normaler Paketwagen, der Fahrer und Beifahrer waren normale, natürlich unbewaffnete, Postbeamte.

Das Auto hatte die Klever Hauptpost pünktlich um 16.45 Uhr verlassen. Schon in Donsbrüggen hatte der Fahrer sich über den PKW vor ihm geärgert, der auffällig langsam fuhr, aber wegen des dichten Feierabendverkehrs hatte es keine Möglichkeit gegeben, das Auto zu überholen. Im Ortskern von Nütterden hatte der PKW sie dann so ausgebremst, daß sie die Ampel erreichten, als sie gerade auf Rot sprang. Im selben Augenblick war die Beifahrertür aufgerissen worden, und ein maskierter Mann war in den Wagen gesprungen, hatte Hoymann, dem Beifahrer, eine Pistole an die Schläfe gehalten und dem Fahrer befohlen, dem PKW vor ihnen zu folgen. Die Fahrt hatte schließlich auf diesem Feld hinter einem Erlenbruch, kaum 200 Meter von der Landstraße entfernt, geendet. Hier war der ebenfalls maskierte Fahrer des PKW ausgestiegen, und die beiden Gangster hatten die Postmänner an Händen und Füßen mit braunem Isolierband gefesselt und ihnen damit die Augen und den Mund verklebt. Dann hatten sie offensichtlich die vier Alukästen mit dem Geld in ihren PKW geladen und waren Richtung Landstraße verschwunden. Hoymann konnte nur raten, was dann passiert war, denn er hatte keine Möglichkeit gehabt, sich mit seinem Kollegen zu verständigen. Einen kurzen Moment, bis das Motorengeräusch verklungen war, hatten sie ein paar Meter voneinander entfernt ruhig dagelegen, dann hatte Hoymann gehört, daß sein Kollege sich von ihm weg bewegte. Vielleicht hatte er Hilfe holen wollen. Ein paar Augenblicke später war da ein Platschen gewesen und ein dumpfes Stöhnen, dann nichts mehr.

Als der Streifenwagen kam, hatte Hoymann immer noch versucht, seine Handfesseln zu lösen, was aussichtslos gewesen war, denn die Täter hatten mit Isolierband nicht gespart.

Flintrop hatte den Fahrer kopfunter in einem der Wässerungsgräben, die hier die Felder durchzogen, gefunden, tot, mit dem Gesicht im modrigen, kaum zwanzig Zentimeter hohen Wasser.

Als das Postauto nicht pünktlich in Kranenburg eingetroffen war, hatte der Dienststellenleiter in der Klever Post angerufen, und die Beamten dort hatten sofort die Polizei verständigt.

Astrid hauchte in ihre klammen Hände. Das reichte fürs erste, die Details konnte Helmut ergänzen. Er saß immer noch im Dienstwagen und redete mit Hoymann.

Wenigstens war inzwischen Ruhe eingekehrt. Der Notarzt war da gewesen, dann der Leichenwagen, der den Toten in die Pathologie bringen sollte, zwei Pressefotografen und bis vor einer Viertelstunde auch noch Flintrop und Schulte und ein völlig aufgedrehter Ackermann. Flintrop hatte aber auch wirklich eine Meise. Die Geschichte mit Ackermann als Tatverdächtiger in Handschellen würde ohne Zweifel heute abend noch die Runde unter den Kollegen machen.

Teufel, war ihr kalt! Wann wurden denn endlich die Scheinwerfer gebracht?

Van Gemmern vom Erkennungsdienst hatte sich geweigert, auch nur einen Finger zu rühren, bevor die Szenerie nicht ordentlich ausgeleuchtet war. Er lehnte unbeweglich am Postauto und starrte ins Dunkel. Astrid gab sich einen Ruck und stieg aus.

»Wann kommt denn endlich das Licht?«

Van Gemmern sah sie aus seinen harten, blauen Augen an und ließ sich Zeit mit der Antwort. Der wurde auch immer grauer und verschrobener. »Bald«, meinte er schließlich. »Ich habe Rother verständigt, und er war, wie immer, höchst eifrig.«

Astrid grinste innerlich. »Magst du ihn nicht?« Sie wußte, daß er solche Fragen haßte.

Und er antwortete auch nicht, musterte sie nur. »Er bemüht sich«, sagte er dann.

Jürgen Rother arbeitete erst seit drei Monaten beim Erkennungsdienst. Von Haus aus war er Physiker, hatte den *Schnellen Brüter* in Kalkar mitentwickelt und aufgebaut, aber als das Aus für das AKW kam, hatte er sich neu orientiert und war schließlich beim Erkennungsdienst gelandet. Zwei Doktortitel gaben seinem Namen Gewicht – Ackermann hatte ihn denn auch gleich den »Doppeldoc« getauft – aber neben van Gemmern mit seiner ganzen Erfahrung durfte Rother keinen leichten Stand haben.

Astrid zuckte die Achseln. Das war nicht ihr Problem, Hauptsache, der Typ tauchte bald mit den Lampen auf.

»Ist dir eigentlich nicht kalt in deinem dünnen Hemd?« fragte sie und kroch tiefer in ihre Jacke.

»Nein, wieso? Frierst du?«

»Wie ein Stint.«

Van Gemmern nickte nur.

Helmut Toppe rutschte auf dem Autositz ein Stück nach vorn. Das Schulterhalfter war unbequem, und es störte ihn ständig. Noch so eine Neuerung. Die Meinhard bestand darauf, daß auch die Kripoleute stets ihre Dienstwaffe trugen. Über den Sinn zu diskutieren, hatte er für den Moment aufgegeben. Er würde sich wohl einen Clip für den Gürtel kaufen, vielleicht war das bequemer.

»Ich kann Ihnen wirklich nicht sagen, wer von dem Geldtransport alles wußte«, beantwortete Hoymann jammernd Toppes letzte Frage. »Ich habe das Gefühl, es war ein offenes Geheimnis. Und wir sollten das ja auch nur noch ein paar Monate machen. Ab September übernimmt das so eine Security Firma.«

Hoymann sah todmüde aus. In seinen Augenbrauen klebten Blutkrusten, und seine Lippen waren aufgesprungen. Flintrop war offenbar nicht gerade zart gewesen, als er das Isolierband abgerissen hatte.

»750.000 Mark«, begann Toppe, aber Hoymann unterbrach ihn gleich.

»Das sind Lohngelder für Schwarzarbeiter vom Bau. Das weiß auch jeder.«

»Schwarzarbeiter.«

»Mich müssen Sie nicht fragen!« Hoymann wischte sich ein paar Schweißtropfen von der Stirn, und Toppe wußte, daß er den armen Kerl endlich nach Hause schikken mußte.

»Nur ganz kurz noch, Herr Hoymann. Der PKW war ein weißer Ford, haben Sie gesagt?«

»Ja, das weiß ich genau.«

»Welcher Typ? Ich meine, war es ein Kleinwagen oder was Größeres?«

»So mittel. Ein Escort, würde ich sagen. Und er hatte ein Klever Kennzeichen. Weil ich nämlich noch gedacht habe, wieso fährt der so bescheuert, wo er doch von hier kommt. Mehr kann ich aber nicht sagen.«

»Und dann wäre da noch die Sache mit der Stimme ...«

»Gott, das tut mir wirklich leid, Herr Kommissar. Ich konnte doch nicht wissen ...«

Toppe faßte ihn beschwichtigend am Arm. »Ich will Ihnen doch gar keinen Vorwurf machen. Aber Sie sagen, daß die Stimme des einen Täters genauso klang wie die Stimme von Herrn Ackermann.«

»Wirklich ganz genauso. Vor allem auch, wie der gesprochen hat. Eben mit unserem Dialekt, oder wie man das nennt. Der kam jedenfalls von hier.«

Toppe nickte und lächelte. »Gut, für heute war's das dann. Ich danke Ihnen, daß Sie so lange durchgehalten haben.«

Sie stiegen beide aus, aber Hoymann blieb stehen und

sah Toppe über das Autodach hinweg an. »Der Fritz ... ich muß doch seiner Frau sagen, daß er ...«

»Die Familie ist schon benachrichtigt worden«, beruhigte ihn Toppe. »Kommen Sie, meine Kollegin bringt Sie nach Hause.«

3

Astrid und Toppe waren an diesem Wochenende zur Bereitschaft eingeteilt, aber die Meinhard hatte sich entschieden, die Sache in »großer Besetzung« anzugehen, und so waren am Samstag morgen nicht nur alle vom K 1 im Büro versammelt, sondern auch Ackermann.

»Ackermann?« hatte van Appeldorn gemeckert. »Wieso denn Ackermann?«

»Weil dat komisch is' mit de Schwarzarbeiter un' soviel Geld. Dat könnt' in mein Ressort fallen, sacht die Chefin. Außerdem war ich ja quasi vor Ort.«

»An deiner Stelle würde ich das nicht so an die große Glocke hängen.«

Aber Ackermann hatte nur gelacht: »Da hab ich keine Last mit.«

Um zehn Uhr kam die Chefin dann selbst hinzu.

»Genauso habe ich mir das gewünscht«, strahlte sie. »Ich weiß doch, daß ich mich auf mein Paradeteam verlassen kann.«

Sie nahm im Besuchersessel Platz und schlug anmutig die Beine übereinander. Das weiche Leinenkleid paßte farblich perfekt zu ihrem dunkelroten Haar, und wie immer war gleichzeitig mit ihr ein Hauch von Chanel No. 5 ins Zimmer gekommen.

»Machen Sie sich bitte keine Sorgen. Selbstverständlich werden Sie alle Ihre Überstunden abfeiern. Am liebsten noch in diesem Monat, dann ist es nicht so kompliziert. Gibt's Kaffee?«

Ackermann sprintete los, um eine Tasse zu holen. »Schwarz, wa?«

Charlotte Meinhard nickte freundlich. »Haben wir inzwischen schon etwas vom Fluchtfahrzeug gehört?«

»Nein«, antwortete Toppe. »Ich habe den Wagen gestern abend sofort in die Fahndung gegeben. Aber Hoymanns Angaben waren mehr als mager: ein weißer Ford, möglicherweise Escort, mit Klever Kennzeichen. Allerdings ist ein solches Auto seit gestern nachmittag in Materborn als gestohlen gemeldet. Vielleicht ...«

»Wieso haben denn Sie das Auto in die Fahndung gegeben?« unterbrach ihn die Chefin. »Was war denn mit den Kollegen von der Streife? Die waren doch lange vor Ihnen da.«

Toppe machte eine vage Handbewegung.

»Flintrop, nicht wahr?«

»Jau«, bestätigte Ackermann. »Der is' unten. Soll ich den ma' ebkes holen?«

Charlotte Meinhard zwinkerte ihm zu. »Das käme Ihnen gelegen, was? Ich habe die unglaubliche Geschichte auch schon gehört.«

»Unglaublich?« mischte sich van Appeldorn ein. »Finde ich eigentlich nicht. Für mich hattest du schon immer so einen verschlagenen Blick, Ackermann.«

Die Meinhard lachte leise. »Mit Herrn Flintrop rede ich später. Weshalb ich Sie alle hergebeten habe: Ich denke, nach unserer intensiven Arbeit in den letzten Monaten könnte uns das neue Programm endlich von Nutzen sein. Mit der Vielzahl der Daten, die wir inzwischen eingegeben haben, müßte es zum Beispiel möglich sein, Rückschlüsse auf die Täter zu ziehen. Es ist natürlich wichtig, daß wir den Tathergang mit allen Merkmalen akribisch genau eingeben. Das wäre dann wohl Ihre Aufgabe, Herr Heinrichs. Sie bleiben als Aktenführer ja sowieso im Büro.«

Heinrichs nickte zunächst bereitwillig, meinte dann aber: »Schön und gut, nur ist das so eine Sache mit den Merkmalen.«

»Hoymanns Aussage hilft uns kaum weiter«, erklärte Toppe. »Zu ungenau, was das Fahrzeug angeht, und auch die Täterbeschreibung ist zu dünn. Er kann sich nicht mal an deren Kleidung erinnern.«

»Natürlich müssen wir den Mann noch einmal befragen«, meinte die Meinhard. »Vielleicht erinnert er sich heute deutlicher. Wäre das nicht etwas für Sie, Frau Steendijk?«

Toppe legte die Hände fest übereinander und sah die Chefin eindringlich an. Alle waren still.

»Oh je«, lächelte Charlotte Meinhard entschuldigend. »Was habe ich jetzt wieder gemacht? Ich wollte mich wirklich nicht in Ihre Kompetenzen einmischen, Herr Toppe, tut mir leid. Manchmal gehen einfach die Pferde mit mir durch. Sie dürfen mich ruhig zurückpfeifen, wenn so etwas passiert.«

Toppe neigte nur kurz den Kopf. »Wir werden die Presse um Mithilfe bitten. Möglich, daß es Zeugen gibt, die das Auto besser beschreiben können. Vielleicht hat ja auch jemand den einen Täter an der Ampel in Nütterden beobachtet. Kannst du dich gleich mal drum kümmern, Walter. Üblicher Text. Im Augenblick interessiert mich eigentlich am meisten, was es mit diesen angeblichen Schwarzarbeitern auf sich hat, und wieso jeden Freitag über 750.000 Mark einfach so durch die Gegend kutschiert werden.«

»Und wer davon wußte«, ergänzte van Appeldorn.

»Richtig! Es wäre mir lieb, wenn du Ackermann dabei zur Hand gingest.«

Van Appeldorn verdrehte die Augen, fügte sich aber.

»Astrid«, Toppe wandte sich leise um. »Rufst du mal eben bei Hoymann an und sagst dem, daß wir gleich zu ihm kommen?«

»Äh ...« Heinrichs räusperte sich. »Könnte Astrid nicht hier bleiben?«

»Brauchen Sie denn noch Hilfe am Computer?« fragte die Chefin erstaunt. »Kann ich mir gar nicht vorstellen.«

»Nur ganz selten«, antwortete Heinrichs voller Überzeugung.

»Dann ist das doch kein Problem. Ich bin den ganzen

Tag im Haus, und Sie können mich jederzeit erreichen, wenn etwas sein sollte.«

»Der ED will mit seiner Auswertung bis heute nachmittag fertig sein«, fuhr Toppe fort. »Deshalb schlage ich vor, wir treffen uns wieder um drei Uhr.«

»Was die Merkmale angeht ...« Heinrichs war schon bei der Arbeit. »Gut, da ist das Ausbremsen, zwei Täter, Feldweg«, murmelte er vor sich hin. »Dann wäre da konkret das braune Isolierband, das die Kerle verwendet haben und ... ja, was denn noch?«

»Die Täter waren maskiert«, erinnerte sich Charlotte Meinhard. »Was waren das eigentlich für Masken?«

»Strumpfmasken«, sagte Toppe.

»Ach, steht das im Bericht?«

»Ja.«

»Muß ich überlesen haben. Gut, also Strumpfmasken. Möglicherweise kann Hoymann ja dazu genauere Angaben machen.«

»Wie das?« fragte Toppe amüsiert. »Der Mann kann ja nicht mal das Auto beschreiben.«

»Vielleicht ist Hoymann Strumpffetischist«, schlug van Appeldorn vor und kicherte. »Ja, Herr Kommissar, das Auto hab ich nicht richtig gesehen, aber der Strumpf war ein Kunert, 30 den, laufmaschensicher, Farbe Saskia.«

Ackermann prustete los.

Astrid hob die Hand. »Moment! So abwegig ist das nun auch nicht.«

»Das mit dem Strumpffetischisten?« gluckste van Appeldorn.

»Quatsch!« Astrid kämpfte mit dem Lachen. »Aber bei manchen Strumpfhosen zum Beispiel ist so ein farbiger Faden eingewebt zwischen dem eigentlichen Strumpf und dem doppelt gewirkten Höschenteil.«

»Und dann läuft dem Täter so ein Streifen quer übers Gesicht, oder wie?« kollerte Heinrichs. »Doppelt gewirkt!«

Ackermann schlug sich begeistert auf die Schenkel. »Oder vielleicht Stützstrümpfe.«

»Genau«, sprang van Appeldorn auf und legte sich würgend beide Hände um den Hals. »Dies ist ein Überfall«, röchelte er und taumelte auf die Meinhard zu. Die tupfte sich die Lachtränen aus den Augenwinkeln. »Exitus! Tod durch Ersticken.«

»Stützstrümpfe!« rief Heinrichs und hielt sich den Bauch.

Keiner hatte gehört, daß van Gemmern gekommen war. Er legte Toppe ein paar Blätter auf den Schreibtisch. »Der Obduktionsbericht. Hat Bonhoeffer gerade gefaxt.«

Toppe brachte nur mit Mühe sein Gesicht unter Kontrolle. »Vielen Dank.«

»Weiterhin frohes Schaffen noch«, meinte van Gemmern und war schon wieder draußen.

Toppe überflog den Bericht. »Keinerlei Hinweise auf Fremdeinwirkung«, las er leise, »keine Verletzungen ...« Dann sah er hoch. »Der Postmann ist ertrunken.«

»Ach komm«, wehrte Astrid ab. »Das Wasser war nur ein paar Zentimeter hoch. Selbst mit den Fesseln hätte der Mann da doch irgendwie rauskrabbeln können oder zumindest das Gesicht aus dem Wasser drehen.«

»Tod durch Ertrinken, respektive Ersticken«, beharrte Toppe. »Steht doch hier. Warte mal, hier geht's weiter: reflektorischer Schock führt zu Bewußtlosigkeit.«

»Bernhard Spilsbury«, meinte Heinrichs versonnen, »der große alte Mann der englischen Gerichtsmedizin. Der hat das damals rausgefunden. Der Fall Georges Joseph Smith.«

So kannten sie Heinrichs; er hatte die obskursten Kriminalfälle der letzten Jahrhunderte im Kopf, und er freute sich wie ein Schneekönig, wenn er sein Wissen mal anbringen konnte.

»Smith hatte mehrere Ehefrauen und Geliebte auf dem Gewissen. Alle waren sie angeblich in der Badewanne ertrunken, was ihm natürlich kein Mensch geglaubt hat. Aber man konnte ihm nichts nachweisen. Es gab in keinem der Fälle Hinweise auf Gewaltanwendung, keine Kampfspuren, nichts. Was völlig unerklärlich war, denn gerade beim Ertränken wehren sich die Opfer wie verrückt. Jedenfalls haben Bernhard Spilsbury und der ermittelnde Inspektor, Neil hieß der, glaube ich, schließlich ein paar Experimente gemacht. Die haben sich mehrere kräftige Schwimmerinnen geholt, sie der Reihe nach in die Badewanne gesetzt und versucht, sie auf alle möglichen Arten zu ertränken. Das klappte aber nicht, weil die sich, wie erwartet, nach Kräften gewehrt haben. Irgendwann sind sie auf die Idee gekommen, die Frauen einfach mal fest an den Füßen zu ziehen, so daß der Kopf urplötzlich unter Wasser tauchte. Und dabei ist denen eine Frau fast hops gegangen. Konnte nur mit Mühe wiederbelebt werden. Und so ist Spilsbury drauf gekommen: Das plötzliche Eindringen von Wasser in Nase und Rachen kann einen reflektorischen Schock auslösen.«

Toppe hatte die Erklärung mittlerweile in Bonhoeffers Bericht gefunden – »Wirkung auf das Zentralnervensystem (Schock)« – aber er wollte Heinrichs nicht unterbrechen.

»Jedenfalls wird der Mensch bewußtlos und kommt natürlich dann nicht mehr aus dem Wasser hoch. Und deshalb ertrinkt er schließlich, ganz einfach. England 1915.«

»Dat muß man sich ma' wegtun«, sagte Ackermann düster. »Da ertrinkt der arme Kerl in 'ner Wasserpfütze. Is' doch gemein, so wat.«

»Daß der überhaupt losgekrabbelt ist!« Astrid schüttelte den Kopf. »Mit den dick verklebten Augen hatte er doch gar keine Orientierung. Und bewegen konnte er sich auch kaum.«

Auch van Appeldorn wunderte sich noch: »Frei war doch nur dessen Nase. Ich kann mir gar nicht vorstellen, daß man so ertrinken kann.«

»Entscheidend ist nur, daß das Wasser urplötzlich im Schwall eindringt«, erklärte Heinrichs noch einmal. »Ob durch Mund oder Nase, ist im Grunde egal.«

Charlotte Meinhard stand auf. »Auf jeden Fall bedeutet das für uns, daß wir es nicht mit einem Mord zu tun haben. Wenn sonst nichts mehr anliegt, bis heute nachmittag um drei.«

Sie hielt inne und sah zuerst Astrid, dann Toppe an. »Eigentlich müßte ich mit Frau Steendijk noch etwas besprechen, das mit unserem Fall nichts zu tun hat, aber ... Nein, das kann zur Not auch bis Montag warten.«

»Wenn's wichtig ist«, drehte Toppe sich zu Astrid um. »Ich kann auch allein zu Hoymann fahren.«

Astrids Gesicht war ein einziges Fragezeichen. »Okay«, meinte sie stirnrunzelnd.

Die Chefin hatte die Tür schon geöffnet. »Prima! Ich gehe schon mal voraus. Bis gleich.«

Astrid holte ihre Handtasche aus dem Garderobenschrank und packte ihre Zigaretten hinein. »Tss«, meinte sie. »Was mag die von mir wollen?« Dann beugte sie sich über Toppe und küßte ihn auf den Mund. »Treffen wir uns zum Mittagessen?«

Er zog sie sanft an den Haaren zu sich hinunter und küßte sie noch einmal. »Im Steakhaus?«

»Och nö, nicht schon wieder. Laß uns mal zu dem neuen Italiener auf der Kreuzhofstraße gehen. Der soll gut sein.«

»Wenn du's sagst. Ich denke, ich kann es bis halb eins schaffen.«

Das Essen war sogar sehr gut, aber Astrid war so aufgeregt, daß sie das kaum bemerkte.

»Die Chefin richtet in Goch ein neues Dezernat ein: Mißbrauch«, erzählte sie. »Eine Anlaufstelle für Frauen und Kinder. Aber nicht nur das, es geht auch um Ermittlungen und Prävention, schwerpunktmäßig.«

»Und wann?« Toppe versuchte gelassen zu bleiben, obwohl er ahnte, was kam.

»Januar 98.« Astrid legte ihr Besteck auf den Tellerrand und sah ihn eindringlich an. »Und ich soll die Leitung übernehmen!«

»Das hatte ich mir schon gedacht.« Toppe kämpfte gegen das flaue Gefühl im Bauch. »Ist doch super.«

»Ich wäre für meinen jetzigen Job völlig überqualifiziert, und dort könnte ich endlich meine besondere Sensibilität, bla bla, du kennst das ja, jedenfalls würde es auf die Dauer ein Hauptkommissar-Posten. Jetzt sag doch mal was!«

Toppe schob die Kalbsschnitzelchen auf seinem Teller hin und her. »Ein tolles Angebot.«

»Natürlich müßte ich noch einige Seminare in Wiesbaden besuchen – die Termine hat sie mir schon gegeben. Und in den ersten Monaten wäre das sicher ein 24-Stunden-Job. Muß ja alles erst mal strukturiert werden ... Helmut?«

»Willst du denn weg?«

Sie seufzte. »Eigentlich nicht. Das heißt, es ist mir gar nicht in den Sinn gekommen. Es würde so vieles verändern, auch für uns.«

»Ja sicher, aber das muß ja nicht unbedingt schlecht sein. Bis wann mußt du dich denn entscheiden?«

»Bis zum ersten Juni; das war das Äußerste, das ich rauspokern konnte. Es ist eine Riesenchance, die ich vermutlich kein zweites Mal kriege, aber ...« Mit beiden Händen strich sie sich das Haar aus dem Gesicht. »Es wirft natürlich für uns diese besondere Frage wieder auf.«

»Welche Frage?«

»Die Frage, die du seit zwei Jahren so geschickt verdrängst.«

Jetzt legte auch Toppe das Besteck weg. »Sei nicht ungerecht. Die Frage verdrängen wir beide mehr oder weniger geschickt.«

»Stimmt, entschuldige. Ich war da auch nicht besser als du.«

Er nahm den direkten Weg. »Willst du immer noch ein Kind?«

Sie lächelte verloren und sah an ihm vorbei. »Ehrlich, ich weiß es nicht, jetzt noch viel weniger. Ich mag meine Arbeit, ich mag eigentlich mein ganzes Leben, aber es ist auch ... manchmal sehne ich mich ... ich weiß es nicht.«

Er hätte sie gern in die Arme genommen.

»Und du?« Sie sah ihn wieder an. »Du willst ganz sicher kein Kind?«

»Ich will dich.«

Aber das reichte ihr nicht.

»Ich will dich. Und wenn dein Lebensglück von einem Kind abhängt, dann wollen wir dieses Kind haben.«

Die Schwäche sackte ihm vom Bauch in die Beine.

»Mein Lebensglück! Jetzt bist du nicht fair. Du gibst mir den Schwarzen Peter. Das ist doch keine Entscheidung, die du mir allein überlassen kannst.«

»Aber es ist deine Entscheidung, Astrid.«

Er goß Wein aus der Karaffe nach und schob ihr schnell das Glas hin. »Nicht weinen. Wir reden heute abend weiter, ja? In aller Ruhe.«

Das Büro war und blieb für Teamsitzungen, an denen auch noch der ED teilnahm, zu klein, darüber konnten auch die komfortabelsten Möbel nicht hinwegtäuschen.

Toppe hatte gleich auf einen Stuhl verzichtet und sich auf die Fensterbank gehockt, und van Gemmern stand sowieso lieber irgendwo unauffällig an die Wand gelehnt.

Jürgen Rother saß auf Toppes früherem Platz und sammelte sich für seinen Bericht. Wie immer wirkte er höchst konzentriert. Eigentlich war er ein schmächtiger, unscheinbarer Mann von Mitte Fünfzig mit korrektem, grauen Bürstenhaarschnitt und grauen Anzügen. Aber er hatte auffallend grüne Augen, die einen manchmal unerwartet durchdringend musterten, und die leicht nach oben gezogenen Mundwinkel gaben seinem Gesicht, was auch immer er gerade sagte, einen stets ironischen Ausdruck.

»Nun«, begann er, »viel können wir Ihnen nicht berichten. Es gibt Reifenspuren vom Tatfahrzeug. Die genaue Beschreibung bezüglich der Reifenmarke etc. entnehmen Sie Ihren Kopien. Die Spuren können wir, was den Abrieb etc. angeht, selbstverständlich abgleichen, wenn Sie uns das Tatfahrzeug liefern. Ferner fanden und untersuchten wir Schuhspuren. Herrn Hoymanns Schuhe und die Schuhe des Toten wurden von uns überprüft, ebenso das Schuhwerk der beiden Streifenpolizisten sowie das von Herrn Ackermann, und es blieben uns einige ausreichend aussagekräftige andere Spuren, die sich nicht decken, also mit größter Wahrscheinlichkeit von den beiden Tätern stammen. Der Boden war, wie wir alle feststellen konnten, sehr weich und machte eine Abdrucknahme leicht.«

Liebe Güte, dachte Toppe. Der Typ paßt mit seinem Vortragsstil perfekt ins neue Raster.

»Klaus!« Er schaute van Gemmern an. »Was ist mit Fingerspuren?«

Wenn van Gemmern irritiert war, daß Toppe ihn plötzlich mit dem Vornamen ansprach, dann ließ er es sich nicht anmerken. »Es gab unzählige im und am Postauto, wie man sich denken kann. An der Beifahrertür, im Innenraum und an den hinteren Türen haben wir alle Abdrücke genommen, die was taugten. Wir haben auch bereits angefangen, sie mit den Spuren der Postbeamten abzugleichen, die nach der letzten Wagenwäsche am Auto waren, aber das dauert noch. Wenn zum Schluß was übrig bleibt, schicken wir es rund.«

»Also, eigentlich tote Hose«, faßte Toppe zusammen. »Das sieht bei mir auch nicht großartig anders aus. Hoymanns Gedächtnis ist leider nicht besser geworden. Der Mann an der Ampel hat eine dunkle Pudelmütze aufgehabt. Die Strumpfmasken waren hautfarben. Es könnte sein, daß die Täter Handschuhe getragen haben, aber hundertprozentig sicher ist er nicht.«

»Soviel zu den Fingerspuren«, brummelte van Gemmern.

»Mich hat dann hauptsächlich interessiert, wer denn nun von dem regelmäßigen Geldtransport wußte. Hoymann sagt, es seien sechs oder acht Kollegen, die den Transport in verschiedener Kombination fahren, je nachdem, wer Dienst hat. Hoymann selbst hat seiner Frau und seinen drei halbwüchsigen Kindern davon erzählt, und mit wem die darüber gesprochen haben, könne er nicht sagen. Er habe sich nichts weiter dabei gedacht. Schließlich hätten die Kollegen auch ganz offen darüber geredet. Es sei doch auch nie was passiert.«

»Schöner Mist«, schimpfte Heinrichs.

»Das kannst du laut sagen. Die Schiene können wir schon mal vergessen.«

»Sind wir jetz' dran?« rief Ackermann.

Toppe nickte.

»Dat is' ga' nich' so einfach an 'nem Samstag, kann ich euch sagen. Wenn ich da nich' so meine Pappenheimer kennen würd' ..., ich mein', Vitamin B un' so. Aua! Is' ja gut, Norbert. Wenn du et lieber erzählen willst.«

Van Appeldorn nahm seinen Fuß von Ackermanns Schuh. »Wir haben da wohl ein schwebendes Verfahren erwischt, der Wirtschaftsstaatsanwalt war jedenfalls ganz schön zugeknöpft. Er sagt, er hätte Tips bekommen und ein paar Stichproben gemacht. So wie es aussieht, beschäftigen mehrere Unternehmen im Kreis Kleve Schwarzarbeiter. Es handelt sich da um zwei Bauunternehmen in Goch und Uedem, eine Kiesbaggerei und einen Landschaftsgärtner. Die Namen dieser Leute haben wir dem Staatsanwalt nur mit ganz viel Überredung abluchsen können. Ich gebe sie euch gleich. Fakt ist anscheinend, daß diese Schwarzarbeiter über einen einzigen holländischen Unternehmer aus Ubbergen vermittelt werden.«

»Warte mal«, unterbrach Toppe ihn. »Hab ich das richtig verstanden? Deutsche Unternehmer beschäftigen Arbeiter, die sie bei einem holländischen Koppelbaas buchen?«

»Koppelbaas hast du gesagt. Der Typ schimpft sich Geschäftsmann. Bei den Arbeitern handelt es sich wohl hauptsächlich um Polen, Engländer und Russen, die hier für einen Hungerlohn arbeiten. Ich wette, der Holländer kassiert eine saftige Vermittlungsgebühr, aber für die Deutschen muß es sich trotzdem noch rechnen.«

»Und was ist nun mit den 750.000 Mark im Postauto?« wollte Toppe wissen.

»Keine Ahnung«, antwortete van Appeldorn unzufrieden. »Vielleicht waren das wirklich die Lohngelder für die Schwarzarbeiter, wie Hoymann gesagt hat.«

»Hat der Staatsanwalt sich denn dazu nicht geäußert?«

»Nein.«

»Tja«, meldete sich Ackermann. »In unserem Geschäft geht dat nich' so easy ab wie bei euch: zack, da hasse den Mörder un' ab innen Bau!« Er schob seine schwere neongrüne Brille, die ihm bis auf die fettige Nasenspitze gerutscht war, wieder hoch. »Bei uns is' dat nämlich vertrackt mit de Beweise, kapiert ihr?«

Van Appeldorn verzog das Gesicht. »Ich bin wirklich dankbar, Ackermann. Endlich gibt mir mal jemand eine exakte Beschreibung meiner Tätigkeit. Übrigens, leuchtet dein Nasenfahrrad eigentlich im Dunkeln?«

Charlotte Meinhard sah van Appeldorn mißbilligend an und machte sich eine Notiz.

»Jaa«, meinte Walter Heinrichs, »dann will ich mal. Hat ganz gut geklappt mit dem Computer und mir. Ich hab ihn gefüttert, und netterweise hat der auch was ausgespuckt. In den letzten Monaten hat es zwei ähnliche Überfälle gegeben, einen in Dormagen und einen in Grevenbroich. Beide Male trugen die Täter Strumpfmasken und schwarze Pudelmützen. Beide Male waren es Postautos, die Beute war allerdings viel kleiner: 75.000 Mark in Dormagen und 140.000 Mark in Grevenbroich. Das Schema ist ähnlich. Einmal war es ein quergestellter PKW auf einem einsamen Landstraßenabschnitt, der den Postwagen zum Halten brachte, einmal war es genauso wie bei uns, Ausbremsen an einer Ampel. In beiden Fällen waren die Tatfahrzeuge geklaut. Deckungsgleich ist auch das Fesseln mit Isolierband. In Dormagen war es braunes Band, in Grevenbroich schwarzes.«

»Isolierband«, sagte Rother. »Sehr gut. Wir werden uns darum kümmern, daß wir sofort Vergleichsproben bekommen.«

»Ja, macht das mal«, antwortete Heinrichs. »Wir wissen, daß in allen drei Fällen das Vorgehen ähnlich war: schnell und auch dreist, denn mit etwas Pech hätten die Überfälle von Passanten leicht beobachtet werden können. Und relativ brutal waren die Täter auch. Gestorben war allerdings bislang keiner. So!« Er schob die Brust nach vorn, daß auch jeder merkte, wie stolz er war. »Dann habe ich auf einmal gemerkt, daß alle Informationen, die ich kriegte, direkt vom LKA kamen. Da sind die Raubüberfälle nämlich mittlerweile gelandet, weil man davon ausgeht, daß es sich in Grevenbroich und Dormagen bei den Tätern um Russen gehandelt hat und organisiertes Verbrechen nicht auszuschließen, sogar höchst wahrscheinlich ist. Es gab wohl schon ähnliche Fälle in Bayern und Hessen.«

»Das ist interessant.« Charlotte Meinhard richtete sich auf. »Ich habe in Köln lange in der Soko für organisiertes Verbrechen gearbeitet. Russen, jetzt wird mir so einiges klar.«

Van Appeldorn war irritiert. »Russen am Bau und Russen beim Überfall, oder wie? Was wird Ihnen klar?«

»Unsere Täter kommen vom Niederrhein«, gab Toppe zu bedenken. »Zumindest einer von ihnen.«

»Dat muß nix heißen!« Ackermann war ganz aufgewühlt. »Die Jungs sind mit allen Wassern gewaschen.«

Van Appeldorn schloß stöhnend die Augen. »Was soll denn das nun wieder? Die Russen können perfekt Jupp Ackermann imitieren? Wenn die solche Talente haben, warum spezialisieren die sich dann nicht auf Alleinunterhalter?«

Aber Ackermann zuckte nicht mit der Wimper. »Mafioso wird besser bezahlt, Norbert. Sollteste eigentlich wissen. Aber dat mein' ich nich'. Et kommt schon ma' vor, dat diese Ostjungs mit Deutschen arbeiten. Dat is' alles 'n bisken komplizierter, wie sich dat auf 'n ersten Blick anhört. Charly ...« Er wurde dunkelrot und fuhr sich hektisch durch das lange Haar. »Frau Meinhard, könnten wir beide uns nich' gleich ma' in Ruhe zusammensetzen? Ich hab da so 'n paar Ideen. Wo ich organisiertes Verbrechen hör', da gehen auf einmal die Lämpkes bei mir an. Zum Beispiel hat da doch neulich dat Pfannkuchenhaus aufgemacht anne Linde.«

»Stimmt!« Die Chefin sah Toppe an. »Wenn Sie uns im Augenblick nicht brauchen, dann würde ich gern in meinem Büro ein paar Dinge mit Herrn Ackermann zusammentragen. Pfannkuchenhaus, meine Güte, ja. Darüber hatte ich noch gar nicht nachgedacht.«

Ackermann hielt ihr die Tür auf, aber bevor er sie wieder schloß, drehte er sich noch einmal um und kniff der Runde ein Auge.

»Pfannkuchenhaus?« Heinrichs guckte verstört. »Was reden die denn da?«

»Tja, wir müssen auch wieder an die Arbeit.« Rother deutete eine Verbeugung an.

Van Gemmern ging einfach nur hinaus.

4

Wenn Toppe geglaubt hatte, er würde wenigstens am Samstag abend Ruhe und Frieden finden, dann hatte er sich gründlich getäuscht.

Astrid kam nur kurz mit ins Haus, um ihren Wintermantel und einen Schal zu holen. »Ich gehe ein Stück spazieren. Wartet nicht mit dem Essen auf mich.«

Toppe hielt sie zurück. »Du bist beleidigt.« Schon auf dem Heimweg hatte sie kaum ein Wort gesagt.

»Nein, beleidigt bin ich nicht. Ich fühle mich nur ziemlich allein gelassen. Aber eigentlich ist das so neu ja auch nicht.«

Gabi war heute mit dem Kochen an der Reihe gewesen, und es gab Pflaumenkompott mit Milchreis, den Toppe schon als Kind verabscheut hatte. Seine beiden Söhne allerdings konnten gar nicht genug davon kriegen.

»Willst du lieber ein Brot?« fragte Gabi.

»Nein danke, ein paar Pflaumen reichen mir. Ich habe heute zu mittag gegessen. Und?« fragte er seinen Ältesten. »Wie schmeckt der Zivildienst?«

Christian grinste. »Man darf's ja nicht laut sagen, aber mir macht es sogar Spaß.«

Er war im Altenheim in der Burg Ranzow, wo er auch schon vorher freiwillig gearbeitet hatte. »Ich komme einfach gut klar mit alten Leuten. Am liebsten würde ich das zu meinem Beruf machen, aber wo ich das Abi nun doch noch gepackt habe, sollte ich vielleicht lieber studieren.«

Oliver schaufelte sich zum dritten Mal den Teller voll. »Kann Steffi heute bei mir pennen?«

»Wie meinst du das?« Toppe mußte sich verhört haben. »In deinem Zimmer?«

»Logo«, brachte Oliver mühsam zwischen zwei Bissen hervor.

»Ach, Oliver, ich finde ...« begann Gabi, aber Toppe unterbrach sie: »Nein.«

»Was soll das denn heißen: nein?« empörte sich Oliver.

»Nein heißt nein – das ist doch nicht so schwierig.«

»Wie unfair!« schrie Oliver sofort los. »Clara darf schließlich auch hier schlafen.«

»Clara«, antwortete Gabi ruhig, »studiert und wohnt in Köln. Ein Besuch bei uns lohnt sich nur, wenn sie hier übernachten kann. Außerdem ist Clara Gast unserer ganzen Familie.«

»Ach ja? Ach ja? Das wüßte ich aber!«

»Besser, du achtest auf deinen Ton, Oliver«, meinte Toppe, »sonst rappelt's gleich.«

Christian schüttelte den Kopf. »Clara schläft im Gästezimmer, das weißt du genau.«

»Was du nicht sagst. Etwa immer?«

»Es reicht mir, Kleiner. Ich hab nichts mit Clara.«

»Aber nur, weil sie dich nicht ranläßt, deshalb.«

Toppe packte Oliver um den Nacken und schüttelte ihn.

»Entschuldige, Papa, ist mir nur so rausgerutscht.«

Aber Christian platzte der Kragen. »Spiel dich doch nicht so auf, Olli. Was weißt du schon davon?«

»Mehr als du auf jeden Fall, du impoten... du ... du Unschuldslamm.«

»Und was weißt du davon?« fragte Gabi.

Oliver versuchte seine Röte hinter einem Hustenanfall zu verbergen. »Hab was in den falschen Hals gekriegt. Was hast du gefragt? Ach so, nein Quatsch, da läuft überhaupt nichts mit Steffi und mir. Die ist nicht mein Typ. Wir stehen nicht aufeinander, wenn ihr wißt, was das heißt.«

»Das will ich auch hoffen«, wollte Gabi das Thema beenden.

»Du kennst mich doch, Mami. Kannst dich auf mich verlassen. Und deswegen meine ich ja auch, ob die Steffi nicht bei mir pennen kann. Bens Eltern zum Beispiel ...«

»Nein«, sagte Toppe.

Oliver sprang so hastig auf, daß sein Stuhl umkippte. »Ihr seid gemein. Blöde, abgewichste Spießer, schlimmer als im Mittelalter.«

Damit stürmte er aus der Küche die Treppe hinauf in sein Zimmer.

Toppe ließ sich weder von Gabi noch von Christian zurückhalten.

Oliver hatte sich eingeschlossen.

»Mach die Tür auf!«

»Hau ab!«

»Ich warne dich nur einmal. Mach sofort die Tür auf.«

Oliver schloß auf, schmiß sich, vor Wut heulend, bäuchlings aufs Bett und schlug mit geballten Fäusten auf sein Kopfkissen ein.

Toppe blieb neben ihm stehen. »Wie verhütet ihr?«

Oliver lag unvermittelt still. »Was?« klang es erstickt aus dem Kissen.

»Hör auf mit dem Mist. Diese Unschuldsmasche kauft dir vielleicht deine Mutter ab, was ich noch bezweifle, ich auf jeden Fall nicht. Also, wie verhütet ihr?«

»Das letzte Mal mit Gummi.«

»Und die Male davor?«
»Ist ja nichts passiert.«
Toppe erstarrte. »Ich hab mich doch wohl verhört. Das kann doch nicht wahr sein!«
»Scheiße«, schrie Oliver. »Was verstehst du denn davon?«
Toppe sah ihn an, bis Oliver den Blick senkte.
»Wie alt ist Stefanie eigentlich?«
»Sie wird fünfzehn.«
Toppe stöhnte; es wurde immer besser. »Sie ist also erst vierzehn.«
»Stop«, rief Oliver, »bevor du jetzt total abdrehst. Das ist heute ein bißchen anders als früher.«
»Wissen Stefanies Eltern davon?«
»Natürlich.« Oliver setzte sich herausfordernd auf. »Gestern war ihre Mutter mit ihr beim Frauenarzt. Steffi kriegt jetzt die Pille.«
»Hoffentlich reicht ihr Verstand wenigstens so weit, daß sie sie jeden Tag nimmt.«

Er fand Gabi in ihrem Wohnzimmer. Sie goß ihm eine Tasse Kaffee ein, und er setzte sich neben sie aufs Sofa.
»Du brauchst nichts zu sagen. Ihr wart so laut, daß ich jedes Wort hören konnte.«
Er wollte auch gar nicht reden.
»Helmut«, begann sie, nachdem sie eine Weile nur so dagesessen hatten, »wenn die sowieso miteinander schlafen, meinst du nicht, sie könnten dann besser hier ...«
»Nein, ganz im Gegenteil.«
»Wieso? Findest du es etwa gut, wenn sie sich in irgendwelchen Ecken rumdrücken, immer auf der Hut, immer mit Angst?«
»Ja, das finde ich sogar sehr gut. Das gehört dazu. Glaub mir, es ist einfach nicht gesund, wenn ein sechzehnjähriger Junge und ein vierzehnjähriges Mädchen regelmäßig Sex haben, womöglich noch elterlich abgesegnet, jeden Samstag, wie ein altes Ehepaar.«
»Daß die erst vierzehn ist, habe ich gar nicht gewußt.«

»Und wenn sie fünfzehn wäre!« wurde Toppe wieder laut.

Gabi nahm seine Hand. »Jetzt komm doch mal wieder runter von deiner Palme. Ich weiß ja, was du meinst. In dem Alter soll es außergewöhnlich bleiben, spannend und heimlich und auch verboten.«

»Was es im übrigen auch ist«, murmelte Toppe müde und rieb sich das Kreuz.

»Hast du wieder Rückenschmerzen?«

»Ein bißchen.«

»Was ist eigentlich mit dir in letzter Zeit? Du bist so bedrückt, und ständig tut dir der Rücken weh.«

»Ach.« Er streckte sich, legte die Füße übereinander und verschränkte die Hände im Nacken. »Die Arbeit macht mir einfach keinen Spaß mehr, nervt nur noch, seitdem alles umgekrempelt worden ist. Die ballern uns zu mit Binsenweisheiten, die groß aufgebläht daherkommen; alles nur Worthülsen. Soviel verschwendete Zeit und vergeudete Energie. Mit dem Job, den ich wirklich immer gern gemacht hab, hat das alles nichts mehr zu tun. Und die ganze Zeit macht man mir klar, daß ich falsch liege, nicht die, verstehst du? Ich passe da nicht rein, ich bin das nicht und will das auch gar nicht sein. Es gibt Tage, da mag ich überhaupt nicht mehr hingehen.«

»Was sagen denn die anderen? Wie ist das bei denen?«

»Ich weiß es nicht. Wir reden nicht darüber. Wir reden eigentlich kaum noch miteinander. Wann denn auch? Jeden Tag fegt ein neuer Taifun über uns hinweg.«

»Und was ist mit Astrid los?«

»Das ist wieder eine andere Geschichte.« Er erzählte ihr von Meinhards Angebot.

»Mensch, das ist doch ganz toll«, meinte Gabi, dachte dann aber nach. »Ach verstehe, damit ist euer altes Problem wieder auf den Tisch gekommen, stimmt's?«

»Du sagst es«, antwortete Toppe mit geschlossenen Augen.

»Du bist nie besonders fair zu Astrid gewesen, weißt du das?«

»Oh, vielen Dank, das hab ich heute schon mal gehört.«

»Wenn du mit einer so jungen Frau zusammen sein willst, mußt du damit rechnen, daß sie Kinder will. Das habe ich dir damals schon gesagt. Und ich finde, du hast dich darauf einzulassen.«

»Es war keine bewußte Entscheidung«, sagte er leise.

»Verstehe ich nicht.«

»Es war damals keine bewußte Entscheidung bei der Sache mit Astrid.«

»Ja«, sagte sie scharf. »Das genau war schon immer dein Problem: Entscheidungen zu treffen.«

Er machte die Augen auf. »Stimmt, da hast du recht, aber warum bist du auf einmal so sauer auf mich?«

Sie senkte den Blick. »Ich habe bei unserer Trennung ein paar mehr Federn gelassen als du, erinnerst du dich?«

Toppe legte den Arm um sie, zog ihren Kopf an seine Brust und vergrub sein Gesicht in ihrem Haar. »Ich weiß. Heute ist es übrigens eine bewußte Entscheidung.«

»Was?« Sie hob den Kopf.

»Ich will mit Astrid zusammenbleiben. Und wenn für sie unbedingt ein Kind dazu gehört, dann muß es eben sein.«

»Hast du ihr das so gesagt?«

»So ungefähr, ja.«

»Bin ich froh, daß ich nicht in ihrer Haut stecke.« Gabi setzte sich wieder auf.

»Hör mal«, meinte Toppe. »So etwas habe ich bisher noch nie gesagt, nicht sagen können.«

»Glückwunsch! Vielleicht verleiht sie dir ja dafür einen Orden.« Sie horchte plötzlich auf. »Du, ich glaube, dein Telefon unten schellt.«

Toppe stemmte sich hoch. »Verdammt! Es ist das Präsidium, das hör' ich schon am Klingeln.«

Und es war das Präsidium: Ein Streifenwagen hatte den als gestohlen gemeldeten Ford Escort auf dem Aldiparkplatz an der Querallee entdeckt.

»Gabi?« rief Toppe nach oben.

»Ja?« Sie kam an die Treppe gelaufen.

»Ich kann Astrid nicht erreichen, sie hat wohl ihren Piepser nicht eingeschaltet. Wenn sie zurück ist, soll sie zum Präsidium nachkommen. Sag ihr, der Wagen ist gefunden worden, auf dem Aldiparkplatz.«

»Ja, mach ich. Ist es denn so wichtig, daß ihr beide hin müßt?«

»Kaum«, meinte Toppe und schlüpfte in seine Jacke, »aber die Meinhard nimmt es genau mit der Bereitschaft.«

»Ich dachte, du teilst das ein.«

»Das war mal.« Toppe sah sich suchend in der Halle um. »Wo hab ich denn die blöde Knarre hingelegt?«

»Auf den Küchenschrank.«

Was wollten die ganzen Menschen hier? Es gab doch nun wirklich nichts zu sehen. Aber offensichtlich reichten ein Streifenwagen und ein paar Polizisten schon aus, die Neugierigen anzulocken.

Toppe parkte hinter van Gemmerns Auto, stieg aus und musterte die Leute mißbilligend. Aber die beachteten ihn gar nicht; der Mann mit den Gummihandschuhen, der mit einer grellen Lampe das weiße Auto ausleuchtete, war viel interessanter.

Toppe versuchte, sich zu van Gemmern durchzudrängeln, und stolperte über Rother, der auf allen vieren um den Wagen krabbelte und sich die Reifen ansah.

Leise fluchend rieb Toppe sich den Knöchel. »Macht ihr jetzt etwa zu zweit Dienst?«

»Nein«, antwortete van Gemmern, ohne sich umzudrehen.

Jürgen Rother kam auf die Füße. »Guten Abend, Herr Toppe. Nein, ich habe keinen Dienst. Ich hatte heute nur nichts Besseres vor, und Sie wissen doch, ich habe noch einiges nachzuholen, was die Praxis angeht.«

Van Gemmern kam herüber. »Wie auch immer, wir kratzen jetzt ein bißchen Dreck aus den Reifenprofilen, und dann würde ich die Kiste gern einschleppen lassen. Oder spricht was dagegen?«

»Von mir aus nicht«, meinte Toppe. »Fordert mal den Abschleppdienst an«, rief er den Streifenpolizisten zu, die unbeteiligt an ihrem Wagen lehnten. Er hatte die beiden ein paarmal gesehen, konnte sich an ihre Namen aber nicht erinnern.

Auch für die neue Modellbehörde hatte sich der Personalschlüssel selbstverständlich nicht verbessert, aber Anfang des Jahres war die BKV neu berechnet worden – die »belastungsbezogene Kräfteverteilung«. Toppe hatte die Daten zwar nie zu Gesicht bekommen, aber offenbar mußte seit der letzten Berechnung die Gesamtzahl der Delikte im Kreis Kleve gestiegen sein. Im K 1 hatte er allerdings nichts davon bemerkt. Jedenfalls waren ihnen neue Beamte von außerhalb zugewiesen worden, einige davon ziemlich naßforsche Typen, die die Atmosphäre auf der Wache nicht gerade verbessert hatten. Diese zwei hier – der eine groß und dunkel, der andere schmal und hellblond – kamen, wenn er sich nicht täuschte, aus Düsseldorf und sahen geschniegelt und ein klein wenig einfältig aus. Sie waren beide noch sehr jung und lächelten Toppe stolz entgegen. Erwarteten die ein Lob, weil sie das Auto hier entdeckt hatten, oder was?

»Der Wagen soll eingeschleppt werden. Ruft mal an!«

Endlich bewegte sich der Große, beugte sich in den Streifenwagen und griff zum Funkgerät.

»Haben Sie den Besitzer benachrichtigt?«

Der Blonde schüttelte den Kopf. »Das fällt nicht in unsere Zuständigkeit, wenn die Kripo beteiligt ist.«

Toppe schluckte. »Aber ihr wißt, wer der Halter ist?«

»Selbstverständlich.«

Der Dunkle tauchte wieder aus dem Auto auf. »Alles erledigt. Ist das denn jetzt der Wagen vom Postraub?«

»Bin ich Hellseher?« verlor Toppe nun doch die Geduld.

»Oh je«, staunte der Blonde. »Mit Ihnen ist heute aber nicht gut Kirschen essen, Herr Hauptkommissar.«

Toppe hatte eine Entschuldigung schon auf den Lippen – er mußte seine schlechte Laune nun wirklich nicht an diesen beiden Trantüten auslassen – aber dann hörte er den Großen was von »häuslichen Problemen« flüstern und sah, wie sie ein anzügliches Grinsen tauschten.

»Würden Sie jetzt bitte dafür sorgen, daß die Schaulustigen endlich verschwinden? Soweit ich weiß, fällt das in Ihre Zuständigkeit.«

»Ach, die stören doch nicht«, gab der Blonde zurück. »Oder stören die, Herr van Gemmern?« rief er.

Van Gemmern sah Toppe lange ins Gesicht und kam dann langsam hinzu. »Sie stören.« Er war gut einen Kopf größer als der Uniformierte.

Toppe grinste sich eins – seit wann hatte van Gemmern Humor?

»Wie sieht es aus? Irgendwas Auffälliges am Auto?« Aus den Augenwinkeln beobachtete er, wie die Streifenpolizisten die Leute mit großen Gesten vertrieben und sich dann breitbeinig als Schutzwall vor dem Auto postierten.

»Nein«, sagte van Gemmern. »Ist auf die übliche Weise kurzgeschlossen worden. Die Schlösser sind aber unversehrt. Die Karre war offensichtlich gar nicht abgeschlossen.«

»Hm«, überlegte Toppe, »am besten, ich setze mich gleich mit dem Halter in Verbindung. Der soll mal einen Blick auf sein Auto werfen und uns erzählen, ob etwas fehlt oder vielleicht sogar was dazu gekommen ist.«

»Von mir aus sofort. In einer halben Stunde habe ich den Wagen am Präsidium.«

»Gut, dann will ich mal sehen, ob ich den beiden Unzuständigen da vorne den Namen und die Adresse entlocken kann.«

Astrid saß am Computer, als Toppe schließlich um halb elf ins Büro kam. Wie immer, wenn sie spätabends noch arbeitete, hatte sie nur ihre Schreibtischlampe eingeschaltet, und das Zimmer wirkte beinahe gemütlich.

»Hallo«, drehte sie sich sofort mit ihrem Stuhl zu ihm um. »Na, Erfolg gehabt?«

»Hallo, Süße.« Er küßte sie nachdrücklich. »Geht's dir gut? Wie war dein Spaziergang?«

»Ach, Helmut! Du brauchst mich nicht wie ein rohes Ei zu behandeln. Ich bin wirklich nicht beleidigt, und mir geht es auch wieder gut.«

»Na, ich weiß nicht«, zweifelte er, zog einen Stuhl heran und setzte sich dicht neben sie.

Sie lachte. »Jetzt komm, wir wollen hier endlich fertig werden. Ich hab nämlich keine Lust mehr. Also, was ist mit dem Auto?«

»Steht unten. Van Gemmern hat es einschleppen lassen. Der Halter ist ein Edgar Stach aus dem Katzenhof in Materborn, Bankkaufmann. Ich habe ihn abgeholt, er hat sich den Wagen angesehen, aber aufgefallen ist ihm nichts. Der ED hat Schmutzproben von den Reifen genommen und will die morgen mit den Bodenproben vom Tatort vergleichen.«

»Und wie ist dem Stach der Wagen geklaut worden?«

»Ziemlich dreist. Stach ist wie jeden Tag in der Mittagspause zum Essen nach Hause gekommen und hat den Wagen vor seiner Garage abgestellt. Die liegt so zwanzig, dreißig Meter von seinem Haus weg, kennst du bestimmt. Da ist so eine ganze Reihe Garagen, die die Bewohner der beiden Wohnblöcke anmieten können. Als Stach um halb zwei wieder zur Arbeit fahren will, ist sein Auto weg. Er schwört Stein und Bein, der Wagen wäre abgeschlossen gewesen, aber van Gemmern glaubt ihm nicht.«

»Vielleicht hat Stach ja Angst vor der Versicherung.«

»Für die Möhre kriegt der sowieso nichts mehr, die ist elf Jahre alt. Stach sagt, er hätte schon alle Nachbarn gefragt, aber keiner hätte was beobachtet. War ja Mittagszeit, die saßen alle am Tisch.« Toppe rieb sich erschöpft die Stirn. »Ich werde dann wohl übermorgen brav meine Runde dort drehen. Am besten um die gleiche Tageszeit, da erwische ich höchstwahrscheinlich dieselben Leute.«

»Hej«, Astrid stupste ihn an. »Jetzt häng nicht so durch!«

»Vielleicht bringt uns der Aufruf in der Zeitung ja weiter ...«

»Bestimmt! Ich habe übrigens was für dich. Gerade im Computer gefunden: Heinrichs' Russengeschichte. Bei den beiden Raubüberfällen in Dormagen und Grevenbroich waren die Tatfahrzeuge geklaut, und beide Male haben die Täter sie auf Supermarktparkplätzen stehen lassen. Ich schätze mal, die sind dort in ein anderes Auto umgestiegen.«

»Und dabei hat sie keiner beobachtet?«

»Anscheinend nicht. Aber beide Überfälle waren freitags, und da ist in den Supermärkten Großkampftag. Bei Aldi war gestern um die Zeit bestimmt auch die Hölle los.«

»Und du meinst, das kriegt keiner mit, wenn jemand vier Alukästen umlädt?«

»Natürlich müssen wir das überprüfen. Aber ich kann dir nur sagen, ich würde das nicht mitkriegen. Ich bin so froh, wenn ich aus dem Ladengewühl und der Kassenschlange raus bin und meine Sachen ins Auto packen kann, daß es mich herzlich wenig interessiert, was andere Kunden ein- oder aus- oder umladen. Vielleicht haben die die Kästen ja in Plastiktüten gepackt oder in Kisten. Bei Aldi stehen genug leere Kartons hinter der Kasse.«

Toppe grübelte. »Mir schmeckt die ganze Sache nicht: organisiertes Verbrechen ... Ich kann dir nicht mal genau erklären, warum. Aber einer unserer Täter spricht mit starkem niederrheinischen Akzent, das Auto wird in Materborn geklaut und in Materborn wieder abgestellt ...«

Astrid stutzte. »Was willst du sagen? Etwa, daß die Täter aus Materborn kommen? Die haben den Wagen bei Aldi stehen lassen und sind dann zu Fuß nach Hause gegangen, oder was?«

Toppe blieb ernst. »Theoretisch ist auch das möglich.« Er stand auf und reckte sich.

»Und was ist mit den ganzen Übereinstimmungen zu den anderen Fällen?«

»Davon hätten wir normalerweise noch gar nichts gewußt. Schalt das Mistding ab, und laß uns endlich nach Hause gehen. Ich bin hundemüde.«

5

Der Sonntag war ein Frühlingstag wie aus dem Bilderbuch, klar und nicht zu warm.

Toppe genoß den Duft der feuchten Erde, er genoß sogar das Umgraben, obwohl er sich heute abend wahrscheinlich nicht mehr würde rühren können.

Gabi und Astrid wollten unbedingt ein größeres Erdbeerbeet anlegen, und deshalb beackerte er dieses Stück Obstwiese. Zuerst hatte er die Grasnarbe in Soden abtragen müssen; dagegen war das Graben jetzt ein Kinderspiel.

Die beiden Frauen hackten die Gemüsebeete auf der anderen Seite des Gartenweges. Dabei redeten sie leise über Filme oder vielleicht auch über Männer – er hatte Namen gehört, Kevin Costner, Robert Redford – und zwischendurch kicherten sie verschwörerisch.

Astrid schien es wirklich nicht schlecht zu gehen, und er war froh. Beim Frühstück hatte sie ganz offen über Meinhards Angebot geredet und die Konsequenzen für ihr Leben durchgespielt, hauptsächlich mit Gabi, aber sie hatte ihn nicht ausgeschlossen. Wie auch immer sie sich entscheiden mochte, sie würden es wohl hinkriegen.

Er stützte sich auf den Spaten und rieb sich das Kreuz.

Unter den Apfelbäumen grasten die Mutterschafe, und die beiden Lämmer tollten auf der Wiese herum. »Schlimmer als auf jeder Kitschpostkarte«, murmelte er.

»Was brummelst du dir denn da in den Bart?« rief Astrid fröhlich.

»Ich erinnerte mich gerade an zwei Frauen, die mir mal erzählt haben, die Gartenarbeit auf unserem Hof wäre keine große Sache, die täte sich quasi von selbst. Kann das sein, daß ihr das wart?«

»Machst du etwa schon schlapp?« lachte Gabi. Sie zog die Arbeitshandschuhe aus und holte eine Thermoskanne und Becher aus dem Korb, der auf dem Weg stand. »Komm rüber, es gibt Tee.«

»Für dich wird es wirklich kaum noch Arbeit geben«, meinte Astrid. »Jetzt wo wir die Schafe haben, wirst du die Wiese nicht mehr mähen müssen. Sind die Kleinen nicht süß?«

»Ja, noch!« Toppe nahm Gabi den dampfenden Becher ab. »Aber der vorwitzige Racker da hinten ist ein Bock. Ich möchte dich in einem halben Jahr hören, wenn das Biest dich dreimal täglich über den Hof jagt.«

»So ein Blödsinn! Man muß sich nur drum kümmern, dann bleibt der ganz zahm.«

Toppe löffelte Zucker in seinen Tee. »Wenn mir einer vor zehn Jahren erzählt hätte, daß ich mich am hochheiligen Sonntag im Garten krummlegen würde, hätte ich den für verrückt erklärt. Dabei könnte ich doch heute so schön in der Sonne sitzen und lesen.«

Astrid umfaßte prüfend seinen Oberarm.

»Umgraben bringt eindeutig mehr Muskeln. Schließlich mußt du in Form bleiben.«

»Ich bin fit genug.«

»Das scheint die Chefin anders zu sehen.«

»Ach die!« erwiderte Toppe grimmig.

»Die Meinhard?« fragte Gabi. »Was hat die denn mit Helmuts Muskeln zu tun?«

»Die läßt gerade in unserem alten Schulungsraum eine Muckibude installieren«, erklärte Astrid.

»Ja, ja«, meckerte Toppe. »Und wahrscheinlich macht sie eine Pflichtübung draus und kontrolliert persönlich, daß jeder regelmäßig hingeht. Genau wie beim monatlichen Schießtraining. Völlig bescheuert! Ich kann meine Zeit wahrhaftig sinnvoller verbringen.«

»Ansichtssache«, meinte Astrid verschmitzt.

»Natürlich, ich weiß schon: Du schießt besser als ich.«

»Und besser als Norbert und Walter und ...«
Er küßte sie.
»Auch eine Art, jemanden zum Schweigen zu bringen«, sagte Gabi.

Der Presseaufruf war in beiden Tageszeitungen erschienen, und wie immer war auf die Klever Bürger Verlaß.

Schon ab acht Uhr früh stand das Telefon nicht still, und Walter Heinrichs hatte alle Hände voll zu tun. Jeder andere vom K 1 wäre dabei wahnsinnig geworden, aber Heinrichs behandelte alle Anrufer mit derselben ernsthaften Freundlichkeit, wie dämlich, aufgeblasen, unsicher oder selbstherrlich sie auch daherkommen mochten.

Zwischendurch vertrieb er sich die Zeit damit, am Bildschirm Diagramme zu zeichnen über alle Parallelen in den drei Postraubfällen, und er schaffte es sogar, seine Daten an das LKA zu schicken, ohne den Computer zum Absturz zu bringen.

Alle halbe Stunde rief er beim ED an, um nach den Schmutzproben von den Reifen zu fragen, aber es meldete sich keiner; vermutlich wurden van Gemmern und Rother woanders gebraucht.

Am späten Vormittag kam der entscheidende Hinweis: ein Autofahrer, der in Donsbrüggen hinter dem Postauto gewesen war, hatte sich über dessen chaotische Fahrweise geärgert und ein paarmal versucht zu überholen. »Ich hab mich noch mit meiner Frau in die Wolle gekriegt, weil so viel Gegenverkehr war und die sich dranhielt: Bleib dahinter, der biegt bestimmt gleich ab! Ich bin jedenfalls nicht dran vorbeigekommen, weil der Ford vor dem Postauto mich nicht dazwischen gelassen hat, dieser Idiot. Jedenfalls hab ich mir dessen Kennzeichen gemerkt. Ich war so sauer, ich wollte den schon anzeigen.«

Das Kennzeichen, das der Zeuge angab, war identisch mit dem des geklauten Ford aus Materborn. Na bitte, was brauchte Heinrichs den ED?

Zu dem Täter an der Ampel in Nütterden gab es bis mittags keine Hinweise, aber noch war nicht aller Tage

Abend, manche Menschen lasen ihre Zeitung ja auch erst nach getaner Arbeit.

Zufrieden schaltete Heinrichs den Anrufbeantworter ein. Bei dem Team um drei wollte die Chefin dabei sein, und bis dahin konnte er sich eine ausgiebige Mittagspause gönnen. Wann er seine Überstunden abfeierte, war schließlich seine Sache. Wenn er sich beeilte, konnte er die Kinder von der Schule und seine Frau von ihrer Arbeit im Kindergarten abholen und sie alle zum Mittagessen ausführen. Kleine Überraschung zum Wochenanfang.

Er war schon fast draußen, als ihm Toppes Auftrag einfiel: ein neuer Presseaufruf an alle Kunden, die am Freitag abend bei Aldi eingekauft hatten. Na, wenigstens konnte er jetzt das Autokennzeichen angeben.

Wenn der Artikel morgen erschien, brauchte er bessere Nerven als heute, soviel war klar. Es war schon so eine Sache mit der Erinnerung. Was die Leute nicht alles gesehen haben wollten!

Da bekam man Personenbeschreibungen, die reichten von schlanker Frau mit langen, blonden Haaren bis zu kleiner, dicker Mann mit Glatze. Für ein und dieselbe Person, wohlgemerkt; und immer waren die Leute vollkommen davon überzeugt, daß sie recht hatten.

Aber mit ein bißchen Geduld und Kombinationsgabe fand man meistens doch ein paar Körnchen Wahrheit.

Auf der Heimfahrt grübelte Heinrichs mal wieder darüber nach, was ein Pfannkuchenhaus wohl mit einem Postraub zu tun haben mochte.

Währenddessen vergeudete Astrid fast den ganzen Morgen im Aldimarkt.

Zuerst hatte sie sich mit dem unfreundlichen Geschäftsführer herumschlagen müssen, der nicht das geringste Einsehen gezeigt hatte, daß seine Kassiererinnen während der Arbeitszeit »Privatgespräche« führen sollten. Als sie letztendlich doch mit den Frauen geredet hatte, war sie auf völliges Unverständnis gestoßen. Sie sollten Kunden beobachtet haben? Womöglich noch beschreiben können! Sie hätten es nicht einmal bemerkt, wenn die Königin von England persönlich an ihrer Kasse gestanden hätte.

Astrid wußte, daß sie die Wahrheit sagten. Sie hatte die Frauen selbst oft genug bestaunt. Das waren perfekt funktionierende Maschinen, Kassenroboter: Sie zogen die Waren über das Band, tippten blind, ohne auf ihre Hände zu sehen, die Preise ein, nahmen Scheine entgegen, gaben Wechselgeld heraus, und das alles mit affenartiger Geschwindigkeit. Und wahrscheinlich waren sie erbärmlich unterbezahlt.

Auch die Leute vom Warenlager konnten ihr nicht weiterhelfen.

Für Toppe blieb zunächst die Routinearbeit übrig, das unbeliebte, nervtötende Stochern im Nebel. Er verbrachte die meiste Zeit im Raubdezernat und löcherte die Kollegen: Hatte es auf der anderen Seite der Grenze in den letzten fünf Jahren ähnliche Raubüberfälle gegeben? Paßte das Tatmuster zu einem »alten Bekannten«? Wer von den mehr oder minder »schweren Jungs« war kürzlich aus dem Knast entlassen worden?

Vor vierzehn Tagen hatte es eine Entweichung aus der Landesklinik in Bedburg gegeben, ein gewisser Sudeck war zur Fahndung ausgeschrieben; der Mann war vermutlich bewaffnet.

Toppe griff zum Telefon, rief in der Forensik an und ließ sich mit Reimann verbinden, einem Psychologen, den er ganz gut kannte.

»Sudeck? Aber der ist doch längst wieder hier! Schon über eine Woche.«

»Was ist das denn wieder für eine verdammte Schlamperei«, explodierte Toppe, aber Reimann lachte nur: »Ihr Zorn trifft den Falschen.«

Ohne lange zu überlegen, ging Toppe hinunter ins Revier und machte seinem Ärger gehörig Luft.

»Und ihr könnt froh sein, daß die Chefin davon nichts

weiß«, drohte er zum Schluß. Dabei war er selbst wohl am meisten froh darüber, denn Meinhards Konsequenz konnte er sich gut vorstellen: »gemeinsame Erarbeitung eines effektiven Kommunikationsmodells mit inhärenter Fehlerkontrolle«, vorzugsweise als Wochenendseminar.

Gegen halb zwölf machte er sich auf den Weg nach Materborn, um die Bewohner des Katzenhofs nach ihren Beobachtungen am Freitag zu befragen.

In Stachs unmittelbarer Nachbarschaft hatte er keinen Erfolg, aber wenigstens waren die Leute nicht allzu ungehalten, daß er sie beim Essen störte. Die Seitenstraßen konnte er allein unmöglich bis drei Uhr schaffen, aber den Rest vom Katzenhof würde er sich noch vornehmen und die ersten Häuser der Eichenstraße.

Was war hier in den letzten Jahren gebaut worden! Immer mehr junge Familien aus dem Ruhrgebiet zogen die Kleinstadt als Wohnort dem Revier vor. Es war nicht zu übersehen: Kleve boomte.

Im Eckhaus war er noch nicht gewesen – *Kröll* stand auf dem Türschild. Er schellte zweimal, aber offenbar war niemand zu Hause.

»Hoppla!« Im letzten Moment konnte er zur Seite springen, sonst wäre ihm das kleine Mädchen mit seinem Fahrrad in die Beine gefahren.

Sie blieb stehen und sah ihn aus großen schwarzen Augen erschrocken an.

»Ist nichts passiert«, beruhigte Toppe sie. »Bist du immer so stürmisch?«

Sie schüttelte die dunklen Locken und kniff die Lippen zusammen.

»Wie heißt du denn?«

»Barbara.« Dann hob sie die Hand und streckte die Finger. »Und ich bin soviel!«

War die niedlich! »Fünf Jahre alt? Da bist du ja schon richtig groß. Wohnst du hier?«

Sie nickte nachdrücklich. »Aber Mama und Papa sind arbeiten.«

»Und du bist alleine?«

»Nein«, antwortete sie entrüstet. »Ich bin doch bei Oma.«

Toppe folgte ihrem Blick. Im Nachbarhaus beugte sich eine ältere Frau aus dem Fenster und beäugte ihn mißtrauisch. »Was machen Sie da? Was wollen Sie von dem Kind?«

»Keine Sorge«, rief Toppe und ging hinüber. »Ich bin von der Polizei.«

»Ach, Sie sind das! Dann Entschuldigung, aber man kann nicht vorsichtig genug sein heutzutage.«

Toppe nickte freundlich, kam aber nicht dazu, seine Fragen zu stellen.

»Meine Nachbarin hat mich schon angerufen, daß Sie hier herumlaufen. Ich habe nichts gesehen. Ich kümmere mich nicht um andere Leute. Und meine Kinder arbeiten den ganzen Tag.«

»Kommen die denn in der Mittagspause nicht nach Hause?«

»Nur meine Tochter manchmal ...«

»War sie am Freitag mittag hier?«

»Doch, ich glaube, sie war kurz da, aber die hat auch nichts gesehen, sonst wüßte ich das.«

Toppe überlegte, dann holte er seine Karte aus der Jakkentasche und reichte sie zum Fenster hoch.

»Wir machen das ganz einfach. Sie geben Ihrer Tochter meine Telefonnummer, und wenn ihr doch etwas einfällt, soll sie mich anrufen.«

Die Frau streckte den Arm aus, kniff die Augen zusammen und versuchte, die Karte zu entziffern. »Wenn Sie meinen ...«

Am schlechtesten gelaunt war an diesem Morgen sicherlich Norbert van Appeldorn.

Er saß mit Ackermann in der Gerichtskantine, wo man für wenig Geld gut essen konnte, aber vor lauter Wut brachte er keinen Bissen herunter. »Was fällt dem Arschloch von Staatsanwalt eigentlich ein, uns mit dieser lauwarmen, gequirlten Scheiße abzuspeisen!«

»Baa«, schüttelte sich Ackermann, »du kannst aber fiese Wörters. Gut, dat die Mutti dat nich' gehört hat.«

Van Appeldorn knirschte mit den Zähnen. »Ich warn' dich, Ackermann, noch ein Wort von deiner Mutti!«

Ackermann machte sich nicht die Mühe runterzuschlucken. »Wat regst du dich bloß so auf, Norbert«, schmatzte er. »Dat mußte doch kapieren, wenn die 'ne heiße Spur haben, un' wir funken denen dazwischen, dann machen wir vielleicht die Pferde scheu.«

Van Appeldorn stierte ihn an. »Weißt du was? Du kannst mich mal! Mach, was du willst. Bleib ruhig hier sitzen und lamentiere weiter rum, oder von mir aus fahr zu deiner Mutti, ich gehe jetzt jedenfalls zum Stein.«

»Zum Stein?« Ackermann ließ die Gabel auf den Teller klirren. »Aber der hat doch mit Wirtschaft ga' nix zu tun.«

»Nee, aber mit Mord und Totschlag. Und darum geht es hier schließlich.«

Bei der Teamsitzung war van Appeldorn wie ausgewechselt. Er lümmelte sich in seinen Sessel und schnurrte wie ein Kater. »Es gibt Momente, da liebe ich meinen Beruf über alles.«

Toppe wußte nicht, was er von dieser seltsamen Stimmung halten sollte. »Dann laß uns mal teilhaben«, meinte er.

»Da sind erst einmal die 750.000 Mark. Hoymann liegt gar nicht so falsch, indirekt handelt es sich tatsächlich um die Lohngelder der Schwarzarbeiter. Diese vier deutschen Unternehmer buchen die Arbeitertrupps über den Typen in Ubbergen. An den überweisen sie wöchentlich die Arbeitslöhne. Der Holländer stellt dann den Arbeitern Barschecks aus, die sie freitags auf der Post in Kranenburg einlösen.«

»Verstehe ich nicht«, versuchte Toppe die Geschichte auf die Reihe zu kriegen. »Hast du nicht letztens gesagt, die Arbeiter wohnen in Holland? Wieso lösen sie die Schecks dann in Kranenburg ein?«

»So weit sind wir noch nicht durchgestiegen. Stein konnte sich bis jetzt ja nur einen groben Überblick verschaffen. Eines ist jedenfalls sicher: Weil freitags in Kranenburg so viele Leute mit Schecks auf der Matte stehen, brauchen die da reichlich Bargeld, und das wird von der Hauptpost in Kleve angeliefert.«

»Das ist schon klar«, erwiderte Toppe. »Aber 750.000 Mark, meine Güte! Wieviele Schwarzarbeiter kommen denn da zusammen?« Er schaute aus dem Fenster. »Ich sehe im Moment nur einen Punkt, bei dem wir ansetzen können, nämlich bei der Frage: Wer hat von dem regelmäßigen Geldtransport gewußt? Es wird uns nichts anderes übrig bleiben, als diese Leute zu überprüfen: die Postbeamten nebst Verwandtschaft, die Schwarzarbeiter und vermutlich auch die vier Unternehmer.«

Charlotte Meinhard, die sich bis jetzt im Hintergrund gehalten hatte, runzelte zweifelnd die Stirn. »Die Unternehmer? Ist das nicht ein bißchen weit hergeholt?«

»Sehe ich nicht so«, schaltete sich Heinrichs ein. »Auf alle Fälle ist es kein Fehler, deren Finanzlage unter die Lupe zu nehmen. Könnte doch sein, daß es dem einen oder anderen gar nicht so rosig geht. Und da kommen einem 750.000 Schleifen gerade recht.«

»Mag sein, daß es weit hergeholt ist«, bestätigte Toppe seiner Chefin. »Trotzdem, was bleibt uns? Wir müssen alle Möglichkeiten in Betracht ziehen.«

»Übrigens«, sagte van Appeldorn. »Stein hat den Wirtschaftsfuzzi fürs erste zurückgepfiffen. Der muß sich ruhig halten, bis wir unsere Sache unter Dach und Fach haben.«

»Ja«, bestätigte Ackermann. »Un' der is' ganz schön gnatzig. Ich hab' munkeln hören, dat da 'n Klever Anwalt mit drinhängt, un' den hatten se schon so gut wie am Wickel. Un' wat von Bestechung in Holland hab' ich auch reden hören.«

»Also gut«, entschied Toppe. »Ihr beide bleibt da weiter am Ball. Wir bräuchten eine Namensliste von allen Schwarzarbeitern.«

»Müßte über Holland zu kriegen sein«, nickte Ackermann.

»Oder über die Schecks bei der Postbank«, schlug van Appeldorn vor.

»Kaum«, meinte Toppe. »Barschecks werden in den seltensten Fällen registriert. Und bei dem Gedränge, das freitags in der Kranenburger Post herrschen muß, schon zweimal nicht. Tut mir einen Gefallen, und laßt euch bitte jeden Schritt von Dr. Stein absegnen. Nicht, daß wir uns in die Nesseln setzen.«

Aber van Appeldorn war überhaupt nicht einverstanden. »Hör mal, Helmut, die Namen kriege ich wohl lokker alleine zusammen. Dafür sind doch keine zwei Leute nötig. Ich fahre zur *recherche* nach Nimwegen. Vielleicht kann sich der liebe Kollege Lowenstijn ja dafür erwärmen. Ich deichsele das schon. Überleg doch mal, wieviele Alibis wir überprüfen müssen! Du weißt, wie gut Ackermann so was macht.«

»Tut mir leid, daß ich mich einschalten muß, Herr Toppe.« Charlotte Meinhard wischte sich unsichtbare Flusen vom schwarzen Tweedrock. »Aber ich würde Herrn van Appeldorn gern an das letzte Referat über effizientes Arbeiten erinnern. Kooperation, nicht wahr? Und zwar äußere wie innere. Ich habe die Worte des Referenten noch gut im Ohr: Kooperation kann in Einzelfällen schwierig, mitunter sogar schmerzlich sein. Dennoch ist sie unabdingbar.«

Van Appeldorns Miene war wie gemeißelt.

»Stellen wir diesen Punkt zurück«, sagte Toppe sanft. »Die einzelnen Aufgaben können wir später verteilen. Walter, du hast doch den letzten Bericht vom ED vorliegen. Bringt der uns was Neues?«

»Nein, der bestätigt nur, daß der gestohlene Escort mit dem Tatfahrzeug identisch ist. Die Erdproben aus den Reifenprofilen decken sich mit den Bodenproben vom Tatort. Ach ja, das mit dem Geld habe ich auch abgeklärt. Es waren alles gebrauchte, nicht registrierte Scheine. Damit kommen wir also auch nicht weiter.«

»Und was ist mit den Kästen, in denen das Geld transportiert worden ist? Haben wir eine vernünftige Beschreibung?«

»Ich habe sogar ein Foto!« Heinrichs griff zielsicher in den unordentlichen Papierstapel auf seinem Schreibtisch und zog ein Bild hervor. »Hier!«

»Danke. Vielleicht tauchen die Kästen ja irgendwo auf.«

»Also wieder Presse einschalten.« Heinrichs notierte es sich auf einem Zettelchen. »Und was ist, wenn die Kerle die Kisten einfach in den Müll geschmissen haben?«

»Ja«, sagte Toppe, »daran habe ich auch gerade gedacht. Wir müssen die Mülldeponien und die Recycling-Unternehmer informieren.«

Die nächsten Tage dehnten sich zäh, und die spärlichen Ergebnisse waren mühevoll erarbeitet.

Dr. Stein lieferte seine Informationen schnell: *technobouw b. v.*, eine holländische Baufirma, vermittelte die ausländischen Arbeiter an die deutschen Unternehmer. Diese zahlten an *technobouw* jedoch nicht etwa Arbeitslöhne, sondern beglichen Rechnungen über angeblich geliefertes Baumaterial. Hinzu kam, daß jeder einzelne Arbeiter vorgab, selbständiger Unternehmer zu sein, und damit war er nach deutscher Gesetzeslage nicht sozialversicherungspflichtig und folglich auch kein Schwarzarbeiter.

Das K 1 arbeitete in wechselnder Besetzung, je nachdem, wer gerade frei war, und van Appeldorn konnte sich über »schwierige Kooperation« nicht beklagen.

Wim Lowenstijn in Nijmegen hatte sich tatsächlich einspannen lassen. Er versuchte, über *technobouw* an die Namen der Arbeiter zu kommen, die ihren Lohn in Kranenburg abholten. Bisher hatte er allerdings keinen Erfolg gehabt, denn das Unternehmen sah keine Veranlassung, seine Daten freizugeben. Aber das schien Lowenstijn nicht weiter zu beunruhigen. Er hatte da so »seine Methoden«.

Währenddessen befragte das K 1 die Postbeamten, und sie konnten es kaum glauben: Warum hatten die die Abfahrtszeiten und die Route des Geldtransporters nicht gleich in die Zeitung gesetzt?

Sie überprüften die Klever Unternehmer, die alle eine weiße Weste hatten. »Vorerst«, wie Ackermann meinte. »Die klucken ganz dick zusammen – 'ne feine, kleine Mafia.«

Achtundvierzig ausländische Arbeiter waren insgesamt bei ihnen beschäftigt, und deren Vernehmungen erwiesen sich als äußerst schwierig. Viele Polen und Russen sprachen kein Wort Deutsch, Englisch oder Holländisch, und man war auf die Hilfe von Dolmetschern angewiesen. Das kostete Zeit und Geduld.

Heinrichs nahm an die hundert Anrufe von Aldi-Kunden entgegen und fütterte den Rechner mit Daten, aber bis zum Wochenende zeichnete sich kein Muster ab – die Beobachtungen und Beschreibungen deckten sich nicht.

Am Mittwoch meldete sich Frau Kröll, und Toppe verblüffte Heinrichs.

»Das kann nicht dein Ernst sein, Helmut! Die Frau selbst hat nichts gesehen, bloß die Tochter, und die ist vier.«

»Fünf«, korrigierte Toppe und ließ es sich nicht nehmen, selbst mit der kleinen Barbara zu sprechen.

Zwei Männer hatte sie gesehen, öfter als einmal. »Die waren auf *einem* Fahrrad, und das darf man gar nicht.« Der Mann auf dem Gepäckträger hatte ausgesehen wie »Onkel Jörg«.

Frau Kröll zeigte ein Foto ihres Schwagers: ein schmaler, langer Kerl von Anfang Dreißig mit braunem Haar und Aknenarben und einer großen Höckernase.

Am Donnerstag nahm Heinrichs Kontakt zu den Ermittlern in Dormagen und Grevenbroich auf.

6

Ordnungskraft bei der Eröffnung der Rhein-Maas-Ausstellung, na, das war vielleicht eine Herausforderung!

Schumacher und Schuster, die beiden jungen Polizisten aus Düsseldorf, standen sich die Beine in den Bauch.

»Eine Messe soll das sein!« mopperte der blonde Schuster. »Die sollten mal nach Düsseldorf kommen, dann könnten die sich angucken, was eine richtige Messe ist.«

»Genau«, stimmte Schumacher bereitwillig zu. »Und für so ein Zeltlager machen die auch noch Werbung. Typisch für dieses Kaff.«

»Hast du Heimweh?« wollte Schuster wissen.

»Manchmal schon.« Schumacher betrachtete melancholisch seine blankgewichsten Schuhspitzen. »Hier ist doch wirklich der Hund begraben. Um sieben Uhr klappen die alle Bürgersteige hoch, und man kann sehen, wie man sich den Abend um die Ohren schlägt.«

»Jetzt übertreibst du aber, Peter«, lachte Schuster.

»Ich übertreibe? Du kannst doch gar nicht mitreden. Du hast schließlich eine feste Freundin.«

»Das ist wohl wahr«, freute sich Schuster. »Und nächsten Monat zieht Claudia zu mir. Die hat nämlich eine Stelle hier im Kaufhof gekriegt.«

»Da hast du's! Und bei mir ist tote Hose, und zwar im wahrsten Sinne des Wortes. Oder glaubst du etwa, ich lasse mich mit einem Bauerntrampel ein? Guck dir doch mal an, wie diese Landeier schon angezogen sind!« Schumacher schüttelte sich.

»Großer Gott«, stöhnte Schuster. »Kann sich nicht wenigstens der Bürgermeister kürzer fassen? Ich frage mich sowieso, warum wir uns hier beim Rednerpult postieren sollten. Glauben die denn, daß die honorigen Gäste eine Prügelei anfangen?«

Schumacher unterdrückte ein Kichern. »Vielleicht stellen wir ja den Personenschutz für den Ministerialrat dar.«

»Phh«, grummelte Schuster, »ist doch eh nur der Stellvertreter.«

»Woher weißt du das denn schon wieder?« staunte Schumacher.

»Das haben die doch gerade gesagt. Es steht auch ein ganz anderer im Programmheft.« Schuster deutete versteckt auf die Faltblätter, die auf jedem leergebliebenen Sitzplatz lagen.

Schumacher wippte auf den Fußspitzen. »Nach dem Bürgermeister dürfte ja wohl Schluß sein.«

»Irrtum! Dann kommt noch eine Ehrung.«

»Ehrung? Was denn für eine Ehrung?«

»Jetzt steh endlich still«, zischte Schuster. »Wie sieht das denn aus, wenn du so rumhampelst?«

Schumacher nahm die Hacken zusammen.

»Da kriegt einer einen Umweltpreis verliehen«, erklärte Schuster leise. »Birkenhauer heißt der, meine ich. Das ist der Fette da vorne, der jetzt noch mal für kleine Männer geht. Der macht sich sonst vor lauter Aufregung in die Hosen.«

Schumacher unterdrückte ein Lachen. »Der hat seinen Kommunionsanzug an.«

Der Hüne, der sich gerade so auffallend unauffällig zum Klo schlich, war tatsächlich ein wenig zu massig für seinen Anzug.

Schumacher und Schuster langweilten sich weiter. In den ersten fünf Minuten waren sie damit vielleicht noch alleine, aber dann befanden sie sich in durchaus respektabler Gesellschaft: der Stadtdirektor, der Ministerialratstellvertreter, der Bürgermeister nebst Gattin – sie alle drehten Däumchen.

Wo blieb der Ehrengast?

Nur einer langweilte sich nicht. Dem Kulturdezernenten, oder was immer der verantwortliche Herr am Pult sein mochte, lief der Schweiß übers wächserne Gesicht.

Was für eine peinliche Panne! Dabei war doch alles so gut gelaufen bisher. Noch einmal sortierte er seine Zettel und schickte ein Stoßgebet gen Himmel. Das aber bereute er schon einen Augenblick später.

Mit lautem Krachen schlug die Klotür gegen die Wand, und johlend torkelte ein Randalierer in den Saal. Sein Schädel war bis auf einen leuchtrosa Irokesenbürzel kahlgeschoren, um die Kehle war wie ein Hundehalsband ein brauner Klebestreifen gewickelt, an den Füßen schlackerte die feine blaue Hose und am schrumpeligen Penis prangte feuerrot eine dicke Seidenschleife. Die Augen trieften blutunterlaufen.

Lähmende Stille stand im Saal, keiner rührte sich.

Birkenhauer taumelte, verfing sich in seiner Hose und landete klatschend auf dem nackten Hintern. »Ihr Säkke!« brüllte er und fuchtelte wild mit den Armen. »Verdammte Sausäcke!«

Jetzt kam Leben in die Bude. Blitzlichter zuckten, Frauen kreischten, Männer stießen Befehle aus, ein Stuhl kippte um. Der Stadtdirektor stürmte vor und winkte wütend den beiden Polizisten, aber die hatten sich längst in Bewegung gesetzt. Sie packten den Hilflosen bei den Armen und zogen ihn mit einem geschmeidigen, oft geübten Schwung auf die Füße.

»Igitt«, knurrte Schumacher, »der stinkt ja wie ein ganzer Schnapsladen.«

»Ziehen Sie dem Mann endlich die Hose hoch«, flüsterte der Stadtdirektor streng.

Birkenhauer wehrte sich, versuchte Tritte zu landen, doch die Polizisten drehten ihm die Arme nach hinten. Nur ein kleines bißchen, aber das reichte schon.

»Na, dann wollen wir mal«, meinte Schuster munter. »Bißchen viel getankt, Junge, ne? Macht nichts, wir haben ein schönes Bett für dich.«

Birkenhauer glotzte.

»Ich weiß nicht«, betrachtete Schumacher ihn besorgt. »Soll nicht lieber erst mal ein Arzt draufgucken? Sonst nippelt der uns nachher noch ab.«

»Da könntest du recht haben. Aber los, bringen wir den erst mal nach draußen.«

Toppe entdeckte den kleinen Artikel auf der dritten Seite nur, weil heute Samstag war, der einzige Tag in der Woche, an dem er dazu kam, die Zeitung gründlich zu lesen.

Peinlicher Zwischenfall bei Eröffnung, das Portraitfoto eines augenscheinlich betrunkenen Mannes mit verrückter Frisur.

»Guck mal, Astrid«, reichte er die Seite über den Frühstückstisch. »Ist das nicht einer von unseren Schwarzarbeiterbossen?«

Astrid leckte sich die Marmelade von Daumen und Zeigefinger und las.

»Klein ist die Welt«, lachte sie. »Hans Birkenhauer, doch, der steht auf unserer Liste. Sind die vom Kreis noch ganz gescheit? Wie können die so einem den Umweltpreis geben? Die müßten doch auch wissen, daß der ganze Kies- und Sandabbau unseren Grundwasserspiegel absinken läßt.«

»Das auch«, stimmte Toppe zu. »Aber wie kann man überhaupt einen Preis für die Rekultivierung einer Kiesgrube verleihen? So weit ich weiß, müssen die Unternehmer sich sowieso dazu verpflichten, sonst erteilen die Gemeinden überhaupt keine Genehmigung zum Abbau.«

»Wer weiß, was da wieder für eine Kungelei im Gange ist. Aber nach dem Skandal hier kann der gute Herr Birkenhauer seine schöne Ehrung wohl vergessen.«

Nicht alle Zeitungen waren so diskret wie das Lokalblatt.

Am Montag morgen machte immer noch die Samstagsausgabe der *Bild* die Runde im Präsidium. Birkenhauers Entgleisung als Aufmacher. Auf der Titelseite kein gnädiges Portrait, sondern der Mann in voller Lebensgröße mit heruntergelassenen Hosen und Seidenschleife.

Toppe beteiligte sich nicht an der allgemeinen Hetze. Er warf nur einen angewiderten Blick auf das Geschmiere und ging nach oben zu seinem Büro.

Schon auf dem Flur hörte er das Telefon klingeln, aber er ließ sich Zeit, schloß in aller Ruhe die Tür auf, hängte die Jacke in den Schrank, schaltete sein Terminal ein, dann erst nahm er den Hörer ab. Es war die Chefin.

»Herr Toppe, ich habe hier bei mir einen Herrn Birkenhauer, der eine Anzeige erstatten möchte.«

Toppe hielt einen Moment verblüfft die Luft an. Birkenhauer? »Eine Anzeige bei mir?« wunderte er sich.

»Die Kollegen von der Wache haben die Situation sofort richtig eingeschätzt und den Herrn ans K 1 verwiesen.«

Die Kollegen von der Wache hatten sich vermutlich vor Lachen in die Hosen gepinkelt, als Birkenhauer bei ihnen aufgetaucht war.

»Darf ich den Herrn jetzt zu Ihnen schicken?«

»Ja«, antwortete Toppe, immer noch verwirrt. »Ja, natürlich.«

Meinhards Ton hatte ihm gar nichts verraten.

Birkenhauer hatte einen breitkrempigen Filzhut auf dem blanken Schädel und eine grüne Plastiktüte in der Hand. »Bei Ihnen muß ich mich ja sicher auch nicht vorstellen«, war seine ganze Begrüßung.

»Guten Morgen, Herr Birkenhauer. Mein Name ist Toppe. Bitte nehmen Sie Platz.«

Der Mann war nicht zerknirscht, er war sehr wütend. Heftig riß er sich den Hut vom Kopf. »Damit wir's hinter uns haben!«

Der Irokesenkamm war jetzt abrasiert, aber das Färbemittel hatte auf der Kopfhaut einen breiten, rosa leuchtenden Streifen hinterlassen.

»Na los, lachen Sie schon!«

»Warum soll ich lachen?« meinte Toppe achselzukkend. »Ich finde es nicht komisch.«

»Da sind Sie bestimmt der einzige in der ganzen Stadt.«

Endlich setzte Birkenhauer sich auf die Stuhlkante. Die Tüte bettete er vorsichtig in seinen Schoß.

»Ich erstatte Anzeige wegen Körperverletzung und Rufmord.«

»Gegen wen?«

»Gegen Unbekannt. Ich bin überfallen worden.«

»Am Freitag?«

»Ja, auf der Toilette im Festzelt. Jemand hat mich mit Schnaps abgefüllt. Ich kann beweisen, daß ich den ganzen Morgen nichts getrunken habe. Zig Zeugen bringe ich Ihnen dafür.«

»Sie sind also überfallen worden. Wieviele Leute waren es?«

Birkenhauer druckste. »Weiß ich nicht, kann ich nicht sagen. Bemerkt habe ich nur einen.«

Toppes Blick umfing Birkenhauers ganze Gestalt und verweilte lange auf den kräftigen Händen.

»Helmut?« ging die Tür auf. »Wenn du nicht ...« Van Appeldorn stutzte verblüfft, dann grinste er. »Ach, der Herr Birkenhauer! Wie nett, Sie schon so bald wiederzusehen.«

»Die Freude ist ausschließlich auf Ihrer Seite. Arbeitet der Mann bei Ihnen?« Er sah Toppe giftig an.

Der nickte nur. Natürlich, Norbert hatte ja die vier Unternehmer befragt.

»Dann glauben Sie wohl auch, daß ich schmutzige Geschäfte mache?«

»Ich glaube gar nichts. Ich bearbeite einen Raubüberfall, bei dem jemand zu Tode gekommen ist.« Dann wandte sich Toppe an van Appeldorn: »Wo brennt's denn?«

»Laß mal«, winkte der ab. »Das hat noch eine halbe Stunde Zeit. Ich warte auf dich im Büro. Bis bald, der Herr.«

Hans Birkenhauer sah noch wütender aus.

»Dann schildern Sie mal, was Ihnen passiert ist«, forderte Toppe ihn auf, nachdem van Appeldorn wieder draußen war.

»Da ist nicht viel zu schildern. Ich bin auf die Toilette gegangen ...«

»War außer Ihnen noch jemand im Toilettenraum?«

»Muß ja wohl, aber ich habe niemanden gesehen oder gehört. Ich stehe am Pissoir, und auf einmal packt mich einer von hinten um den Hals. Ich kann mich gar nicht mehr umdrehen, da habe ich schon so einen Lappen vor der Nase, der widerlich süß stinkt. Und von da an weiß ich nichts mehr. Ich bin erst im Krankenhaus wieder zu mir gekommen, in der Nacht darauf. Da will mich einer fertigmachen, verstehen Sie? Kaltstellen, abschießen, meine Existenz ruinieren!«

Aber Toppe schüttelte den Kopf. »Wer sollte denn wohl ahnen können, daß und wann Sie zur Toilette gehen?«

Birkenhauer sah betreten zu Boden. »Ich bin angerufen worden.«

Toppe übte sich in Geduld.

»Am Donnerstag abend habe ich einen Anruf bekommen, von einem Mann. Er sagte, ich sollte um Punkt halb zwölf auf die Toilette gehen, sonst würde es bei der Preisverleihung eine böse Überraschung geben. Das habe ich gemacht, aber da war kein Mensch. Und ... und ich mußte dann tatsächlich.«

»Ein Mann hat Sie also angerufen. Die Stimme haben Sie nicht erkannt?«

»Nein, der sprach komisch, so nuschelig, als ob er das extra macht, oder vielleicht war der Ausländer.«

»Was sagte er genau? Wissen Sie den Wortlaut noch?«

»Nein, das ging alles so schnell, war auch nur ganz kurz. Aber er hat mich geduzt.«

»Haben Sie jemandem von dem Anruf erzählt?«

»Nein, wo werd' ich denn! Das hätte doch alles nur ein Scherz sein können. Wie hätte ich denn dagestanden?«

Toppe ließ sich Zeit. Eine ziemlich abenteuerliche Geschichte. Von einem, dem an seinem guten Ruf sehr viel lag.

»Haben Sie die rote Schleife noch?«

Birkenhauer öffnete die Plastiktüte. »Ja, Gott sei Dank habe ich die mitgenommen. Und das Klebeband auch.«

»Welches Klebeband?«

»Hier, das hatte mir der Verbrecher um den Hals geklebt. Braunes Isolierband.«

7

Helmut Toppe widerstand dem Impuls, sofort ins Büro zu laufen und den anderen die verrückte Geschichte zu erzählen. Ein paar Dinge konnte er von hier aus vorab klären, in aller Ruhe. In seinem stillen, schönen, einsamen Büro.

Es war schon seltsam, daß er das gemeinsame laute Nachdenken und die mehr oder minder witzigen Kommentare der anderen so vermißte. Dabei war er doch immer ein Eigenbrötler gewesen. Schon als Kind hatte er gern alleine gespielt, am liebsten stundenlang gelesen und seine Mutter hatte sich darüber sehr gegrämt. Sie hatte sein Verhalten auf den frühen Tod des Vaters geschoben, darauf, daß es keine Geschwister gab, und schließlich auf ihre eigene Unzulänglichkeit. Auch als Erwachsener hatte er immer wieder seine Auszeiten gebraucht, in denen er niemanden sehen und schon gar nicht reden wollte. In den letzten Jahren hatte sich das geändert, ganz allmählich. Ob es das Alter war? Sicher lag es an Astrid, aber wahrscheinlich auch an Norbert, Walter und den anderen, wie sie miteinander gearbeitet hatten all die Jahre. Aber in den letzten Monaten ... Ach was, Schluß! Er verbot sich jeden weiteren krummen Gedanken, griff zum Telefonregister und machte sich an die Arbeit.

Später, als er gerade aus dem Labor zurückkam, rief Ackermann an. Toppe konnte ihn kaum verstehen.

»Was ist das denn für ein Lärm bei Ihnen? Wo sind Sie denn?«

»In Köln auffem Hauptbahnhof. Ich kann echt nix dafür, Chef. Da war auf einma' 'n Platz frei bei dem Seminar in München.«

Toppe hatte nicht die leiseste Ahnung, wovon Ackermann sprach.

»Ich hab doch den Termin bei Charly gehabt letzte Woche. Und die sacht, also, bei meine Motivation un' bei meine Noten, da könnt' locker 'n Hauptkom drin sein. Un' wo der Bongers doch bald in Rente geht ... Aber da wären noch so zwei, drei Seminare, die ich unbedingt machen müßt'. Wat sach ich? Heut' morgen klingelt bei uns dat Telefon, da wär' 'n Platz frei un' los, los! Un' – zack – sitz' ich schon auffe Bahn. Ach, Chef, Mensch ...«

Ackermann hörte sich an, als wollte er in Tränen ausbrechen.

»Kacke, ich hab keine Groschen mehr. Wat mach' ich denn jetz'? Ihr braucht mich doch.«

»Das kriegen wir schon irgendwie hin, keine Sorge. Wie lange bleiben Sie denn weg?«

»Zehn volle Tage, dat isset eben. Un' dabei weiß ich noch nich' ma', ob ich dat alles überhaupt will –« Es knackste, und die Leitung war tot.

»Die Story ist so bekloppt, die muß einfach stimmen«, meinte van Appeldorn, dessen Laune schlagartig um zehn Grad gestiegen war, als er gehört hatte, daß Ackermann für eine Weile ausfiel. »So was kann sich kein Mensch ausdenken. Außerdem ist der Birkenhauer ein echtes Arschloch. Wundert mich nicht, daß dem jemand eins reinwürgt.«

Toppe nickte. »Es war nicht zu übersehen, daß du dem nicht grün bist.«

»Hör mal«, wurde van Appeldorn laut, »das hättest du mal erleben sollen! Wie der mich kaltlächelnd abserviert hat: Schwarzarbeiter? Ich? Lächerlich! Aber wenn es da Unstimmigkeiten geben sollte, wenden Sie sich an meinen Anwalt. Punkt. Mehr hat der nicht abgesondert.«

»Ja, ja, ja«, fiel ihm Heinrichs ungeduldig ins Wort. »Darum geht's doch jetzt gar nicht.« Er nahm seine Finger zu Hilfe: »Erstens, Birkenhauer steht auf unserer

Liste. Zweitens, der kriegt einen Anruf von einem Ausländer, vermutlich. Drittens, das braune Isolierband. Es springt einem ja geradezu ins Gesicht, daß es einen Zusammenhang zu unserem Postraub gibt. Aber kann mir einer von euch erklären, wo der liegt?«

»Nein«, antwortete Toppe. »Ich jedenfalls nicht, noch nicht. Aber ein paar andere Sachen kann ich euch erzählen. Birkenhauers Isolierband habe ich zum ED ins Labor gebracht. Rother hatte die Vergleichsproben aus Grevenbroich und Dormagen schon da. In allen Fällen, auch bei unserem Postraub, ist das Isolierband hochwertig und von einer Qualität, wie sie eigentlich nur Elektriker verwenden. In einem normalen Baumarkt kann man das nicht kaufen. Ob es von demselben Hersteller kommt, konnte Rother noch nicht sagen, aber er schickt es für weitere Tests auf die Klebstoffsorte und ähnliches zum BKA. Birkenhauers Halsband ist jedenfalls auf den ersten Blick aus demselben Material, hat auch dieselbe Farbe wie in Dormagen.«

»Wie lange ist Birkenhauer eigentlich auf dem Klo geblieben?« fragte Astrid.

»Schätzungsweise zehn Minuten, steht im Polizeibericht.«

»Und wieviel Promille hatte der?«

»2,0, sagt der Arzt im Krankenhaus. Ganz schön happig, wenn man bedenkt, daß Birkenhauer an die hundert Kilo wiegt. Ich habe mir das von van Gemmern ausrechnen lassen: Wenn man von 40%igem Schnaps ausgeht, muß der über einen halben Liter geschluckt haben, fast eine ganze Flasche.«

»Geschluckt?« Astrid nagte an ihrem Daumen. »Der war doch ohnmächtig. Wie kann er da den Schnaps geschluckt haben?«

»Narkotisiert ist wohl eher das Wort, sagt Bonhoeffer. Den hab ich angerufen. Birkenhauer hat mir nämlich erzählt, man hätte ihm von hinten einen süßlich riechenden Lappen vor die Nase gehalten, und Bonhoeffer meint, der wäre vermutlich mit Chloroform getränkt gewesen. Man kippt davon sehr schnell weg, kann aber, wenn's nicht zu hoch dosiert ist, durchaus noch schlukken.«

»Aber fast eine ganze Flasche Schnaps in den paar Minuten, meine Güte. Na ja, wer weiß, was der vorher schon intus hatte.«

»Keinen Tropfen«, erwiderte Toppe. »Behauptet er wenigstens. Und eine ganze Latte von Leuten, die das angeblich bezeugen können, hat er mir hier aufgeschrieben: seine Frau, seine Tochter, sein Neffe, die Haushälterin, der Chauffeur, der Kulturdezernent ...«

»Chauffeur?« staunte Heinrichs. »Der muß es aber dicke haben.«

»Ich kann ja mal mit diesen Zeugen sprechen«, bot Astrid sich an und drehte sich gleichzeitig zu van Appeldorn um, der schon Luft geholt hatte. »Spar es dir nur dieses eine Mal, Norbert, ja? Ich kann es nämlich schon singen: Für die besseren Kreise ist meine Kollegin zuständig. Die ist nämlich mit dem goldenen Löffel ... bla, bla ...«

Walter Heinrichs tauchte aus seinen Gedanken auf. »Glaubt ihr wirklich, daß Birkenhauer narkotisiert war? Als er aus dem Klo kam, war er doch quicklebendig. So steht es wenigstens in der Zeitung. Hat denn der Notarzt nichts gemerkt? Ich meine, riecht man Chloroform denn nicht?«

»Der Notarzt ist gar nicht erst gerufen worden«, meinte Toppe grimmig. »Unsere lieben Kollegen haben Birkenhauer in den Streifenwagen verfrachtet und ihn höchstpersönlich zum Krankenhaus gefahren.«

»Was sind das denn für Pfeifen?«

»Zwei von den neuen, Schuster und Schumacher. Kennt die einer?«

Astrid verdrehte die Augen. »Die beiden Schnullis aus Düsseldorf.«

»Haben die wenigstens vorher die Toiletten durchsucht?« fragte van Appeldorn, aber Toppe schüttelte den Kopf.

»Da würde ich doch meinen, Helmut, die beiden gehören kräftig eingestielt.«

»Das kannst du haben. Um halb elf hab ich einen Ortstermin angesetzt, auf dem Herrenklo im Festzelt. Der Kulturdezernent wird da sein und unsere grünen Jungs auch. Dann erfahren wir hoffentlich ein bißchen mehr.«

»Kommt Birkenhauer auch?«

»Nein, wozu? Dessen Version kennen wir doch. Außerdem ist der jetzt mit seinem Anwalt auf Kriegspfad. Die Bildzeitung will er sofort verklagen, und von der örtlichen Presse verlangt er ... wie drückte er sich gleich aus? Die unverzügliche Wiederherstellung seines untadeligen Rufes.« Toppe lachte. »Der Mann ist wirklich völlig aus dem Tritt. Was ist? Machen wir uns an die Arbeit? Wäre nett, Walter, wenn du für mich den Bericht eben eintippen würdest. Und laß ihn gleich der Meinhard zukommen. Ich wette, die sitzt schon auf heißen Kohlen.«

Das Telefon klingelte.

»Das wird sie bestimmt schon sein.«

Aber Heinrichs reichte den Hörer an Astrid weiter. »Für dich, Mädchen.«

»Ach du, Mutter.« Astrid zog eine Schnute. »Ja, ganz recht, wir duzen uns alle hier. Ich weiß, ja, in eurer Firma, ja ... Distanz, genau ... Was gibt's denn? Ich habe zu arbeiten ... Nein, das geht auf keinen Fall. Nein, auch nicht für zwei Stunden. Schau, wir stecken mitten in einem ... Ja! Nein, ich will nicht mit meinem Vater sprechen ... Hallo, Paps! ... Doch, mir geht es ausgezeichnet ... Nein, geht nicht, das habe ich Mutti doch gerade schon gesagt.«

Sie heftete ihren Blick auf Toppe und zog die Schultern hoch. »Ja, natürlich, ich weiß, du bittest mich nie um irgendwas ... Hm? Was? ... Ja, ohne ihn sowieso nicht. Also gut, aber nur kurz ... Danke, ja. Nur kleine Gala, in Ordnung ... Ja doch! Tschüs.«

Toppe gingen die Nackenhaare hoch. »Wann?«

»Heute abend«, antwortete Astrid kleinlaut.

»Ich glaub', ich spinne«, schimpfte Toppe. »Ohne mich!«

»Ohne dich gehe ich aber nicht. Hör zu, sie wollen den neuen kleinen Ballsaal einweihen. Nur eine Dinnerparty mit Tanz hinterher. Und jetzt haben zwei Leute kurzfristig abgesagt.«

Toppe schwieg verstockt.

»Kein Smoking«, lockte sie. »Schwarzer Anzug reicht völlig. Ein bißchen tanzen ...«

Das Lächeln saß ihm schon in den Augenwinkeln.

»Komm, nur bis elf, ja?«

»Aber allerhöchstens.«

Van Appeldorn sah träumerisch in die Ferne. »Das muß man sich mal auf der Zunge zergehen lassen: kleiner Ballsaal, Smoking, Gala, Dinnerparty. Da können wir alten Schluppen schon froh sein, wenn wir wissen, wie man das schreibt, was, Walter? Familie von Steendijk gibt sich die Ehre. Ist das *Goldene Blatt* auch geladen?«

Der Papierball traf ihn mitten auf der Stirn.

Ausnahmsweise ließ sich van Appeldorn mal von Toppe chauffieren. »Der Birkenhauer ist ein Neureicher, wie er im Buche steht«, meinte er und kurbelte das Fenster runter; es war heiß im Auto. »Dessen Hütte müßtest du mal sehen. Der reinste Marmorpalast; nicht schön, aber teuer. Protz in jeder Ecke. Zu so viel Knete kommt kein Mensch nur durch Arbeit, glaub mir. Ich möchte nicht wissen, wem der schon alles auf die Füße getreten hat. Und so einen Scheißkerl auf diese Art fertigzumachen, also, das hat schon Klasse.«

Toppe schnüffelte. Sie hatten einen dicken, stinkenden Laster vor der Nase, wie eigentlich immer auf der Emmericher Straße.

»Dreh mal die Scheibe hoch. Klasse hat das, meinst du? Nun ja, auf jeden Fall war es verflucht dreist. Die ganze Zeit versuche ich schon, mir das vorzustellen: Ich bestelle Birkenhauer per Telefon aufs Klo. Das heißt, ich muß schon vorher da sein, und zwar mit meiner kompletten Ausrüstung: Schnapsflasche, Rasierer, Haarfarbe, Chloroform, und die Schleife nicht zu vergessen.«

»Und ein Trichter.«

»Trichter?«

»Ja. Also, ich würde einen Trichter benutzen, wenn ich jemandem in kürzester Zeit so eine große Menge Schnaps einflößen wollte.«

»Gute Idee. Aber während der ganzen Prozedur hätte doch jederzeit einer reinkommen können.«

»Da wird es ja wohl auch Sitzklos geben, oder? Und da hat sich der Täter mit Birkenhauer einfach eingeschlossen.«

»Vermutlich. Bleibt die Frage: Wie ist der Täter hinterher aus dem Klo verschwunden? Es hätte doch durchaus sein können, daß Birkenhauer Alarm schlägt, daß plötzlich die Hölle los ist und jeder den Täter sucht.«

Sie bogen rechts ab auf den Ring, der LKW fuhr geradeaus weiter. Van Appeldorn kurbelte das Fenster wieder runter.

»Vielleicht hat das Klo einen zweiten Ausgang.«

Der Raum für die Eröffnungszeremonie, den man vom Zelt abgetrennt hatte, war nicht besonders groß. Vorn stand ein Rednerpult, flankiert von zwei künstlichen Gummibäumen, davor zehn Stuhlreihen mit je vierzehn Sitzen, dahinter Platz für die Pressevertreter und andere Neugierige, zur Rückwand hin dann der Toilettenbereich.

Der Kulturdezernent wartete schon. Er war, wenn man das letzte Pressefoto für bare Münze nahm, seit Freitag um Jahre gealtert.

»Jansen, mein Name, guten Tag. Also, ich bin fertig, kann ich Ihnen sagen, fix und fertig. Wissen Sie, was hier los ist? Diese gottverfluchte Bildzeitung! Ein Touristenmekka sind wir geworden. Jeder will sich angucken, wo Birkenhauer die Hosen runtergelassen hat.«

Er schien froh, endlich Dampf ablassen zu können. »Und Birkenhauer hat mich wohl hundertmal angerufen, sogar privat. Dabei kenne ich den Mann kaum.«

»Tja«, meinte van Appeldorn ungeduldig, »ich schaue mir das Klo an.«

Toppe ließ sich zunächst die Ereignisse vom letzten Freitag ausführlich schildern. »Hatten Sie den Eindruck, daß Birkenhauer schon vorher getrunken hatte?«

»Nein.« Diese Frage hatte sich Jansen wohl schon selbst gestellt. »Der war stocknüchtern.«

»Helmut, kommst du bitte mal?« Van Appeldorn schaute um die Ecke.

In der Herrentoilette waren an der rechten Seite drei Pissoirs, zwei Waschbecken mit Spiegeln gegenüber vom Eingang und links drei mit Türen abgeschlossene Sitzklos. Alle Wände, bis auf die zum Saal, bestanden aus Zeltbahn, die am Dach und am Boden mit Ösen versehen und mit dicker Schnur festgezurrt war.

»Da haben wir den zweiten Ausgang«, meinte van Appeldorn. »Man braucht nur ein scharfes Messer, und schon ist man draußen.«

Toppe öffnete die Türen zu den Kabinen. »Nur daß hier leider weit und breit kein Schnitt im Zelt zu sehen ist.« Er winkte ab. »Ich weiß schon, das wäre der Notnagel gewesen, falls die Geschichte in die Hose gegangen wäre. Ist sie aber nicht, und deshalb konnte der Täter in dem allgemeinen Tohuwabohu ganz einfach durch die Tür verschwinden.«

»Eben.« Van Appeldorn blinzelte sich eine lange Haarsträhne aus dem Auge. »Wo bleiben eigentlich unsere zwei Taxifahrer?«

»Gute Frage.« Toppe öffnete die Tür.

Die beiden Polizisten standen beim Kulturdezernenten und plauderten.

Schuster entschuldigte sich bei Jansen mit einer kleinen Kopfbewegung und wandte sich Toppe zu. »Grüß Sie! Ist ja auch nicht die Regel, daß unsereins mal der Kripo zur Hand gehen kann.«

Van Appeldorn schob sich an Toppe vorbei und betrachtete den Blonden wie ein biologisches Präparat. Schumacher fing an, auf den Absätzen zu wippen.

Toppe bemühte sich: »Folgender Hergang ist uns berichtet worden.« Er betete die unliebsame Geschichte herunter. »Können Sie das so bestätigen?«

»Ja«, antwortete Schuster. »Ich würde sagen, das haben Sie sehr gut zusammengefaßt. Genauso war es. Und natürlich haben wir beide ...«

»Natürlich habt ihr beide sofort die Toiletten durchsucht«, fiel ihm van Appeldorn ins Wort.

»Wie?« staunte Schumacher. »Wieso das denn? Nein.«

Schuster hatte schneller begriffen. »Entschuldigen Sie mal, wir haben uns absolut korrekt verhalten! Da war eine hilflose Person, um die wir uns unverzüglich zu kümmern hatten. Und zwar in der uns angewiesenen, üblichen Weise.«

»In der üblichen Weise?« Toppe hätte dem Schönling liebend gern in den Hintern getreten. »Üblich wäre gewesen, sofort den Notarzt zu rufen.«

Aber damit war Schumacher gar nicht einverstanden. »Den Notarzt? Das ist doch wohl Quatsch. Der Birkenhauer war doch voll da. Wir haben nur Zeit sparen wollen, und Geld. Quasi haben wir allen einen Gefallen getan, daß wir ihn selbst mitgenommen haben.«

Van Appeldorn hatte den Blick weiter auf Schuster geheftet. »Habe ich das Ihren Aufzeichnungen richtig entnommen: Sie wußten, wer Birkenhauer war? Sie wußten, daß er einen Preis bekommen würde, daß eine Ehrung anstand?«

»Absolut korrekt«, antwortete Schuster und schob die Hände in die Hosentaschen.

»Und Sie haben gesehen, wie er ganz normal und unauffällig zur Toilette gegangen ist.«

»Richtig!«

»Und dann hat es euch nicht stutzig gemacht, daß dieser honorige, völlig normale Bürger zehn Minuten später stockbesoffen mit Iroschnitt und Schleife um den Schniedel wieder auftaucht?«

Schuster blickte sanftmütig. »Ach Gott, Herr Kommissar, wenn man aus Düsseldorf kommt ... Wir haben über die Jahre Sachen gesehen, da macht man sich hier gar kein Bild von. Echte Psychopathen, und das Tag für Tag.«

»Psychopathen?« meinte Toppe gedehnt. »Haben Sie nicht gerade noch erzählt, daß Birkenhauer sich ganz normal verhalten hat?«

Aber Schuster lächelte. »Herr Toppe, Sie und ich, können wir etwa beurteilen, wer bekloppt ist und wer nicht? Ich bin doch kein Psychiater.«

Toppe hielt an sich. »Als Birkenhauer zur Toilette ging, hatte er da eine Schnapsflasche dabei?«

»Nein.«

»Waren Birkenhauers Taschen ausgebeult? Hätte er eine Flasche versteckt haben können?«

»Nein, aber auf dem Klo ...«

»Ach, Sie meinen, er könnte den Schnaps auf dem Klo versteckt haben.«

Schuster glotzte ihn an.

Van Appeldorn seufzte vernehmlich.

»Gut, also«, fuhr Toppe fort. »Sie haben auf jeden Fall den Toilettenraum nicht kontrolliert.«

Trotziges Schweigen.

»Düsseldorf, he?« schnaubte van Appeldorn. »Zeig mir doch mal den Düsseldorfer Polizeibericht, wo ein angesehener Bürger aufs Klo geht, sich einen exakten Haarschnitt verpaßt, sich dann innerhalb von ein paar Minuten bis zur Bewußtlosigkeit besäuft und von nichts auf gleich zum psychopathischen Exhibitionisten wird, der sich eine Schleife um den Schwanz bindet und ihn der Öffentlichkeit präsentiert.«

Zum ersten Mal suchte Schuster Schumachers Blick.

»Noch einmal zurück: Ich habe Sie doch richtig verstanden?« beharrte Toppe. »Für Sie ist Birkenhauer ein Psychopath.«

»Genau.«

»Aber ein Psychopath ist ein kranker Mensch, Herr Schuster, nicht wahr? Und in dem Fall ...«

Jetzt wurde Schumacher wach.

»Der war doch nicht krank. Für mich war der nur besoffen.«

»Krank oder schwer betrunken, wie auch immer. In beiden Fällen hätten Sie den Notarzt rufen müssen.«

»Und in beiden Fällen hätten Sie die Toilette durchsuchen müssen«, fuhr van Appeldorn fort.

»Ich bin der Ansicht ...« wurde Schuster wieder mutig.

»Und ich bin der Ansicht«, donnerte van Appeldorn, »daß ihr nicht nur unglaublich dämlich seid, sondern sogar massiv die Ermittlungen behindert habt.«

Keiner der beiden rührte sich.

»Sie können gehen«, sagte Toppe leise.

»Einstweilen!« schnappte van Appeldorn.

Der Kulturdezernent war noch ein wenig blasser geworden. »Wenn Sie dabei gewesen wären, dann könnten Sie das besser beurteilen, glaube ich. Ihre Kollegen können wirklich nichts dafür.«

Toppe setzte sich auf einen Stuhl und rieb sich das Gesicht. »Doch, Herr Jansen, die beiden hätten die Sache richtig einschätzen müssen. Dafür werden sie bezahlt. Aber egal, haben Sie eine Ahnung, wer hinterher auf der Toilette war? Hat jemand was gefunden?«

»Nein, nicht daß ich wüßte. Und ich war bis zum Schluß hier. So schwer es mir auch gefallen ist. Ich habe sogar noch den Presserummel durchgestanden.«

»Wer putzt die Klos?«

»Wir haben eine Putzkolonne angestellt. Die kommt zweimal am Tag.«

»Wann waren die Leute am Freitag hier?«

»Wenn ich ehrlich sein soll, das weiß ich nicht. Aber das kann ich leicht herausfinden.«

Jansen sah plötzlich betreten aus, und Toppe konnte das nicht einsortieren. »Nein, das machen wir schon. Wenn Sie mir nur die Firma nennen.«

»Nun, für mich wäre es ganz einfach, deshalb sage ich es ja.« Er flüsterte. »Meine Schwiegermutter ist dort beschäftigt.«

Toppes Handy dudelte.

Es war Astrid. »Ich bin auf Birkenhauers Anwesen durch, Helmut. Mit seiner Frau habe ich gesprochen, mit seiner Tochter und mit diversen Bediensteten. Alle erzählen mir dieselbe schöne Geschichte: Birkenhauer ist ein Heiliger, der noch nie in seinem Leben einen über den Durst getrunken hat. Aber glücklicherweise gibt es hier noch den Neffen, und der scheint mir ganz zuverlässig zu sein. Er schätzt wohl seinen Onkel und die ganze Mischpoke nicht sonderlich. Eigentlich studiert er in Hamburg und wohnt nur in den Semesterferien hier, weil er in der Kiesgrube jobbt. Aber auch dieser Guido erzählt mir, daß Birkenhauer nichts getrunken hatte. Der ist schon morgens um acht wie ein aufgescheuchtes Huhn rumgelaufen wegen der Ehrung. An Saufen hat der nicht gedacht.«

»Gut. War's das?«

»Im Prinzip schon. Birkenhauer hat außer Kaffee bis zehn Uhr am Freitag morgen nichts getrunken. Dann hat die gesamte Familie, inklusive des Neffen, das Haus verlassen. Aber auch danach war Birkenhauer nie allein, sagt seine Frau. Der Stadtdirektor habe sich persönlich um ihn gekümmert, ihn empfangen und neben ihm gesessen. Ich komme dann jetzt zurück, oder hast du noch was? Ich bin gerade so schön in Fahrt.«

»Ja, ich hätte schon noch was.« Er berichtete von der Putzkolonne.

»Warte mal einen Moment. Herr Jansen, wie heißt Ihre Schwiegermutter?«

»Küsters.«

»Frau Küsters«, teilte er Astrid mit. »Kümmerst du dich drum?«

»Sofort. Vergiß heute abend nicht.«

Van Appeldorn war schon nach draußen gegangen.

»Meinen Sie, ich könnte den Stadtdirektor um diese Zeit erwischen?« fragte Toppe.

Jansen überlegte. »Montags um diese Zeit? Könnte gut möglich sein. Ich würde es einfach mal versuchen.«

Obwohl Toppe gar keine Teamsitzung angesetzt hatte, fanden sich alle gegen drei im Büro ein.

Heinrichs war erschöpft: Die Presse hatte ihm die Tür eingerannt. Man wollte doch zu gern wissen, was die Polizei von Birkenhauers Entgleisung hielt. Außerdem trudelten immer noch Anrufe zum Postraub und zum Tatfahrzeug ein.

»Du siehst sehr müde aus, Walter«, sagte Toppe, obwohl er ahnte, was kommen würde. »Willst du nicht für heute Schluß machen?«

Und Heinrichs wurde auch sofort giftig. »Mir geht es großartig. Was soll das denn?«

Astrid betrachtete ihn. »Deine Lippen sind blau«, stellte sie sachlich fest.

»Ich kann das nicht mehr haben«, fauchte Heinrichs. »Mein Infarkt ist Jahre her, und ich bin kein Invalide. Wann kapiert ihr das endlich?«

Charlotte Meinhard stand auf, ging zu Heinrichs hinüber und legte ihm den Arm um die Schulter. »Ein Invalide sind Sie weiß Gott nicht, Herr Heinrichs. Es war doch nicht als Vorwurf gemeint, wir sorgen uns doch nur. Ich würde vorschlagen, wir tragen noch kurz die heutigen Ergebnisse zusammen, und morgen sehen wir weiter. So weit ich das beurteilen kann, und bitte korrigieren Sie mich, ist nirgendwo Gefahr im Verzug. Und da könnten wir eigentlich alle reinen Gewissens unsere Überstunden abfeiern. Also?«

Astrid war die einzige, die etwas Neues brachte. »Die Putzkolonne hat auf dem Klo nichts gefunden, keine Flaschen, kein Isolierband. Eine Putzfrau kann sich an auffallend viele graue Haare vor einem der Sitzklos erinnern. Die hat sie weggefegt. Aber eins ist wichtig: hinter den Pissoirs war am Freitag nachmittag, als die Truppe geputzt hat, die Zeltbahn an den unteren Ösen gelöst, auf einem Stück von ca. 80 Zentimetern. Frau Küsters hat das sofort wieder gerichtet.«

Toppe und van Appeldorn tauschten einen Blick: Der Täter hatte wohl doch den Hinterausgang benutzt.

Die Chefin war schon auf dem Weg nach draußen. »Eine Sache noch am Rande. Diese beiden Kollegen vor Ort. Ich fackele in solchen Fällen nicht lange. Da ist eine Abmahnung fällig.«

»Nein«, hielt Toppe sie entschieden zurück. »Bei uns ist das bisher immer anders gelaufen, Frau Meinhard. Fehler macht jeder. Ich denke, wir haben den beiden sehr klar gemacht, wo's langgeht. Und jetzt warten wir erst mal ab.«

8

»Du siehst umwerfend aus im Anzug, Helmut, weißt du das?« Astrid zupfte ihm die Fliege zurecht. »Fremd und sexy.«

»Und du brauchst einen Waffenschein für dieses Kleid.« Toppe hatte keine Eile, er genoß den Anblick: ein superkurzes silbriges Paillettenkleid, hauteng, schwarze Wildlederpumps, keine Strümpfe, kein Schmuck. »Was hast du vor? Willst du deinen Vater ärgern?«

Dinnerparty: das Menü exotisch, die Gäste handverlesen, die Gastgeber eloquent.

Erst als nach Begrüßungscocktail, nach Rot- und Weißwein zum Essen, altem Port und Cognac zum Dessert und Kaffee der Champagner serviert wurde, und das Salonorchester die Bühne für die Viermann-Combo freimachte, wurde man privat; plauderte mal hier, mal dort, tanzte.

Astrid glänzte als glückliche Tochter. Toppe wanderte von Gruppe zu Grüppchen, lächelte klug, tauschte gefrorene Sätze. Irgendwann bald zog er sich zurück hinter die Dattelpalme neben der Tür, das Alibiglas in der Hand. Er lehnte den Kopf gegen die Wand und dehnte den maroden Rücken.

Astrid zwinkerte ihm vom Kamin her zu. Sie stand bei ihrer Patentante, Freya von Steendijk, die einzige aus der Sippe, die Toppe ertragen konnte, die einzige, die ihn mochte. Auch sie sah zu Toppe herüber und lächelte, nickte, als ihre Nichte ihr etwas ins Ohr flüsterte.

»Komm tanzen.« Astrid nahm ihm das Glas aus der Hand und stellte es auf den Fußboden. »Endlich mal kein Foxtrott, endlich mal was Schmusiges.«

Toppe ließ sich mitziehen auf die spiegelnde Tanzfläche, umfaßte Astrid brav, aber sie wurde weich in seinem Arm.

»Du hältst dich wacker heute«, lehnte sie ihren Kopf an seine Schulter.

»Es macht mir auch nicht so viel aus wie sonst.«

Sie schmiegte sich an ihn.

»Langsam«, raunte er, »oder willst du schon gehen?«

Sie lachte. »Ich schätze, ein Stündchen müssen wir noch bleiben, anstandshalber. Oh, was ist das denn?«

Er grinste, ließ seine Hand über ihren Po gleiten und zog sie dichter. »Mittlerweile müßtest du eigentlich wissen, was passiert, wenn ich mit dir tanze.«

Sie hob den Kopf und sah ihn herausfordernd an.

»Fräulein von Steendijk, ich muß doch sehr bitten. Benehmen Sie sich.«

Aber sie schob das Becken vor und preßte sich an ihn.

»Du weißt, daß du mit dem Feuer spielst. Wenn du nicht aufhörst, müssen wir diesen umwerfenden Anzug in die Reinigung geben.«

Keine ganze Drehung mehr, und sie nahm seine Hand und zog ihn mit hinaus. In der Halle blieb sie stehen und küßte ihn, ließ ihre Zunge über seine Zähne gleiten. Er hielt sie an den Hüften. »Komm, wir fahren nach Hause.«

»Ich glaube, so viel Zeit habe ich nicht mehr.«

Es durchzuckte ihn heiß, sein Blick fiel auf den Durchgang zum dunklen Wintergarten. »Komm.«

Die Zimmerlinde stand in dichtem Laub, schirmte eine kleine Nische ab.

Astrid lehnte sich gegen die Wand und küßte ihn gierig. Ihre Brüste waren hart unter dem kratzigen Paillettenstoff.

»Ein blödes Kleid!«

»Wirklich?« Sie legte beide Handflächen auf die Oberschenkel und schob langsam den Saum hoch, fuhr mit den Daumen in den Bund ihres Höschens und zog es herunter.

Er grub seine Finger in ihre Nässe, wollte kosten, aber sie schob ihn sanft zurück, öffnete seinen Reißverschluß, umfaßte ihn fest, spreizte die Schenkel. Mit einer geschmeidigen Bewegung hob er sie hoch gegen die Wand und drang in sie ein. Sie war heiß und ungestüm. Ihr unterdrücktes Keuchen machte ihn verrückt.

»Astrid, Kind, wo steckst du denn?« kam es aus der Halle.

Toppe hielt inne, aber es war zu spät; Astrid erbebte, und es kostete ihn alle Kraft, sich zurückzuhalten. Sie biß ihm in den Hals.

Sanft stellte er sie auf den Boden zurück, bückte sich nach dem Höschen, knüllte es zusammen und stopfte es in seine Hosentasche. Als das Licht anging, schaffte er es gerade noch, sein Jackett zuzuknöpfen.

Astrids Vater blinzelte, entdeckte sie dann und kam besorgt gelaufen. »Liebes, was ist denn passiert? Ich habe dich gehört. Hast du was?«

Astrid zitterte in Toppes Arm. »Ach, Paps ...«

»Mein Gott, Kind, du bist ja ganz erhitzt!«

»Mir war plötzlich so schwindelig«, hauchte sie. »Und jetzt ist mir furchtbar schlecht. Ich muß mich unbedingt hinlegen.«

»Soll ich Mutti holen?«

»Nein, es geht schon, wirklich.«

Herr von Steendijk war nicht überzeugt, aber Toppe beruhigte ihn. »Es ist nur der Kreislauf. Sie hat in letzter Zeit einfach zu viel gearbeitet.« Entschlossen führte er Astrid in die Halle.

»Ich bringe sie nach Hause.«

Auf dem schummerigen Parkplatz hinter der Villa kamen sie endlich dazu durchzuatmen.

»Puh«, lachte Astrid. »Das war knapp.«

Toppe knöpfte sein Jackett auf und zog endlich den Reißverschluß hoch. »Knapper als du ahnst. Hier, dein Höschen. Willst du es anziehen?«

Sie guckte verschmitzt und schüttelte den Kopf. »Das lohnt sich nicht. Laß uns fahren, ganz schnell.«

»Aha«, stellte er grinsend fest. »Sex ist alles, was du von mir willst. Du bist nur scharf auf meinen Körper.«

»Natürlich! Oder hast du mir etwa den ganzen Quatsch mit der Liebe geglaubt?«

Das hatte er tatsächlich, und als sie Stunden später endlich das Licht ausmachte und sich in seine Arme schmiegte, war er auf einmal verdammt froh darüber. Glücklich, daß sie nie aufgehört hatte, ihn überzeugen zu wollen.

»Astrid?«

»Hm?«

»Ich liebe dich.« Es ging ganz leicht.

Sie lag völlig still.

»Und ich habe das wirklich ernst gemeint mit dem Kind, auch wenn sich das vielleicht nicht so angehört hat. Ich glaube, es wäre sogar ganz schön.«

Sie strich ihm zärtlich über die Lippen. »Ja, vielleicht wäre es das wirklich, aber so ist es auch unheimlich schön. Ich werde die neue Stelle annehmen, Helmut. Ich kenne mich, ich würde mir mein Leben lang in den Bauch beißen, wenn ich's nicht täte. Ich würde eine Chance vergeben, und das nur wegen dieser Gefühlsduselei. Das kann's auch nicht sein.«

Er schwieg und versuchte erfolglos, seine Gefühle zu sortieren.

»Bist du traurig?« flüsterte sie.

»Ja«, meinte er erstaunt. »Ich bin tatsächlich traurig.«

»Aber nur ein bißchen.«

»Nur ein kleines bißchen.«

9

Am anderen Morgen, als Toppe gerade das Frühstücksgeschirr abräumte, rief Sylvia Heinrichs an: »Walter kommt heute nicht zum Dienst, Helmut. Er ist ziemlich schlapp, und eigentlich müßte er zum Arzt, aber du kennst ihn ja. Ich bin schon froh, daß er überhaupt liegen bleibt.«

»Der soll bloß keinen Mist machen«, meinte Toppe erschrocken. »Sag ihm, ich will ihn erst wieder sehen, wenn er richtig gesund ist. Wir kommen schon irgendwie klar. Ich rufe heute nachmittag noch mal an.«

Astrid stand in der Tür zu ihrem Zimmer und bürstete ihr Haar. »Was ist los?«

»Walter geht's nicht so gut, er kommt heute nicht. Sag mal, kannst du so lange auf seinen Posten gehen?«

»Sicher, ist gar nicht schlecht. Da komme ich wenigstens dazu, der Chefin zu erzählen, daß ich die Stelle in Goch annehmen will. Und vielleicht kann ich mich auch schon bei ein paar Fortbildungen anmelden. Was hast du vor? Fährst du zu Birkenhauer?«

»Ja, gleich. Ich will nur erst noch die Hühner füttern.«

Als sie zusammengezogen waren, hatten sie lange, komplizierte Pläne ausgetüftelt, wer wann welche der täglichen Aufgaben auf dem Hof zu übernehmen hatte. Aber da Gabi als einzige von ihnen geregelte Arbeitszeiten hatte, war oft genug alles an ihr hängengeblieben, und das hatte die allgemeine Stimmung nicht gerade gehoben. Inzwischen standen nur noch Astrid und Toppe auf dem Plan, und Gabi sprang ein, wenn die beiden keine Zeit hatten. Seitdem verteilte sich alles gleichmäßig, und das Zusammenleben lief harmonischer ab. Bis auf die Abende, an denen Gabi meinte, ihre beiden Söhne sollten ab sofort grundsätzlich mehr Verantwortung übernehmen. Toppe ging diesen fruchtlosen Diskussionen inzwischen aus dem Weg, indem er einfach Befehle erteilte – Stall ausmisten, und zwar jetzt! – und die Ausführung persönlich überwachte. Das kostete ihn zwar dieselbe Zeit, war aber sehr viel befriedigender.

Der leichte Morgennebel hob sich nur langsam, so als würde es wieder ein warmer Frühlingstag werden.

Toppe ging dem Verkehrsgewühl aus dem Weg und fuhr durch die Waldstraße nach Hau.

Er liebte diese Straße, besonders im Sommer. Mit ihren hohen Hecken und Büschen, ihrem geheimnisvollen Dämmerlicht erinnerte sie ihn an die verwunschenen Hohlwege in Südengland. Wilde Osterglocken und Krokusse leuchteten im Gras, und an den Sträuchern zeigten sich schon die ersten grünen Knospen. Sie würden wohl einen frühen Sommer haben.

Birkenhauers Landhaus mit dem schweren, tiefgezogenen Reetdach lag in Bedburg-Hau, eingebettet zwischen Feldern und Wiesen, und Toppe fragte sich, wie der Mann wohl hier, mitten in der Landwirtschaft, an eine Baugenehmigung gekommen war.

Der weiße Lattenzaun, der das Grundstück von der Straße trennte, hätte sich auf einer Ranch sicher wohler gefühlt; die Auffahrt war an beiden Seiten von Findlingen gesäumt, so groß, daß sie einem Hünengrab alle Ehre gemacht hätten, und rund um das Haus zog sich eine Mauer aus geschichteten Natursteinen, die Toppe an den Hadrianswall erinnerte. Der grausamste Stilbruch erwartete ihn, als er in die Eingangshalle kam. Fußboden und Wände waren aus blendend weißem Marmor, und man hätte sich wie in einem indischen Grabmal gefühlt, wären da nicht die mit Blattgold belegten Möbelstücke gewesen, alle leider ohne Zweifel beste deutsche Barockimitate. Auch Birkenhauers Arbeitszimmer war abenteuerlich: auf dem Marmorboden lagen grobgewebte mexikanische Teppiche, und in der Mitte stand ein Schreibtisch aus rotem Chinalack.

Birkenhauer schob Toppe einen Sessel hin und ließ sich dann im englischen Lederfauteuil nieder.

»Ihr glaubt mir also endlich!«

»Selbstverständlich.« Toppe schlug seinen Notizblock auf. »Wir haben keinen Grund, Ihnen nicht zu glauben. Also, mittlerweile hatten Sie ja ein wenig Zeit, darüber nachzudenken, wer Sie überfallen haben könnte. Wer ist Ihnen in den Sinn gekommen?«

Birkenhauer schaute ihn abweisend an. »Keiner! Oder hundert, wenn Ihnen das lieber ist.« Er beugte sich über den Schreibtisch. »In meinem Gewerk sind nicht alle Schafe weiß, wenn Sie verstehen, was ich meine.«

»Dann nennen Sie mir doch die Namen.«

»Den Teufel werde ich tun! Glauben Sie, ich will mich mit einem Messer im Rücken wiederfinden?«

Toppe wurde ungeduldig. »Sie dürfen uns schon zutrauen, daß wir Sie bei unseren Ermittlungen nicht in Gefahr bringen. Aber es ist interessant, was Sie da sagen. In Ihrem Gewerk geht es also derart kriminell zu, daß man sich gegenseitig Messer in den Rücken stößt.«

»Quatsch!« funkelte Birkenhauer ihn an. »So kann man das auch nicht sagen.«

»Nicht? Gut, kommen wir auf den Anruf zurück. Sie beschäftigen doch ausländische Arbeitskräfte.«

Birkenhauers Augen wurden klein. »Wenn das ein Trick sein soll, dann ist der verdammt dämlich. Ich mache keine illegalen Verträge, das habe ich Ihrem Herrn Kollegen schon gesagt.«

»Um den Punkt geht's jetzt nicht«, blockte Toppe ab. »Sie haben mir erzählt, daß es sich bei dem Anrufer um einen Ausländer gehandelt haben könnte.«

»Könnte, genau, Sie sagen es.« Birkenhauer fing an zu überlegen. »Ich habe nur drei Ausländer, und von denen war es keiner. Drei LKW-Fahrer, zwei Russen und ein Pole. Die Russen sprechen so gut wie kein Wort Deutsch, und der Polack radebrecht sich so durch. Den östlichen Akzent kenne ich, so einer war das nicht. Vielleicht hat der Anrufer ja auch nur so getan. Der hat das ›R‹ gerollt und so abgehackt gesprochen, aber eigentlich nicht direkt falsch.«

Toppe blätterte in seinem Block. »Dann muß ich doch noch einmal auf den Postraub zurückkommen. Wir haben da eine wichtige Parallele zu dem Überfall auf Sie gefunden.«

Birkenhauer stand auf und trat dicht vor Toppes Stuhl. »Jetzt hören Sie mal zu, Herr Oberkommissar. Parallele hin, Parallele her. Das mag ja für Sie interessant sein, aber mich geht das nichts an. Ich habe Ihnen gesagt, was ich weiß, und damit basta! Alles andere ist Ihre Arbeit und nicht meine.«

Toppe klappte seinen Block zu und stand auch auf. »Wissen Sie was? Es wird mir jetzt einfach zu blöd! Sie wollen doch etwas von uns und nicht umgekehrt. Sie haben doch Anzeige erstattet und erwarten unsere Hilfe. Oder habe ich da was falsch verstanden?«

Er hob die Hand, als Birkenhauer etwas entgegnen wollte. »Melden Sie sich wieder, wenn Sie kooperativer sind. Einstweilen besorgen wir uns die nötigen Informationen über Sie an anderer Stelle, seien Sie unbesorgt.«

Er fuhr zurück zur Saalstraße, lenkte den Wagen an den Rand und rief van Appeldorn über das Funktelefon an.

»Wie schön, Helmut, daß du jetzt auch gemerkt hast, was der Typ für ein Arsch ist. Ja, ich denke auch, es muß was passieren. Ich wollte gerade zu Stein reingehen. Wo erreiche ich dich später?«

»Ich bin eh schon auf halber Strecke, da hab ich gedacht, ich schaue mal kurz bei Walter rein.«

»Grüß ihn schön. Bis nachher.«

Walter Heinrichs lag im Bett, drei dicke Kopfkissen im Rücken, und Toppe fand, daß er schon nicht mehr ganz so grau aussah. Dafür war er gereizt wie eine Wespe, die einen mit der Klatsche abgekriegt hatte.

»Was willst du denn hier?« schnauzte er, als Toppe zum Bett kam.

»Gucken, wie's dir geht, du Ochse, und dir ein bißchen ins Gewissen reden.«

»Mir geht es blendend, und wenn du diesen Satz sagst, dann schmeiß' ich dich raus.«

»Welchen Satz?« lächelte Toppe.

»Daß ihr alle nur mein Bestes wollt und daß ich euch noch länger erhalten bleiben soll. Keine Sorge, ich werde euch noch so lange erhalten bleiben, daß es euch zu den Nasenlöchern rauskommt.«

Toppe setzte sich auf den Bettrand. »Gehört es zum Krankheitsbild, daß du immer so aggressiv wirst?«

Heinrichs schloß die Augen. »Wahrscheinlich«, meinte er matt. Dann rappelte er sich hoch. »Meine Frau will mich unbedingt zum Arzt schleifen, aber ich kenne die Mühle doch. Da laufe ich dann wieder tagelang mit dem EKG-Brummer rum, und hinterher geben die mir neue Medikamente, von denen mir schlecht wird und von denen ich wieder das große Heulen kriege.«

»Aber nach einer Weile geht es dir dann besser, und du bist wieder topfit.«

Heinrichs sah ihn unruhig an. »Sag mal, Helmut, siehst du eigentlich wirklich nicht, was läuft? Meinst du denn, ich könnte mir das leisten, auch nur ein paar Tage lang den Invaliden raushängen zu lassen? Hast du noch nie was von Frührente gehört?«

»Kann es sein, daß du die Flöhe husten hörst?« legte Toppe ihm die Hand auf den Arm, aber Heinrichs schüttelte sie ab. »Tu doch nicht so! Wir haben zwar nie darüber gesprochen, aber ich kenne dich lange genug. Du weißt selbst, was abgeht. Die Meinhard, die ist keine Polizistin. Die ist Managerin, eine von diesen ganz modernen, abgezockten. Wie die mit den Hauptkommissarstellen um sich schmeißt. Glaubst du denn, die kann sie sich einfach so backen? Nein, da werden ein paar von den alten rausgemendelt. Und rate mal, wer ganz oben auf der Liste steht?«

Toppe seufzte. »Ach, Walter, komm, das ist doch Blödsinn. Die Meinhard mag in der Sache abgezockt sein, aber über Leichen geht die nicht.« Dann lachte er bitter. »Erst mal wollen wir verhindern, daß es überhaupt welche gibt.« Er packte Heinrichs energisch am Kragen. »Du schälst dich jetzt aus den Federn und gehst zum Arzt, und zwar auf der Stelle. Und dann machst du genau das, was der sagt. Und wenn die Medikamente dich aus den Pantinen hauen, dann kriegen wir das gemeinsam hin, und zwar so, daß keiner was merkt. Ist das klar?«

»Guten Morgen, Herr van Appeldorn. Hoffentlich haben Sie heute ein bißchen Zeit mitgebracht.«

Dr. Stein zeigte einladend auf den Besuchersessel.

»Zeit schon«, meinte van Appeldorn zögerlich. »Aber eigentlich wollte ich Sie fragen, ob Sie nicht meinen Kontakt zum Wirtschaftsstaatsanwalt wiederbeleben könnten. Ich war, glaube ich, nicht so furchtbar nett zu diesem Herrn Günther. Und wir denken, er sollte vielleicht doch tätig werden.«

Stein lachte vergnügt. »Ja, was denn jetzt? Erst soll ich ihn zurückpfeifen, dann wieder nicht ... Nein, nein, ich scherze nur. Jetzt setzen Sie sich doch. Ich habe schon mit Günther gesprochen, und er wird sofort tätig, wenn wir ihm grünes Licht geben.« Er drückte einen Knopf an seiner Sprechanlage: »Frau Meisters, würden Sie ...«

»Die zweite Tasse steht schon bereit«, kam es sofort zurück, und keine zehn Sekunden später brachte die Sekretärin ein Tablett herein und stellte es auf Steins Schreibtisch ab: eine große Kanne Tee, Sahne, Kandis, eine Schale mit kleinen Biskuitkuchen.

»Mein zweites Frühstück«, erklärte Stein. »Danke, Frau Meisters.«

Er goß selbst ein. »Ich hoffe, van Appeldorn, Sie mögen's ostfriesisch.«

»Ja, natürlich, sehr nett, danke.« Van Appeldorn zog seinen Anorak aus und wollte ihn über die Stuhllehne hängen, aber die Sekretärin griff danach, nickte bestimmt und nahm ihn mit ins Vorzimmer.

»Fangen wir bei dem Postraub an.« Stein legte beide Hände um die Teetasse und machte es sich bequem. »Allem Anschein nach waren da wohl Profis am Werk.«

»Richtig«, bestätigte van Appeldorn. »Alles weist darauf hin. Und wir haben augenfällige Parallelen zu den beiden Raubüberfällen ...«

»... in Grevenbroich und Dormagen«, beendete Stein den Satz. »Profihandschrift – das behalten wir im Hinterkopf – und kommen zu Punkt zwei.«

Van Appeldorn setzte sich unwillkürlich aufrecht hin. Wenn Stein loslegte, dann mußte man bei der Sache sein. Er hielt sich nie mit unnötigem Geplänkel auf.

»In den letzten Jahren hat sich in unserem Grenzgebiet ein Schwarzarbeiterring aufgebaut. Da hängen deutsche Firmen mit drin, holländische Unternehmer, ein paar Staatsbeamte und eine erkleckliche Anzahl von Arbeitern, die zum großen Teil illegal im Land sind.«

»Auch wenn's vielleicht blöd ist«, unterbrach ihn van Appeldorn, »aber eine Sache verstehe ich nicht. Koppelbaase, die arbeiten doch in Holland seit zig Jahren höchst erfolgreich. Gibt es einen Grund, warum die jetzt in Deutschland tätig werden? Ich meine, warum lassen die sich zum Beispiel auf den internationalen Geldtransfer ein? Das Risiko ist doch viel größer. Und dann ist es auch merkwürdig, daß die Arbeiter in Deutschland malochen und in Holland wohnen und jeden Tag über die Grenze kommen.«

»Ach was«, entgegnete Stein, »die wohnen gar nicht. Die hausen in ihren Autos oder in ausgemusterten Caravans auf irgendwelchen Campingplätzen, jedenfalls ein Großteil. Aber es gibt schon einen Grund, daß diese schrägen Koppelvögel sich jetzt auf Deutschland konzentrieren. In Holland hat es nämlich eine Gesetzesänderung gegeben. Meine Kollegen jenseits der Grenze müssen nicht mehr lange gegen den Koppelbaas ermitteln, die können sich direkt an die Firmen halten, die Schwarzarbeiter beschäftigen. Und diese Firmen kriegen ohne großes Federlesen saftige Strafen aufgebrummt. Deshalb lohnt es sich für die gar nicht mehr, illegale Arbeiter einzustellen.«

»Nicht schlecht.« Van Appeldorn griff sich geistesabwesend drei Küchlein aus der Schale. »Wir haben es also mit einem gut organisierten Schwarzarbeiterring zu tun.«

»Ja, und falls wir Günther von der Leine lassen, schlägt der in den nächsten Tagen zu. Wenn ich ihn richtig verstanden habe, ist ein Klever Anwalt an der Arbeitsvermittlung beteiligt, und Günther ist ziemlich sicher, daß er bei einer Razzia in dessen Kanzlei die entscheidenden Unterlagen finden wird. Wollen wir ihm mal kräftig die Daumen drücken, was?«

Er schob van Appeldorn die Kuchenschale rüber. »Noch ein Madeleinechen? Sind die nicht köstlich? Die kriege ich immer direkt aus Frankreich.« Er nahm sich einen Kuchen, betrachtete ihn von allen Seiten und biß dann genüßlich ab. »Nun zu der anderen Geschichte, bei der unser Postraub ins Spiel kommt. Wir wissen schon seit längerem, daß in unserem idyllisch anmutenden Landstrich in recht großem Umfang Geld gewaschen wird. Ich persönlich bin überhaupt nicht glücklich mit dem Begriff Russenmafia, aber leider hat er sich mittlerweile eingeschliffen. Wie auch immer, es scheint sich dabei um eine Organisation zu handeln, deren Drahtzieher aus dem ehemaligen Ostblock kommen. Eine der größeren Waschanlagen ist wohl die Wechselstube an der Grenze in Wyler.«

»Die Bude, die da so einsam im Niemandsland steht? Ich habe mich immer schon gefragt, wie die existieren kann, seitdem die Grenzen offen sind. Aber wenn ihr das doch wißt ...«

»Die Beweise sind wie immer das Problem. Aber die kriegen wir schon noch. Die Wechselstube ist auch nur eine der Wäschereien. In den letzten Monaten bewegt sich so einiges. Es haben ein paar neue Läden aufgemacht, die nicht koscher sind.«

»Bandenkrieg«, meinte van Appeldorn nachdenklich. »So was ähnliches hatte ich mir schon zusammengereimt.«

Stein mußte lachen. »Bandenkrieg klingt sehr dramatisch.«

»Ist aber nicht ganz falsch. Die Russenmafia hat sich hier niedergelassen, und der paßt es nicht, daß die kleine Unternehmermafia in ihren Gewässern fischt. Und der Postraub war so eine Art Warnschuß.«

»Und ein lukrativer dazu«, bestätigte Stein.

Van Appeldorn schaute ihn säuerlich an. »Aber das bedeutet doch, wenn ihr den Schwarzarbeiterring hochgehen laßt, tut ihr gleichzeitig der Russenmafia einen Gefallen.«

»Mir schmeckt das auch nicht«, gab Stein zu. »Das ist ein Grund, warum ich nie gern im Bereich Wirtschaft gearbeitet habe. Mord ist ehrlicher.«

»Nett gesagt«, schmunzelte van Appeldorn. »So langsam macht die Sache Sinn. Selbst der Anschlag auf Birkenhauer paßt ins Bild. Ein kleiner Schuß vor den Bug, damit dem ordentlich die Muffe geht.«

Am Nachmittag lieferte Charlotte Meinhard weitere Details, und es war schade, daß Heinrichs nicht dabei sein konnte, denn endlich wurde das Geheimnis um das Pfannkuchenhaus gelüftet.

»Als wir zum ersten Mal den Verdacht hatten, daß es sich um organisiertes Verbrechen handeln könnte, kamen Herr Ackermann und ich gleich auf denselben Gedanken«, erklärte die Chefin. »Wenn man mit der Materie vertraut ist, wird man bei bestimmten Dingen hellhörig. Kartoffelrestaurants oder auch Pfannkuchenhäuser sind als Geldwaschanlage sehr beliebt.«

»Warum denn gerade die?« wunderte sich Astrid.

»Weil bei diesen Restaurants die Investitionskosten gering sind, Kartoffeln, Mehl, Eier. Dafür ist die Gewinnspanne hoch.«

»Und wie läuft so eine Geldwäsche konkret ab?«

»Die meisten dieser Restaurants sind Franchise-Unternehmen, deren Mutterfirma ihren Sitz im Ausland hat, vorzugsweise in Ländern, die ein Steuerabkommen mit der Bundesrepublik haben, wie zum Beispiel Panama oder Malta. Die Menüs in diesen Restaurants sind ja nicht sehr teuer, also lassen sich die meisten Kunden keine Quittungen ausstellen. Der Inhaber kann dann ohne Probleme mehr Essen verbuchen, als er tatsächlich verkauft hat. Er gibt also Einnahmen an, die er gar nicht gemacht hat. Und in Höhe dieser Einnahmen kann er dann Drogengelder oder Gelder aus Waffengeschäften zum Beispiel als Franchisegebühren nach Malta schicken, sogar noch legal versteuert. So etwas kennen wir schon länger von Pommes- und Kebab-Läden. Das Muster ist immer das gleiche.«

»Gehen wir doch einfach mal davon aus, daß es sich bei dem Postraub tatsächlich um einen Warnschuß oder einen Racheakt von der Russenmafia gehandelt hat«, holte van Appeldorn aus, aber Astrid unterbrach ihn gleich: »Das leuchtet mir nicht ein. Was hat denn der Schwarzarbeiterring mit organisierter Geldwäsche zu tun? Wo kommen die sich gegenseitig in die Quere?«

»Direkt müssen die sich gar nicht in die Quere kommen. Es reicht völlig, wenn wir gegen die Unternehmermafia wegen Schwarzarbeit ermitteln. Die Gefahr, daß wir an irgendeiner Stelle auch auf die Russenmafia stoßen, ist denen zu groß.«

»Das ist doch unlogisch, Norbert«, sagte Toppe. »Wegen des Postraubs haben wir doch erst angefangen zu ermitteln. Die Russen sind doch nicht so dumm, uns selbst auf ihre Spur zu locken. Da kann irgendwas nicht stimmen. Nein, ich kann mir eher vorstellen, daß auch die Unternehmer Geld waschen. Nicht unbedingt in Restaurants, aber vielleicht in der Wechselstube. Daß die also durchaus den Russen in die Quere gekommen sind.«

»Gut möglich«, meinte Charlotte Meinhard. »Und ich sage Ihnen, diese Leute sind nicht zimperlich. Es gibt in der Regel einen Warnanruf, und wenn der nichts fruchtet, wird man massiver. Da kann schon mal ein Ohr abgeschnitten werden oder auch ein Finger. Meistens hilft das. Und wenn nicht, verschwinden auf einmal ein paar Menschen.«

»Dann ist unser lieber Birkenhauer also in Gefahr und

weiß es vielleicht nicht einmal«, sagte Astrid. »Und was ist mit uns? Wir warten ab, ob Günther mit seiner Razzia Erfolg hat und wir die Typen, die da mit drinhängen, aushorchen können? Prima, und bis dahin drehen wir Däumchen.«

Toppe mußte grinsen, kam aber nicht dazu, etwas zu sagen, weil van Appeldorn so ungewohnt eifrig war. »Wir müssen die Parallelen zu den Überfällen in Grevenbroich und Dormagen ernst nehmen. Ich werde zunächst mal hinfahren und mir anhören, was die Kollegen dort auf der Pfanne haben. Die müßten ja ein Stück weiter sein als wir. Schließlich kam der Tip mit der Russenmafia von denen.«

»Ach was, hinfahren«, schnitt ihm die Chefin das Wort ab. »Das geht doch alles sehr gut übers Netz.«

Van Appeldorn erwiderte nichts, aber seine Miene sprach Bände.

»Russenmafia«, murmelte Astrid. »Und wie kommen wir da ran? Es bringt ja wohl nichts, wenn wir alle Russen abklappern, die im Kreis Kleve gemeldet sind. So ein Mafiaboß wird ja wohl kaum in einer Asylantenwohnung leben.«

Charlotte Meinhard schaute sie nachsichtig an. »Selbstverständlich müssen wir von jetzt an interdisziplinär arbeiten, kooperativ, Hand in Hand mit Herrn Günther und Dr. Stein. Es ist allerhöchste Zeit, daß dieses Kästchendenken ein Ende findet. Solange wir in verschiedenen Kommissariaten denken und handeln, wird uns das organisierte Verbrechen immer überlegen sein, weil es die wesentlich effizienteren Strukturen aufweist.«

Toppe stieg langsam die Galle hoch.

Zum ersten Mal in Meinhards Anwesenheit legte van Appeldorn die Füße auf den Schreibtisch. »Wir sollen uns also von Günther die Liste der verdächtigen Lokale und Wechselstuben und weiß der Geier was noch geben lassen und die Objekte observieren. Richtig?«

Die Chefin sah Toppe an. »Das wäre ein Anfang, wenn Sie mich fragen.«

»Ich möchte bei Birkenhauer ansetzen«, sagte Toppe. »Es kann nichts schaden, sich einmal in Ruhe auf der Rhein-Maas-Ausstellung umzuhören. Wenn der Täter durch die hintere Zeltwand verschwunden ist, hat ihn vielleicht jemand dabei beobachtet. Die Malteser zum Beispiel haben gleich an der Ecke ihren Posten.«

»Der Täter?« meinte die Meinhard. »Gehen Sie etwa immer noch von einem Einzeltäter aus?«

»Ich gehe nicht davon aus, ich ziehe es lediglich in Betracht.«

Die Chefin stand auf und legte sich ihre Strickjacke um die Schultern.

»Wäre es Ihnen allen recht, wenn ich für morgen früh um zehn eine Pressekonferenz einberufe? Die Journalisten werden langsam zur Plage und brauchen ein bißchen Futter. Keine Einwände? Fein! Ich würde vorschlagen, daß wir alle teilnehmen, das macht sich besser. Vielleicht setzen wir uns eine halbe Stunde vorher zusammen und sprechen ab, wer welchen Ball spielt.«

10

»Karin? Du bist es tatsächlich! Ich glaub's nicht.« Toppe nahm sie in die Arme. Um sie herum drängelten sich die Reporter, Fotografen und Kripoleute aus dem Saal.

»Was machst du denn hier?« zog Toppe die Frau aus der Hauptverkehrsstraße.

Karin Hetzel – vor etlichen Jahren hatte er sie im Zusammenhang mit einem Mordfall getroffen und sich ein bißchen in sie verguckt. Fotojournalistin war sie, und schon kurz nachdem sie sich kennengelernt hatten, hatte sie eine Stelle in Hamburg angenommen.

»Ich hab mich in der Großstadt einfach nicht mehr wohlgefühlt«, lächelte sie ihn an. »Und außerdem hatte ich Heimweh nach meiner Ältesten und meinem Enkel.«

»Wie bitte?« Sie war doch mindestens fünf Jahre jünger als er.

»Ja, ich bin schon Oma. Ich hoffe nur, man sieht's mir nicht an«, trat sie einen Schritt zurück.

Toppe strich ihr leicht über die kurzen, fedrigen Lokken. »Wahrhaftig nicht.«

Sie war immer noch schlank, und ihr Gesicht mit den warmen, dunklen Augen und dem etwas zu großen Mund fand er noch genauso anziehend wie damals. Während des Pressetermins hatte er sie nicht bemerkt, aber es waren heute so viele Reporter da gewesen, daß er einzelne Gesichter gar nicht wahrgenommen hatte.

»Aber du hast dich verändert, Helmut. Ich mußte dreimal hingucken. Wo sind denn deine ganzen Kilos geblieben? Steht dir sehr gut.«

Toppe sah auf. Der Raum hatte sich geleert, aber an der Tür stand Charlotte Meinhard und beobachtete ihn. Er nickte ihr zu – »Ich komme gleich« –, faßte Karin Hetzel am Ellbogen und ging mit ihr hinaus.

»Wohnst du wieder in Kleve?«

»Ja, in unserem alten Haus. Ich habe eine feste Stelle als Redakteurin bei der *Niederrhein Post* gekriegt, allerdings bin ich jetzt bei der schreibenden Zunft. Sag, machst du heute Mittagspause?«

Er blieb stehen und sah ihr in die Augen. »Um zwölf im Steakhaus?«

»Immer noch euer Stammlokal? Ja gut, um zwölf.«

Im Büro schienen alle nur auf ihn zu warten, selbst Rother saß da. Die Stille war nicht gesund.

Charlotte Meinhard atmete hörbar ein. Wie so oft hatte Toppe das Gefühl, sie würde gleich energisch in die Hände klatschen und um Aufmerksamkeit bitten.

»Im großen und ganzen ist es sehr gut gelaufen«, sagte sie. »Nur über eins habe ich mich wirklich geärgert, Herr Toppe.« Der gereizte Ton war ihm neu. »Sie haben im Zusammenhang mit dem Überfall auf Birkenhauer wieder mehrfach von ›dem Täter‹ gesprochen.«

Sie wartete. Auf was? Auf eine Entschuldigung? Toppe wußte seit langem, daß es irgendwann zwischen ihnen beiden schrecklich krachen würde, aber dies war noch nicht der rechte Moment.

»Ach, Frau Meinhard ...« Er hörte sich sehr müde an. »Es lag ganz gewiß nicht in meiner Absicht, Sie zu verärgern. Wenn ich von ›dem Täter‹ gesprochen habe, dann ist das unbewußt geschehen.«

Er setzte sich auf die Fensterbank. »Aber sehen Sie es doch positiv. Wir wollten doch die Aufmerksamkeit nicht allzu deutlich auf das organisierte Verbrechen lenken, um die Ermittlungen nicht zu gefährden. Jetzt haben die Pressefritzen wenigstens was zum Nachdenken.«

Die Meinhard wurde einer Antwort enthoben, weil Walter Heinrichs hereinkam.

»Tut mir leid«, fing er an, stockte und sah sich um. Er haßte Streit und konnte Spannungen nicht gut aushalten. »Ich hatte noch einen Termin beim Arzt, und der hat leider etwas länger gedauert.«

»Kein Problem«, sagte Toppe ruhig. »Du hast nur die Pressekonferenz verpaßt.«

»Wirklich? Da bin ich aber beruhigt. Ich dachte schon, ihr hättet euch in der Wolle gehabt.«

Die Chefin setzte sich jetzt und faltete die Hände. »Bitte«, meinte sie dann bestimmt. »Die Spurensicherung hat neue Ergebnisse.«

»Nur ein Ergebnis«, entgegnete Rother, ohne von seiner Aktenmappe aufzuschauen. »Meine Tests haben ergeben, daß das Isolierband Birkenhauer und das Isolierband Postraub aus identischem Material sind. Leider habe ich bezüglich des Herstellers noch keine Rückmeldung vom BKA.«

»Ach, das kennen wir.« Heinrichs hatte es sich in seinem Sessel bequem gemacht. »Die Jungs in Wiesbaden haben viel Zeit. Ich kann denen ja mal ein bißchen Feuer unter dem Hintern machen. Das bringt zwar auch nichts, hebt aber die Laune.«

Rother sah ihn kurz an und nickte. »Ich werde im Labor gebraucht.«

Damit ging er.

»Warum redet der bloß immer so gestochen?« Van Appeldorn sah ihm mißmutig nach.

»Wissenschaftler«, antwortete Heinrichs. »Die sind doch alle ein bißchen verschroben. So wie ich gehört habe, ist seine Arbeit bei uns für ihn eher ein Nebenjob. Der soll an einer größeren Erfindung arbeiten, irgendein Forschungsprojekt. Jedenfalls hat der unten im Technologiezentrum ein Entwicklungslabor.«

Karin Hetzel zeichnete mit dem Fingernagel Linien auf ihr Platzdeckchen.

»Und was war das eben für eine seltsame Inszenierung bei euch?« fragte sie schließlich.

Toppe stocherte in seinem Essen herum; er hatte keinen Appetit mehr.

Eine Weile hatten sie sich gegenseitig von ihrem Leben in den letzten Jahren erzählt, aber mittlerweile war ihm klar geworden, daß Karins Interesse nicht nur privater Natur war.

Er antwortete nicht.

»Gab es da ein Skript? Habt ihr eure Rollen vorher auswendig gelernt?« forderte sie ihn heraus. »Wo kommt denn dieser ganze Mist plötzlich her? Von der neuen Chefin? Oder etwa von noch höherer Stelle? Ihr seid ja jetzt Musterbehörde, hat man mir erzählt. Modellcharakter hatte die Schau heute aber nicht. Wenn man nicht völlig verblödet ist, dann merkte man sofort, daß ihr Informationen zurückhaltet.«

»Karin«, meinte Toppe unbehaglich, und sie wußte sofort, warum.

»Spinnst du, Helmut? Denkst du im Ernst, ich würde unsere Freundschaft ausnutzen? Ich weiß, daß du nichts sagen darfst, und ich werde dich auch nicht fragen. Aber glaub mir, es war schon ein komisches Gefühl, dich in dieser neuen Rolle zu sehen.«

»Und glaub du mir, mein Gefühl bei dieser neuen Rolle ist alles andere als komisch«, sagte Toppe bitter, schob Teller und Glas weg und redete sich zwanzig Minuten lang den Frust von der Seele. Sie unterbrach ihn nur selten.

»Ich verstehe die Meinhard nicht«, sagte sie dann. »Dieses Theater war mehr als ungeschickt. Früher wart ihr geradeaus. Da habt ihr uns schon mal gesagt: ›Okay, Leute, wir können euch leider nur wenig erzählen, weil wir kurz vor der Lösung stehen und die Pferde nicht scheu machen wollen‹, und das hat dann auch jeder geschluckt, weil wir wußten, ihr macht uns nichts vor. Aber heute mußte sich doch jeder verarscht fühlen. Selbst auf klassisch dämliche Fragen, wie: Stehen unmittelbar Verhaftungen bevor? kriegte man keine Antwort. Dafür unaufgefordert einen Vortrag über Kooperation, fachübergreifende Arbeit und was weiß ich. Soll ich das etwa schreiben? Meinst du, so was will jemand lesen?«

»Erzähl das der Meinhard.«

»Das werde ich auch, aber auf meine Weise. Über meinen Artikel wird die bestimmt nicht jubeln. Ich habe aber noch etwas anderes vor. Ich will ein Portrait von dir bringen.«

»Um Himmels willen!«

»Doch, doch, dieses ganze clevere Gewäsch hat mich darauf gebracht. Ich will was Griffiges mit Seele: Helmut Toppe, der erfahrene Kriminalist, der alte Hase – sein Leben, seine Arbeit.«

»Igitt!« Toppe schauderte es.

»Helmut«, beharrte sie. »Du kennst mich doch. Das wird kein Kitsch. Tu mir den Gefallen, ja? Ich möchte gern mal was schreiben, was mir selbst Spaß macht, wo ich hinterstehe. Wann gibst du mir das Interview?«

Er zögerte lange. »Na gut, dann bringen wir es gleich hinter uns.«

»Danke. Über euren Birkenhauer habe ich vor vierzehn Tagen übrigens auch ein Portrait geschrieben. Das war allerdings nicht so ganz einfach für mich.«

Auch sie regte sich darüber auf, daß man ausgerechnet einem Kiesgrubenbesitzer den Umweltpreis verliehen hatte. »Aber nachdem der Kreis sich auf ihn eingeschossen hatte, mußten wir natürlich groß was über ihn bringen. Der ist mir einigermaßen schmierig gekommen, aber ich glaube, meinem Artikel hat man's nicht angemerkt.«

Sie holte ihren Recorder aus der Tasche. »So langsam kriege ich Übung. Hast du heute morgen meinen freundlichen Artikel über Eugen Geldek gelesen?«

»Geldek?« Toppe rümpfte die Nase. »Was gab's denn über diesen Drecksack zu berichten?«

Eugen Geldek war der mächtigste Baulöwe vor Ort, ein Mann, der durch seine halbseidenen Geschäfte in der Stadt zu fragwürdigem Ruhm gekommen war.

Karin Hetzel lachte. »Sei vorsichtig mit dem Drecksack! Der Herr gehört zum Kreis der Museumsfreunde. Du weißt doch, am Samstag wird das Kurhausmuseum eröffnet, und am Freitag gibt's vorab eine kleine Feierstunde für alle privaten Sponsoren. Soweit ich informiert bin, hat Geldek einen ganz besonders dicken Batzen gespendet. Es könnte durchaus sein, daß er am Freitag den städtischen Kulturpreis bekommt. Er ist jedenfalls nominiert.«

Der Morgen hatte sein Versprechen nicht gehalten. Den ganzen Tag waren von Westen her Wolken aufgezogen, bis der Himmel dicht verhangen und niedrig war. Toppes Stimmung hatte sich dem Wetter angepaßt. Als sich das K 1 zum gemeinsamen Schießtraining aufmachte, waren seine Gedanken grau und bleischwer.

»Walter«, hielt er Heinrichs zurück. »Geht es dir besser?«

Der nickte. »Das EKG war ganz in Ordnung. Keine neuen Medikamente, nur ein bißchen Ruhe.« Er sah Toppe besorgt an. »Was ist los mit dir?«

»Ich geh nach Hause. Sag den anderen, ich habe wieder Rückenschmerzen.«

Als er zu Hause aus dem Auto stieg, bekam er endlich wieder Luft.

Obwohl es zu nieseln begonnen hatte und ein flackeriger, kalter Wind aufgekommen war, holte er Hacke und

Spaten aus dem Schuppen, stieg in seine Gummistiefel und machte sich über das restliche Erdbeerbeet her. Bei den ersten Spatenstichen fiel es ihm noch schwer, aber dann schaffte er es tatsächlich, an gar nichts zu denken. Die gestochene Erde glänzte satt, und er genoß den Geruch und die kühle Nässe auf seiner Haut.

Er hatte die Frauen gehört, aber es war nicht in sein Bewußtsein gedrungen, und er fuhr heftig zusammen, als Astrid ihn von hinten umfaßte und ihre Wange an seine Schulter schmiegte.

»Rückenschmerzen, was?« murmelte sie. Toppe drehte sich in ihren Armen herum.

Auch Gabi guckte zärtlich und hielt ihm eine geöffnete Bierflasche hin. »Siehst du überhaupt noch was? Es ist doch stockfinster.«

Er blinzelte, hatte gar nicht gemerkt, wie spät es schon war. Das Bier tat gut.

»Immerhin ist das Beet jetzt fertig«, meinte er und wischte sich über den Mund.

»Dann können wir ja morgen die Pflanzen kaufen«, stellte Gabi zufrieden fest.

»Erdbeerpflanzen?«

»Klar«, lächelte Astrid. »Wir müssen uns nur noch über die Sorte einig werden.«

Toppe strich sich das Haar aus der Stirn. »Ihr könnt doch jetzt keine Erdbeeren pflanzen. Erdbeeren pflanzt man im August.«

»Ach was? Und ausgerechnet so ein Stadtkind wie du will sich da auskennen!«

»Mein Opa hatte einen Schrebergarten in Ilverich«, beharrte er störrisch. »Und da hab ich meine halbe Kindheit verbracht. Und ich will Senga Sengana. Das ist die beste Sorte.«

Astrid senkte den Kopf ein wenig und sah ihn herausfordernd an. »Wenn es die Sorte noch gibt«, wich sie zurück. »Deine Kindheit ist schließlich schon ein paar Tage her, oder?«

Er fing sie mühelos ein.

Sie gluckste vor Lachen und drehte sich zu Gabi um. »Mein Mann hier hat sich heute übrigens mit einer sehr attraktiven fremden Frau zum Mittagessen getroffen.«

Mein Mann – in letzter Zeit nannte sie ihn oft so, und Toppe lief dabei jedesmal ein warmes, nervöses Kribbeln über den Rücken.

»Karin Hetzel – kennst du die?«

»O je!« Gabi schaltete auf sehr beunruhigt. »Ist die wieder im Lande? Wenn das nur gut geht. Die waren damals ganz schön heiß aufeinander. Ich mußte zu dem alten Trick greifen.«

»Das hatte ich befürchtet«, nickte Astrid verständnisinnig.

Toppe sah argwöhnisch von einer zur anderen. »Was denn für ein Trick?«

»Na, du machst sie einfach zu deiner eigenen Freundin«, zuckte Astrid gelangweilt die Achseln.

»Karin Hetzel und ich – lächerlich!« Das Spiel machte ihm Spaß. »Und was ist mit deinem holländischen Verehrer, he? Unserem smarten Kollegen Lowenstijn, der dir andauernd Rosen schickt?«

»Andauernd! Nur zu Weihnachten und zum Geburtstag«, protestierte sie.

»Und zum Valentinstag!«

»Vater! Telefon!« rief Christian vom Haus her.

Toppe fluchte und blickte an sich herab. Seine Hose war völlig durchweicht und an den Gummistiefeln klebte daumendick der Morast.

»Kann ich nicht zurückrufen?«

Christian hob die Schultern bis zu den Ohren und wiegte mit einer komischen Grimasse den Kopf. »Es ist Charly, die oberste Majestät.«

Toppe tauschte einen Blick mit Astrid. Was hatte das zu bedeuten? Ob sie ihm noch mal die Meinung geigen wollte? Aber daß die Meinhard ihren Segen übers Telefon verteilte, paßte eigentlich nicht zu ihr.

Gemächlich schlenderte er zum Haus, beeilte sich aber mit dem Stiefelausziehen dann so sehr, daß eine Socke hängenblieb und er auf einem Bein in die Halle hüpfte. Christian, der den Telefonhörer wieder in der Hand hielt, konnte sich nur mühsam das Lachen verkneifen. »Ich habe ihn loseisen können, Frau Meinhard. Hier kommt er.«

»Guten Abend«, grüßte Toppe sachlich.

»Hoffentlich sind Sie mir nicht böse, daß ich Sie so spät noch zu Hause störe ...«

Sie gurrte; das Spiel mit Zuckerbrot und Peitsche hatte sie drauf.

Toppe grinste in sich hinein. »Ich gehe einfach mal davon aus, daß Sie mich damit nicht ärgern wollen.«

»Touché! Aber das habe ich verdient, ich bin manchmal wirklich zu impulsiv. Es ist schön, daß Sie's mit Humor nehmen. Ich will Sie gar nicht lange aufhalten, nur eine Frage. Ich komme gerade aus einer Konferenz mit der Staatsanwaltschaft.«

»Machen Sie irgendwann auch mal Feierabend?«

»Selten, und das wird auch noch ein paar Monate so bleiben. Aber ich bin das gewöhnt. Wenn man als Frau Karriere machen will, muß man doppelt so viel arbeiten wie ein Mann und dreimal so gute Ergebnisse bringen. Aber bedauern Sie mich bloß nicht! Wenn ich keine Arbeit habe, bin ich nicht glücklich und für den Rest der Welt unausstehlich.« Sie machte eine kleine Pause, aber Toppe fiel nichts ein; er räusperte sich.

»Also«, fuhr sie fort, und ihre Stimme wurde eine Nuance tiefer. »Herr Günther wird morgen zuschlagen, Razzia in der Anwaltskanzlei. Und da wir ab jetzt zusammenarbeiten wollen, ist es wichtig, daß einer von uns dabei ist. Mir wäre sehr daran gelegen, daß Sie das übernehmen. Wir brauchen bei der ganzen Geschichte Ihre Besonnenheit.«

Toppe biß für einen Augenblick die Zähne zusammen. »Morgen früh?« fragte er dann. »Ich nehme an, es wird eine Mitternachtsveranstaltung.«

»So kann man es nennen. Acht Uhr fünf.«

Sie gab ihm den Namen und die Adresse.

»Dann komme ich vorher erst gar nicht mehr ins Büro. Müssen sich die anderen halt weiter um die Rhein-Maas-Ausstellung kümmern.«

11

Staatsanwalt Günther war knochentrocken, unzugänglich und ohne Humor. Für einen Mann seines Alters war sein Gesicht auffallend glatt, beinahe ausdruckslos, und seine Stimme war brüchig und dünn; vielleicht sprach er deshalb so wenig.

Die Razzia verlief ohne Dramatik: fünf Polizisten räumten unter Günthers knappen Anweisungen alle Akten aus der Kanzlei in den Einsatzwagen; drei verstörte Angestellte und ein versteinerter Anwalt sahen stumm dabei zu. Auch Toppe war nicht mehr als ein Beobachter, eine Rolle, die ihm in den letzten Monaten immer vertrauter geworden war.

Um 8 Uhr 25 war der ganze Spuk vorbei, und der Staatsanwalt kam auf Toppe zu. »Mir wäre es lieb, wenn wir die Akten gemeinsam überprüfen. Es scheint da in letzter Zeit zu einem unangenehmen Interessenskonflikt gekommen zu sein. Vermutlich ist es effektiver, wenn wir an einem Strang ziehen.«

»Das ist mir sehr recht«, begann Toppe und wollte eigentlich mit ein paar Worten den Konflikt aus der Welt schaffen, aber Günther wandte sich ab. Freundlichkeit und persönlicher Kontakt waren eindeutig nicht erwünscht, und so verlief der restliche Vormittag für Toppe recht angespannt.

Konzentriert und stoisch schweigend, arbeitete sich Günther durch den Aktenberg, ohne auch nur eine Pause zu machen. Selbstverständlich gab es in seinem Büro keinen Aschenbecher, und als Toppe zwischendurch hinausging, um zu rauchen, sah der Staatsanwalt nicht einmal auf. Auch der Becher Kaffee, den Toppe ihm mitbrachte, blieb unberührt.

Es war dann Toppe, der auf die entscheidenden Unterlagen stieß: die Liste mit den Namen der ausländischen Arbeitnehmer, die deutschen Firmen, die sie beschäftigten, die Adresse des holländischen Vermittlers und die Aufzeichnungen über die gezahlten Löhne.

Günther zeigte seine Anerkennung, indem er nun doch einen Schluck Kaffee trank.

»Bringt Sie das denn jetzt wenigstens auch bei Ihrem Postraub weiter?« fragte er sogar.

Toppe war ein wenig schwindelig geworden: 738 Schwarzarbeiter standen da aufgelistet, und nur 48 davon hatten sie bisher befragt. Blieben noch 690 übrig. Er nahm sich ein Blatt Papier und begann zu zählen. 476 Arbeiter waren bei verschiedenen Unternehmen im Ruhrgebiet angestellt, 91 im Raum Köln, 114 im Münsterland, 9 in Düsseldorf und nur 48 im Kreis Kleve. Aber das besagte nichts. Auch die anderen 690 wohnten in Holland und kamen freitags über die Grenze, um ihr Geld abzuholen. Theoretisch konnten auch sie vom regelmäßigen Geldtransport gewußt haben. Dann natürlich der Koppelbaas und die deutschen Unternehmer im Kreis. Fünf übrigens, nicht vier, wie sie bisher geglaubt hatten. Birkenhauer hatte in einem Punkt die Wahrheit gesagt: Bei ihm standen tatsächlich ein Pole und zwei Russen in Lohn und Brot. Dann waren da noch ein Baugeschäft in Goch, mit einer Zweigstelle in Uedem, Inhaber Jan Jansen, eine Gärtnerei in Reichswalde, Besitzer Gerd van den Boom, und als letzter – sieh an – Freund Geldek.

Es würde Monate dauern, mit jedem einzelnen der 690 Schwarzarbeiter zu sprechen. Da war Amtshilfe angesagt. Er mußte die Kollegen in Köln, Münster, Düsseldorf und in sechs Ruhrgebietsstädten bitten, die Leute an ihren Arbeitsstellen zu besuchen und zu vernehmen.

Kunst in der Architektur, das war wirklich ein Ding!

Eugen Geldek kannte das Hochglanzmagazin nur vom Hörensagen, aber soviel war klar: wenn die etwas über einen brachten, hatte man es geschafft. Und daß die erst heute morgen, so kurzfristig, einen Termin für das Interview abgesprochen hatten, konnte nur bedeuten, daß er den Preis tatsächlich kriegen würde. Bei der Presse sickerte so etwas leicht vorher durch, hatte er sich sagen lassen. Wenn man bedachte, was er in den letzten fünfzehn Jahren in dieser Stadt alles hochgezogen hatte, war eine größere Anerkennung schon längst fällig gewesen.

Gar nicht schlecht, daß er schon eine Stunde vor dem offiziellen Termin hier ankam, da konnte er gleich am Museum parken. Später würde hier alles dicht sein. Und morgen bei der Eröffnung mußte es eine Katastrophe geben, das konnte sich jeder Hanswurst ausrechnen. Nie und nimmer würden die umliegenden Parkplätze ausreichen. Aber bitte, bei der Planung dieses Objekts hatte man ihn ja nicht gefragt.

Geldek warf einen letzten gefälligen Blick in den Rückspiegel: sein frisch gefröntes Haar saß perfekt. Sie wollten ihn knipsen, am liebsten neben einem Kunstwerk. Ob er mit den Chinesen einverstanden wäre? Keine Frage; das war sowieso das einzige Ding in dem Bau, das ihm gefiel, obwohl er auch da irgendwie nicht wußte, was das mit Kunst zu tun hatte.

Die Eingangstür stand weit offen, und drinnen ging es hektisch zu. Stühle wurden zurechtgestellt, Sektgläser poliert, Mikrofone aufgebaut und ausgesteuert: Test ... one, two, Test ... one, two ...

Ein paar Leute grüßten ihn flüchtig, hielten sich aber nicht weiter auf.

Der Reporter wollte ihn bei den Chinesen treffen, also stieg Geldek in den ersten Stock hinauf, aber da war kein Mensch. Er sah auf seine Armbanduhr, acht Minuten zu früh, na ja.

›Installation‹ schimpften sich solche Kunststücke. Mitten im Raum standen kreisförmig angeordnet, auf eine freie Fläche im Zentrum ausgerichtet, die Skulpturen: lauter kleine, schlitzäugige Männer, alle im selben Anzug und alle mit demselben herzensguten, lächelnden Gesicht. Waren ja wirklich nett, die Kerlchen, bloß, warum hatten die keine Füße?

Geldek schlenderte zwischen den Figuren umher und stellte fest, daß es doch Unterschiede gab, die Köpfe waren verschieden geneigt und gedreht ...

Er spürte eine Bewegung hinter sich, wollte sich umwenden, aber im selben Augenblick wurde ihm etwas eklig Stinkendes unter die Nase gedrückt. In Panik schnappte er nach Luft, ihm wurde schwarz vor Augen, die Beine gaben nach, und mit einem langen Stöhnen verlor er das Bewußtsein.

Karin Hetzel machte ein paar Fotos und setzte sich dann zu den Pressekollegen, für die man eine Stuhlreihe an der Längsseite reserviert hatte.

In den letzten Wochen hatte sie sich schon mehrmals im neuen Kurhaus umgesehen und darüber berichtet, wie außerordentlich die Restaurierung und der Umbau gelungen waren, und auch heute freute sie sich wieder über die Atmosphäre dieses Gebäudes. Die Kunstwerke waren löblich sparsam ausgestellt, ließen und hatten genug Raum.

Nun machten sich die Redner breit, einer nach dem anderen sagte, was er für sagenswert hielt, mal mehr, mal weniger spritzig. Es gab nicht viel zu notieren.

Irgend etwas stimmte nicht, das konnte man den Verantwortlichen von den Gesichtern lesen. Sie wisperten miteinander, jemand verschwand aufgescheucht nach draußen, kam ebenso aufgeregt wieder zurück, wisperte weiter. »Aber ich hab ihn doch eben noch gesehen«, schnappte Karin auf.

Die Pausen zwischen den Reden wurden länger und immer ungemütlicher. Schließlich gab sich der Vorsitzende des Museumsvereins einen sichtbaren Ruck und trat ans Mikrofon:

»Liebe Freunde! Es ist sehr bedauerlich, daß wir gezwungen sind zu improvisieren, aber leider ist der diesjährige Träger unseres Kulturpreises ganz plötzlich aus dringenden familiären Gründen abberufen worden. Wir haben uns aber entschlossen, ihm den Preis trotz seiner Abwesenheit zu verleihen. Ich bitte nun unsere guten Geister, den Champagner herumzureichen, damit wir wenigstens auf unseren Ehrengast anstoßen können ... Meine Damen und Herren, der Träger des Kulturpreises der Stadt Kleve 1997 heißt ... Eugen Geldek!«

Kultivierter Applaus füllte den Saal, Gläser klangen, hier und dort hörte man auch leises Gemurmel, während der Vorsitzende die Begründung verlas. In der ersten Reihe dokterten die anderen Nominierten an ihren Mienen herum – Enttäuschung oder gar Ablehnung hatten hier nichts zu suchen.

Endlich lud man alle Gäste zu einem Rundgang ein. Karin Hetzel hielt sich im Hintergrund und versuchte, einzelne Kommentare aufzuschnappen. Vielleicht würde sie später den einen oder anderen ausführlicher befragen.

Als der erste spitze Schrei ertönte, war sie nur wenige Meter vom Zentrum des Schreckens entfernt und schlüpfte schnell in den Raum, bevor das Gedränge losging.

Amüsiert belächelt von 27 Chinesen lag in der Mitte der Kulturpreisträger Geldek.

Seine Hand- und Fußgelenke waren mit braunem Isolierband umwickelt und im Rücken dicht aneinander gezurrt; auch um Hals und Stirn schlang sich das Band, und der Kopf war weit nach hinten gekippt fixiert worden. Geldeks Schuhe standen ordentlich neben seinen Füßen, jeder mit einer Socke dekoriert; Hose und Unterhose waren bis zu den Knöcheln heruntergezogen, und von seinem Penis reckte sich keck ein giftgrünes Teufelchen in die Höhe, ein Scherzkondom.

Ein penetranter Schnapsgeruch lag in der Luft. Geldek rührte sich nicht.

Die Fotoreporter hatten alle dieselbe Idee: Sie stürmten in den zweiten Stock, wo man von einer Galerie aus die ganze Szene von oben ablichten konnte.

Wie von einer gläsernen Wand zurückgehalten, standen die Leute um Geldek herum und glotzten.

»Ekelhaft«, hörte Karin Hetzel eine Frauenstimme.

Sie drängelte sich nach vorn. »Ruft vielleicht endlich einer den Notarzt?« schimpfte sie und ging neben Geldek in die Hocke. Er atmete.

»Ist schon passiert«, rief man von hinten.

Die Menge rumorte, »versoffenes Schwein«, Häme machte sich breit. Jemand schrie nach der Polizei.

Manchmal erlaubt sich das Schicksal einen Scherz: Die Beamten, die für den Festakt abgestellt worden waren und jetzt gelaufen kamen, waren zwei junge Kollegen aus Düsseldorf.

Sie blieben wie vom Donner gerührt vor Geldek stehen. »Sag mir, daß ich spinne, sag mir, daß das nicht wahr ist!« raunte Schumacher.

Schuster schluckte. »Mich laust der Affe, Eulenspiegel hat wieder zugeschlagen!«

Karin Hetzel richtete sich auf und sah ihn nachdenklich an.

»Der Notarzt muß jeden Moment kommen«, sagte sie.

Schuster nickte abwesend und drehte sich dann zu seinem Freund um. »Also, ich rühre hier nix an. Geh und ruf das K 1!«

Schumacher zögerte. »Das können wir doch nicht machen.«

»Meinst du, ich laß mich noch mal so eintopfen? Müßte ich schön bekloppt sein.«

Aber Schumacher ließ sich nicht aufhalten. »Hol du doch das K 1.« Dann fing er an, die Leute aus dem Saal zu komplimentieren. »Wir brauchen Platz für den Notarzt ... bitte gehen Sie hinaus ... ja, auch Sie ... nein, bitte hinunter ins Erdgeschoß.«

Schuster zuckte die Achseln und griff zu seinem Funkgerät, aber dann fiel es ihm ein, und er rannte zur Treppe. »Stop!« brüllte er. »Keiner verläßt das Gebäude! Sie werden alle als Zeugen vernommen.«

Es war Toppe, den Schuster über Funk erreichte; alle anderen vom K 1 waren außerhalb in Sachen Postraub unterwegs. Astrid hatte einen Fragenkatalog für die Kollegen in Münster, Düsseldorf und den anderen Städten entworfen und reiste seitdem herum, um die Kollegen bei Laune zu halten und um zu helfen. Van Appeldorn war nach Dormagen gefahren. Leider hatte die Chefin übersehen, daß bisher nur eine Handvoll Dienststellen ans Netz angeschlossen waren. Grevenbroich und Dormagen gehörten nicht dazu, und es war van Appeldorn eine große Freude gewesen, ihr das persönlich mitzuteilen. Sogar Heinrichs hatte seinen Schreibtisch verlassen müssen, um nach Holland zu fahren. Lowenstijn war schließlich doch noch fündig geworden, über Wege, die sie lieber gar nicht wissen wollten. Auf einem heruntergekommenen Campingplatz in Ubbergen und in einem leerstehenden Haus an der Waal in Nijmegen hatte er etliche Schwarzarbeiter aufgetrieben, die das K 1 auf seiner Liste hatte, und denen wollte Heinrichs gern auf den Zahn fühlen. Aber da gab es auch mit der Staatsanwaltschaft noch einiges zu klären und abzustimmen, und Toppe war gebeten worden, einmal mehr »seine Besonnenheit« unter Beweis zu stellen.

Als er am Kurhaus ankam, warteten 84 Personen auf ihn, und nicht alle waren guter Laune. Man hielt ihm Armbanduhren unter die Nase, tippte wütend auf Zifferblätter, knurrte was von »heute noch zu arbeiten«.

Toppe war ein friedlicher Mensch, aber wenn man ihm zu dicht auf den Körper rückte, sah er rot. Mit beiden Ellbogen machte er sich den Weg zu den Polizisten frei.

»Und? Wo ist er?«

»Geldek? Den hat der Notarzt mitgenommen. Der war bewußtlos.«

»Wer hat ihn gefunden?«

Schumacher machte eine weite Handbewegung. »Im Prinzip die ganze Meute. Eine Zeitungsfrau war auch dabei. Die sagt, sie kennt Sie und will mit Ihnen sprechen. Steht da hinten.«

Toppe entdeckte Karin Hetzel in dem Gewimmel und nickte ihr kurz zu.

»Ich habe auch die Spurensicherung verständigt«, sagte Schuster. »War das in Ihrem Sinne?«

Toppe betrachtete ihn prüfend. »Sehr gut«, meinte er dann. »Auch daß Sie die Leute hierbehalten haben, nur ...« Er rieb sich das Kinn. »Ich kann unmöglich gleich mit allen sprechen. Das würde Stunden dauern. Im Augenblick reicht mir einer vom Verein, Frau Hetzel vielleicht und dann natürlich diejenigen, die unbedingt was loswerden wollen. Ich bin mir ziemlich sicher, daß es nicht in Ihren Aufgabenbereich fällt, aber wenn ich Sie persönlich höflich bitte, wären Sie dann wohl so nett, Namen und Adressen der übrigen zu notieren und sie dann nach Hause zu schicken?«

Schuster grinste unverschämt, aber Schumacher achtete nicht darauf. »Machen wir glatt«, meinte er.

Jemand tippte Toppe von hinten an. Es war Rother. »Wo soll ich anfangen?«

»Das weiß ich noch nicht. Ich bin noch nicht dazu gekommen, mir einen Überblick zu verschaffen. Wo ist denn van Gemmern?«

Rother hielt seinen Blick auf Toppes Hemdkragen geheftet. »Der ist im Labor beschäftigt. Da ich sowieso in der Nähe zu tun hatte, als die Nachricht kam, lag es auf der Hand ... Aber wenn Sie es wünschen, werde ich Herrn van Gemmern sofort ...«

»Nein, nein«, unterbrach Toppe ihn, »lassen Sie. So war das nicht gemeint.«

Der Museumsleiter, den Toppe bisher nur aus der Zeitung kannte, war herangetreten. »Botho van Beveren«, stellte er sich vor. »Sie sind von der Kriminalpolizei.« Den holländischen Akzent konnte man nur ahnen. Der Mann schilderte angenehm sachlich und unaufgeregt, was passiert war, daß man Geldek schon gegen zehn Uhr kurz im Museum gesehen hatte, ihn aber später nicht mehr auftreiben konnte, und in welchem Zustand man ihn schließlich gefunden hatte.

»Hat jemand Geldek nach oben gehen sehen?« wollte Toppe wissen.

»Nein, bestimmt nicht. Sonst hätten wir doch nachgeschaut, als wir alle versucht haben, ihn zu finden.«

Dann nahm er Toppe und Rother mit hinauf in den ersten Stock. »Hier hat er gelegen.«

Geldeks Schuhe standen noch da.

Rother sah sich verdrossen um. »Wenn hier, wie Sie sagen, zwanzig bis dreißig Personen im Raum waren, was soll ich denn da für Spuren nehmen?«

»Die Schuhe dort«, wandte sich Toppe an van Beveren, »gehören die zum Kunstwerk?«

»Nein, ich denke, die gehören Geldek. Der hatte nackte Füße.«

Rother zog sich Handschuhe an, holte zwei Plastikbeutel aus seinem Koffer und packte die Schuhe vorsichtig ein. »Tja.«

»Tja«, meinte auch Toppe. »Am besten, Sie fahren gleich mit mir zum Krankenhaus. Da können Sie dann Proben vom Klebeband nehmen, und vielleicht finden sich ja Fingerspuren am Kondom.«

Karin Hetzel hatte unten gewartet. Toppe ließ sich noch einmal alles erzählen, erfuhr aber nichts Neues.

»Bestimmt kann ich dir Fotos von der Szene besorgen«, bot sie an. »Von Geldek und vielleicht auch von den Gästen. Wenn du mir mal dein Handy leihst ...«

Keine zwei Stunden später saß Toppe im Büro, einen ganzen Stapel Vergrößerungen vor sich auf dem Tisch. Der Fotograf der *Niederrhein Post* hatte mehrere Bilder vom bewußtlosen Geldek für ihn abgegeben, außerdem noch Fotos vom derangierten Birkenhauer, die nicht gedruckt worden waren.

Toppe stützte den Kopf in die Hände.

Geldek war noch nicht ansprechbar gewesen. In seinem Blut hatte man nicht nur reichlich Alkohol, sondern auch eine gehörige Portion Barbiturate gefunden. Ein gefährlicher Cocktail, hatte der Arzt gesagt und Toppe einen frischen Einstich gezeigt. Der Täter mußte die

Barbiturate gespritzt haben. Oder die Täter, korrigierte er sich.

Warum diesmal Schlafmittel? Geldek war gegen zehn Uhr nach oben gegangen. Wenn er nur mit Alkohol abgefüllt worden wäre, hätte er womöglich randaliert wie Birkenhauer, und man hätte ihn schon vor der Veranstaltung entdeckt. So aber mußte er beim Rundgang gefunden werden, als Teil eines Kunstwerkes gewissermaßen. Eine perfekte Inszenierung.

Das Telefon riß Toppe aus seinen Gedanken. »Hier ist Norbert. Ich bin mittlerweile in Grevenbroich. Hör zu, ich schaffe das nicht alles an einem Tag, aber ich komme gut voran. Einer der Kollegen hier hat mir sein Gästezimmer angeboten, deshalb werde ich wohl erst morgen zurückkommen.«

Toppe erzählte ihm, was passiert war.

»Geldek?« grunzte van Appeldorn. »Nicht, daß mir das besonders leid tut, aber da kann einem schon komisch werden. Günther zieht seine Razzia durch, und schon einen Tag später schlagen die Jungs zurück.«

»Welche Jungs?«

»Na, die Russen, oder?«

»Wenn man's wüßte ...«

Toppe legte bald auf. Irgend etwas in ihm sträubte sich gewaltig. Ob Geldek auch einen Anruf gekriegt hatte? Wieso sollte der sonst eine Stunde vor der Zeit im Museum sein? Heute abend konnte er ihn fragen, hatte der Arzt gemeint.

Er betrachtete wieder die Fotos. Bloßstellen, der Lächerlichkeit preisgeben, das war doch etwas ganz anderes als ein Ohr oder einen Finger abzuschneiden. Und dann beide Male die Sache mit den Schniedeln. Konnte da nicht etwas ganz anderes dahinterstecken? Ein sexuelles Motiv? Toppe wurde mulmig.

Beide Opfer gehörten zu dieser Klever Unternehmermafia, sicher, aber da war noch eine Übereinstimmung. Wieso hatte im Kurhaus keiner den – oder von ihm aus auch – die Täter gesehen, genauso wenig wie bei der

Rhein-Maas-Ausstellung? Zufall? Möglich, aber es gab auch noch eine andere Erklärung.

Wieder wurde er in seinen Überlegungen gestört. Charlotte Meinhard kam herein, und zum ersten Mal erlebte Toppe sie aufgeregt. »Der Teufel ist los! Zur Eröffnung morgen wird der Landesvater erwartet, und nach dem, was heute vorgefallen ist, können Sie sich denken, daß wir etwas unternehmen müssen. Aber ich weiß jetzt, wie wir es machen werden. Im Grunde liegt das auf der Hand.«

12

»Ich leih' mir eine Uniform«, meinte Astrid wütend. »Irgendwo werde ich schon eine auftreiben.«

»Schade, daß Ackermann nicht da ist«, knurrte van Appeldorn. »Der könnte uns welche von seinen Schützenbrüdern besorgen.«

Toppe lächelte gequält. »Bloß keine Aufregung, Herrschaften. Ihr wißt doch: Außergewöhnliche Umstände verlangen ungewöhnliche Maßnahmen. Da dürfen auch wir uns nicht zu fein sein. Zitatende.«

»Nicht ganz«, widersprach Heinrichs. »Du hast folgendes vergessen: Dies, Herrschaften, ist eine gute Gelegenheit, unter Beweis zu stellen, daß das neue Steuerungsmodell für uns längst nicht mehr nur graue Theorie ist. Produkt Sicherheit ...«

»Danke, das reicht«, fiel ihm van Appeldorn ins Wort. »Es ist wirklich ein dickes Ei, daß sie mich wegen diesem Zirkus aus Grevenbroich zurückpfeift. Um wieviel Uhr geht der Rummel eigentlich los?«

»Die Eröffnung ist um elf«, antwortete Toppe, »aber unsere ›Präsenz‹ wird ab acht Uhr vorausgesetzt.« Er holte seinen Mantel aus dem Schrank. »Und jetzt haben wir alle Feierabend. Von der Chefin angeordnet. Es wäre nämlich schon schwierig genug, die morgigen Überstunden zu verbuchen.«

Van Appeldorn schüttelte nur noch den Kopf. Die Meinhard mußte einen echten Schaden haben. Bei der Museumseröffnung würden so viele Polizisten rumwimmeln, daß für die Gäste gar kein Platz mehr blieb. Nicht nur die ganze Trachtengruppe würde aufmarschieren, nein, auch die halbe Kripo sollte Wache schieben. Wenn sich alle an den Händen hielten, konnte man die Polizeikette locker dreimal um das ganze Gebäude wickeln.

»Das hört sich alles großartig an mit dem Produkt Sicherheit«, sagte Astrid, als sie zu Toppe ins Auto stieg, »aber ich stelle mir gerade vor, ich wäre zum Beispiel Holländer. Was mir da als erstes in den Sinn käme, wäre die alte Geschichte mit dem Polizeistaat.«

Toppe ließ den Motor an. Er wollte sich heute nicht mehr ärgern. »Ich fahre jetzt zum Krankenhaus und rede mit Geldek. Kommst du mit, oder soll ich dich vorher zu Hause absetzen?«

»Aha«, grinste Astrid. »So viel zum angeordneten Feierabend. Schreibst du das trotzdem als Überstunden auf?«

»Weiß ich nicht. Ist mir auch völlig schnurz. Auf jeden Fall lasse ich mir von keinem vorschreiben, wann und wie ich meine Arbeit erledige. Bildet die sich tatsächlich ein, ich könnte mein Hirn aus- und einschalten wie den PC? Um halb vier wird der Bildschirm schwarz, der Fall verschwindet auf der Festplatte, und morgen um neun laufe ich dann wieder auf Hochtouren?«

»Hee!« Astrid legte ihm die Hand auf den Schenkel. »Jetzt reg dich doch nicht so auf. Ich komme mit ins Krankenhaus.«

Aber den Besuch bei Geldek hätten sie sich sparen können. Der Mann wußte gerade mal, wo er sich befand. Ob er sich an irgendwas erinnerte, fanden sie nicht heraus, denn Geldek schlief immer wieder ein. Der behandelnde Arzt war auch nicht aufzutreiben.

»Soll ich weiterfahren?« fragte Astrid sanft.

Toppe reichte ihr wortlos den Autoschlüssel, ließ sich schwer auf den Beifahrersitz fallen und schwieg.

»Meine Güte, was ist der Geldek durch den Wind! Zimperlich sind die Jungs ja nicht gerade. Der hätte dabei auch sterben können.« Astrid überlegte. »Ist das nicht ein bißchen dick aufgetragen für einen Warnschuß?«

»Genau darüber grübele ich nach«, nickte Toppe. »Vorsicht!« schrie er dann und hielt sich am Armaturenbrett fest.

Aus der Einfahrt zu ihrem Hof kam ein VW-Bus geschossen. Astrid trat auf die Bremse, riß das Steuer herum und kam auf dem Grünstreifen zum Stehen. Auch der weiße Bus hatte angehalten, und heraus krabbelte ein bleichgesichtiger Christian. »Gott sei Dank! Ihr seid das! Ich habe euch tatsächlich nicht gesehen.«

Auch Toppe war ausgestiegen. Er hatte Puddingbeine. »Ich sollte dir eine scheuern, du Idiot! Was ist das denn für ein Auto?«

»Hat mir ein Kumpel geliehen.« So langsam kriegte Christian wieder Farbe. »Es tut mir leid, Vater. Ich hätte besser aufpassen müssen.«

Toppe klopfte ihm den Rücken. »Ist schon in Ordnung.« Er linste durchs Autofenster und entdeckte einen alten Elektroherd, einen Hängeschrank und noch ein paar andere Möbel, die er selbst nach der Trennung von Gabi in seiner ersten Wohnung gehabt hatte.

»Ziehst du aus?«

»Nee, aber Clara zieht um, und ich helfe ihr. Mutter hat gemeint, ich könnte ihr die Möbel geben.«

»Du willst noch nach Köln?«

Christian grinste. »Geschenkt, Vater. Ab jetzt fahre ich anständig, versprochen.« Er stieg wieder in den Bulli. »Ich bin spät dran. Tschüs!«

Gabi stand auf einer Treppenleiter in der Halle und wechselte gerade ein paar kaputte Glühbirnen an dem prachtvollen Kronleuchter aus, den Astrid mit in die Wohngemeinschaft gebracht hatte – ein Erbstück von Großmutter von Steendijk.

»Ihr seid aber früh heute!«

Astrid verzog das Gesicht. »Frag bloß nicht«, hieß das, aber Toppe hängte nur seinen Mantel auf und meinte: »Wieso zieht Clara um?«

Gabi kletterte von der Leiter. »Ich weiß auch nur, was ich bei der ganzen Telefoniererei heute aufgeschnappt habe. Clara hat wohl schon im letzten Semester ihr Medizinstudium geschmissen und macht jetzt irgendwas mit Theaterwissenschaft, aber außer Christian hat das anscheinend keiner gewußt. Außerdem wollte sie wohl schon seit geraumer Zeit aus dem katholischen Wohnheim raus und hat jetzt endlich eine Wohnung gefunden. Heute war offensichtlich die große Beichte bei ihrer Mutter fällig, und es muß mächtig gekracht haben. Jedenfalls hat Clara nicht nur ihre Sachen im Wohnheim gepackt, sondern auch alles, was von ihr noch zu Hause in Grieth war.«

»Na endlich«, seufzte Astrid. »Und Christian spielt den strahlenden Ritter.«

»Rein platonisch natürlich«, mokierte sich Toppe.

Auch Gabi grinste.

Es war genauso, wie van Appeldorn es sich ausgemalt hatte: Die gesamte Kreis Klever Polizeimacht stand sich gegenseitig auf den Füßen und hütete die Ordnung.

»Ich fühle mich so was von präsent«, meinte Astrid. »Ich weiß gar nicht, wo ich mich lassen soll.«

Ausgerechnet Flintrop hatte die Einsatzleitung, aber für die Kripoleute sah er sich nicht zuständig. »Ich habe keine Weisungsbefugnis.« Neugierig betrachtete er Toppe. »Sollte doch eigentlich keine Frage sein, wer bei euch die Leitung macht.« Mit dem Zeigefinger zog er sein rechtes Unterlid hinunter und kicherte blöde. »Da muß der alte Hase ran, was?«

Die Kollegen hinter ihm prusteten los.

Toppe sah irritiert von einem zum anderen und drehte sich dann abrupt weg. Was gab's hier noch zu leiten?

Um halb zehn hatten sie jeden Zentimeter des Museums durchsucht und überprüft und wieder durchsucht. In jedem Raum, an jeder Tür, vor jedem Fenster oder Kellerschacht war ein Pulk Polizisten postiert; nicht einmal eine Feldmaus hätte unbemerkt ins Gebäude kommen können.

»Und was machen wir jetzt?« wollte van Appeldorn wissen.

»Spalier stehen für den Ministerpräsidenten«, schlug Toppe vor.

»Ich könnte vielleicht Papierfähnchen besorgen«, meinte Astrid. »Damit winken wir dann alle freundlich. So was macht sich immer nett.«

Heinrichs hatte Posten im Museumscafé bezogen und schäkerte mit den Damen vom Büfett, aber die waren immun gegen seinen Charme. Kuchen wurde erst ab zwölf Uhr verkauft. Schließlich gab er sich geschlagen, wanderte zur Kavarinerstraße und besorgte ein Tablett Hefeteilchen und die Tageszeitung.

»Hier, guck mal«, winkte er Toppe zu. »Deine Freundin Karin hat einen Artikel drin: *Eulenspiegel schlägt wieder zu.*«

Toppe überflog den Bericht über den Angriff auf Geldek.

Mit Genuß biß Heinrichs in eine Puddingbrezel. »*Eulenspiegel* finde ich klasse. Das paßt irgendwie: da macht sich einer lustig über die ehrenwerten Bürger. Aber wie die Russen das finden ...«

Toppe klappte die Zeitung zu. »Ich finde das überhaupt nicht klasse«, ärgerte er sich. »*Eulenspiegel* hört sich nach einem harmlosen Witzbold an. Und harmlos ist die Sache mit Geldek wahrhaftig nicht.«

Um zwanzig vor elf fuhr am Haupteingang ein weißer BMW vor.

»Achtung!« Van Appeldorn legte die Hände an die Hosennaht. »Charly Controlletti rollt an. Walter, pack die Zeitung weg.«

Charlotte Meinhard war noch nicht ganz ausgestiegen, da hatte Flintrop sich schon rangeschleimt. »Alles im Lot,

Frau Chefin. Meine Truppe ist postiert. Für die Zivilisten«, guckte er kurz zu Toppe hinüber, »scheint der Althase zuständig zu sein.« Er lachte schallend, aber die Meinhard hob tadelnd die Hand, sprach ein paar leise Sätze und stieg zurück ins Auto. Mit einem langen, kritischen Blick auf Toppe fuhr sie ab.

»Was hat die denn jetzt schon wieder?« wunderte sich Astrid.

»Ich kann es mir denken.« Heinrichs hielt ihnen die aufgeschlagene Zeitung hin. Im überregionalen Feuilleton hatte Karin Hetzel ihr Toppe-Portrait untergebracht: eine dreiviertel Seite mit einem Archivfoto, auf dem Toppe aussah wie Albert Schweitzer in jüngeren Jahren.

»Du lieber Gott«, stöhnte er. Da stand was von Technokraten und von kalten Zeiten – Aldous Huxley war zitiert – von Einfühlungsvermögen, Menschlichkeit und Phantasie, und irgendwo kamen auch »die Erfahrung, die zählt« und der »alte Hase« vor.

Flintrop stand breitbeinig vor ihm. »Schönen Gruß von der Chefin: um 14 Uhr Manöverkritik – für alle.«

Um zehn nach eins, als der Ministerpräsident und seine Sicherheitsbeamten längst abgefahren waren und die Veranstaltung langsam zu einem Ende kam, setzte Toppe sich ab. Er mußte ein paar Minuten allein sein.

In seinem Büro angekommen, fiel er auf seinem Schreibtischstuhl in den Kutschersitz, um den Rücken zu dehnen, machte noch ein paar Katzenbuckel, bis er endlich ohne Schmerzen durchatmen konnte. Dann holte er die Zeitungsseite aus der Hosentasche und faltete sie auseinander. Karin Hetzel hatte angedroht, der Meinhard zu geigen, was sie vom »neuen Steuerungsmodell« hielt. Dazu hatte sie ihn mißbraucht, und daran schluckte er ziemlich. Na ja, mißbraucht war etwas hart. Er hatte einfach nicht damit gerechnet. Dabei war der Artikel nicht schlecht, vielleicht stellenweise ein bißchen dick aufgetragen, ein bißchen viel Pathos. Aber im Grunde spiegelte er schon seine Gedanken wieder, seine Überlegungen und ein paar seiner Gefühle. Nur seinen Frust nicht. In diesem Artikel wirkte er souverän – ein Mann, der den einzig richtigen Weg geht, gegen den Zeitgeist, gegen alle Flaggen. Wenn man es von der anderen Seite betrachtete, ein Don Quichotte.

Und genau das würde ihm die Meinhard gleich erzählen. Er zweifelte nicht einen Moment daran, daß sie ihn nach der »Manöverkritik« zu einem Gespräch unter vier Augen bitten würde, um ihm ein paar Leersätze zu servieren und ihm vielleicht sogar mit Konsequenzen zu drohen. Nachdenklich zündete er sich eine Zigarette an und drückte sie gleich wieder aus.

Es war an der Zeit, den Mund aufzumachen. Entweder er schmiß hier alles hin und ließ sich weit weg versetzen – die dumpfe Reihe: Wohin? In deinem Alter? Astrid? Die Kinder? Das Haus? schob er schnell beiseite – oder er spielte ab sofort das Spiel nicht mehr mit. Egal, was dabei rauskam.

Als er auf den Flur trat, sah er an der Treppe den Mann im grauen Zwirn.

»Herr Rother?«

»Ja?« Rother verschränkte die Hände und wartete auf ihn.

»Sind Sie etwa auch zur ›Manöverkritik‹ geladen?«

»Nein, nein«, fuhr sich der ED-Mann über die kurze graue Bürste. »Ich höre mir das nur interessehalber an. Haben Sie meinen Bericht schon gelesen? Ich hatte ihn ins Büro gelegt.«

»Nein, dazu bin ich noch nicht gekommen.«

»Keine Fingerabdrücke am Kondom. Das Isolierband wieder von derselben Sorte.«

»Hatte ich mir gedacht.«

Neben Heinrichs waren noch zwei Plätze frei. »Du kommst aber auf den allerletzten Drücker, mein Jung«, klopfte der auf die Stuhlfläche neben sich. Astrid und van Appeldorn saßen meilenweit entfernt.

Charlotte Meinhard stand bereits vor der versammelten Mannschaft. Sie trug ein schwarzes Kostüm mit engem, wadenlangen Rock, eine doppelreihige Perlenkette und schmale Pumps. Ihr Lächeln sorgte für Ruhe.

»Ich möchte Ihnen allen für Ihren vorbildlichen Einsatz danken und uns zu dem absolut reibungslosen Ablauf beglückwünschen.« Sie bedachte jeden mit einem anerkennenden Blick, nur Toppe sparte sie aus.

Also, das war heute ihr Plan! Kein Gespräch unter vier Augen. Nein, Toppe war das ungezogene Kind, das man mit Nichtachtung strafte.

»Und ganz herzliche Grüße soll ich Ihnen vom Stadtdirektor ausrichten. Er ist sehr stolz auf uns.«

Wieso beklatschten die sich selbst?

Die Chefin machte eine kleine Kopfbewegung, die es sofort wieder still werden ließ. »So, genug Dankeschöns. Wir wollen zum eigentlichen Punkt kommen. Also bitte, die Kritik von Ihrer Seite.«

Beinahe jeder senkte sofort den Blick.

Toppe hob kurz die Hand und unterdrückte den Impuls, sich zu erheben. Statt dessen schlug er die Beine übereinander. »Ganz knapp und sachlich, Frau Meinhard: zwei Drittel unserer Leute waren heute absolut überflüssig. Und ein wenig mehr Diskretion in der Durchführung hätte auch nicht geschadet. Das Paradeaufgebot hat die meisten Gäste nur beunruhigt.«

»Wie darf ich das verstehen?« Nichts als schieres Interesse in ihrem Gesicht.

»Der Ministerpräsident, zum Beispiel, hat mich gefragt, ob wir eine Bombendrohung hätten«, antwortete Toppe und setzte die Füße wieder nebeneinander. »Wenn Sie Kritik hören wollen: Bei dem Polizeiaufgebot konnte die Atmosphäre kaum entspannt sein, festlich schon gar nicht. Und darum ging es eigentlich. Ich denke ... wir ... haben ein wenig übertrieben.«

Es raunte und zischelte. Rother an Toppes linker Seite hatte das Kinn auf die Brust gesenkt, Heinrichs rechts nickte vehement.

»Danke, Herr Toppe«, kam es von vorn. »Dürfte ich um weitere Wortmeldungen bitten?«

Erstaunlicherweise meldete sich Flintrop: »Ich kann das alles nicht so geschwollen ausdrücken, aber irgendwie hat Toppe recht. Ich meine, nicht, daß ich unsere Truppe nicht super im Griff gehabt hätte, aber es waren einfach zu viele. Mehr als die Hälfte stand nur sinnlos rum und hat genervt, obwohl die ja gar nichts dafür konnten. Und ich habe immer bloß gedacht: gut, daß die Banken heute zu sind. Das wäre der ideale Tag für einen Raub gewesen. Auf jeden Fall kam ich mir die ganze Zeit, wenn ich so rumguckte, vor, wie auf der Demo in Kalkar damals.«

Damit setzte er sich sehr zufrieden wieder hin.

Charlotte Meinhard warf einen Blick auf ihre Armbanduhr. »Keine Wortmeldungen mehr? Nein? Dann danke ich Ihnen, Herrschaften.« Sie sah Flintrop an. »Ich verspreche Ihnen, ich werde mir Ihre Kritik durch den Kopf gehen lassen. Und vielleicht möchte sich der eine oder andere von Ihnen ja bis Montag alternative Konzepte überlegen, die wir dann im kleinen Kreis erörtern können. Das würde mich sehr freuen. Aber einstweilen wünsche ich uns allen ein schönes Wochenende.«

Sofort setzte lautes Stühlescharren ein; die meisten wollten endlich nach Hause und den restlichen Samstag genießen.

Toppe rappelte sich langsam hoch. Heinrichs wartete, und plötzlich war auch van Appeldorn neben ihm.

»Die wird auch noch leiser«, sagte er nachdrücklich. »Wo gehen wir hin, Helmut? In deine Kemenate oder ins Büro?«

»Ins Büro«, meldete sich Astrid von hinten. »Ich hab da noch was in meinem Schreibtisch, das könnte uns jetzt allen gut tun.«

Es war eine Flasche edelster Cognac.

»Geschenk von der Meinhard«, erklärte sie. »Nachträglich zum Geburtstag und gleichzeitig Glückwunsch zu meiner Entscheidung, das neue Dezernat zu übernehmen. Ihr wißt doch, wir Frauen müssen zusammenhalten.«

Heinrichs kramte im neuen Schrankelement. »Tss, was ist das denn für eine Schlamperei? Keine Cognacschwenker! Ich fürchte, da werde ich doch ein Alternativkonzept für die Ausstattung der Büros erarbeiten müssen.« Damit stellte er vier Wassergläser auf Astrids Schreibtisch. »Gieß mir einen doppelten ein, Mädchen.«

Toppe wurde es auch ohne Cognac langsam ein bißchen wärmer.

»So«, setzte Astrid sich schließlich hin. »Auf dem Rückweg vom Museum bin ich beim Krankenhaus vorbeigefahren und habe mit Geldek gesprochen.«

Toppe stellte sein Glas ab. »Und?«

»Der hat gestern morgen einen Anruf gekriegt, angeblich von einem Journalisten von der Zeitschrift *Kunst in der Architektur*. Die wollten um 10 Uhr mit ihm im Museum ein Interview machen.«

»Wann kam der Anruf?« fragte Toppe.

»Um zehn nach neun.«

»Kurze Anfahrtszeit, findet ihr nicht?«

Heinrichs nickte. »Die Täter müssen schon vor Ort gewesen sein. Und zuversichtlich, daß Geldek darauf anspringt. Wir sollten natürlich sicherheitshalber bei der Zeitschrift nachfragen, ob die nicht tatsächlich einen Reporter in Kleve hatten, aber wer's glaubt ...«

»Der Anrufer war ein Mann, der lupenreines Hochdeutsch gesprochen hat«, fuhr Astrid fort. »Aber seine Stimme habe irgendwie dumpf geklungen, meinte Geldek. Zur Tat selbst konnte er wenig sagen. Er wäre ein paar Minuten zu früh am Treffpunkt gewesen, sei zwischen den Chinesen rumgegangen und habe sich die angeguckt. Dann hätte er plötzlich eine Bewegung hinter sich gespürt, aber gehört hatte er nichts.«

»Indianer«, flachste van Appeldorn. »Nur Indianer können sich lautlos bewegen.«

Astrid blieb friedlich. »Geldek wollte sich umdrehen, aber da hatte er schon ein Tuch unter der Nase. Auch er beschreibt den Geruch als eklig süß. Tja, und dann schwanden ihm die Sinne.«

»Nett formuliert.« Van Appeldorn kippte seinen Stuhl gegen die Wand und streckte die Beine aus. »Dem hätten die Sinne ruhig schon früher schwinden können, dann wären uns ein paar scheußliche Gebäude erspart geblieben, von diversen dreckigen Machenschaften mal ganz abgesehen.«

»Ich hatte meine liebe Mühe, mit Geldek überhaupt ins Gespräch zu kommen, Norbert«, meckerte Astrid. »Der ist uns nicht gerade wohlgesonnen, wegen der Postraubgeschichte. Es sah mir ganz so aus, als hättest du dich bei seiner Befragung mal wieder von deiner liebenswürdigsten Seite gezeigt.«

Van Appeldorn wippte mit den Fußspitzen. »Ich war ganz normal. Bei mir kommt das immer auf den Gesprächspartner an, weißt du?«

Toppe unterbrach das Geplänkel. »Wißt ihr, was ich mich die ganze Zeit frage? Wieso hat keiner im Museum die Täter gesehen? Da liefen jede Menge Leute rum. Und alle, mit denen ich gestern gesprochen habe, hatten Geldek bemerkt, aber keinen Fremden.«

»Mit wie vielen hast du denn gesprochen?« fragte Heinrichs.

»Mit neun. Neun von siebzehn Leuten, die vor der Veranstaltung im Gebäude waren. Und dann wären da noch 67 Gäste auf meiner Liste ...« Er griff in seine Tasche. »Mist, die liegt bei mir im Büro.«

»Tja«, meinte Heinrichs ergeben, »dann wird sich wenigstens keiner von uns an diesem Wochenende langweilen.«

»Und was ist, wenn wirklich keiner die Täter gesehen hat?« drängte Astrid.

»Dann müssen wir uns fragen, ob die nicht im Innenkreis zu suchen sind«, antwortete Toppe. »Museumsangestellte zum Beispiel.«

»Sicherheitsleute, jemand von der Putzkolonne«, sprang Heinrichs bereitwillig an.

Van Appeldorn lachte. »Wie wär's mit dem Museumsleiter und dem Kulturdezernenten? Oder vielleicht der

Stadtdirektor höchstpersönlich? Ich weiß nicht, Helmut, es gibt doch eine ganz simple Erklärung. Das waren Profis, und solche Leute kommen unbemerkt in jedes Gebäude.«

»Mag sein«, gab Toppe zu, »aber da ist noch eine zweite Sache, die mir aufstößt: dieser Cocktail aus Alkohol und Schlafmitteln, der, wie der Arzt sagt, unheimlich gefährlich ist. Entweder haben die Täter Geldeks Tod in Kauf genommen – und dann kann man wohl kaum noch von einer ›Warnung‹ sprechen – oder aber jemand hat sich mit der Dosierung gut ausgekannt.«

»Ein Arzt vielleicht?« schmunzelte van Appeldorn. »Russen, Indianer ... Ich hab's: ein russischer Medizinmann! Komm Helmut, meinst du nicht, daß du ein bißchen viel da reindichtest? Am besten erzähle ich mal, was ich in Grevenbroich und Dormagen erfahren habe. Dann sind wir alle ein Stück weiter. Zunächst zu den Raubüberfällen: Beide Male war es ein Überfall auf ein ungeschütztes Postauto, beide Male wurde ein hoher Geldbetrag transportiert.«

»War das bei denen etwa auch stadtbekannt?« fragte Heinrichs.

»Nicht ganz so schlimm wie bei uns, aber es war auch kein Staatsgeheimnis. Da gibt's ein paar andere Parallelen. Offenbar handelte es sich bei einem Großteil der Moneten in den Postwagen um Schwarzgeld. Genau wie bei uns hat sich der Wirtschaftsstaatsanwalt eingeschaltet, aber in den Käffern sind die noch nicht so weit wie wir. Die Kollegen von Mord und Totschlag sind jetzt außen vor und wissen nicht, wie weit der ist, was der vorhat.«

»Wie sieht es mit den eigentlichen Überfällen aus?« wollte Toppe wissen. »Hast du Details?«

»Klar. In Dormagen war es fast genauso wie bei uns: Der Postwagen ist von zwei PKW in die Zange genommen worden. Der vordere hat ihn ausgebremst, der hintere hat den Rücken freigehalten.«

»Wieviele Täter?«

»Fünf, alle mit Strumpfmasken und dunklen Pudelmützen, alle schwer bewaffnet.«

»Mit Pistolen?«

»Das ist nicht ganz klar. Die beiden Postmänner waren wohl ziemlich von der Rolle. Der eine von denen will Maschinengewehre gesehen haben.«

Van Appeldorn angelte nach seinem Zigarettenpäckchen. »Wie auch immer, beide PKW waren geklaut, beide wurden später auf Parkplätzen in Dormagen gefunden, einer an einem Baumarkt, der andere an einem Kaufhaus.«

Er wühlte zwischen den Papieren auf seinem Schreibtisch herum. »Hat einer mein Feuerzeug gesehen? Ach, egal. In Grevenbroich hatten die Täter mitten auf einer schmalen Waldstraße einen, übrigens geklauten, PKW quergestellt und kamen aus dem Gebüsch gesprungen, als das Postauto anhielt. Es ist nicht sicher, wieviele Männer es waren, aber man schätzt, mindestens vier.«

Toppe warf ihm sein eigenes Feuerzeug hinüber, und van Appeldorn zündete sich endlich seine Zigarette an. »Kommen wir nun zum interessanten Teil: Das BKA geht davon aus, daß die Russenmafia in beiden Städten schon seit einer Weile zugange ist. Vor achtzehn Monaten hat in Grevenbroich ein Pfannkuchenhaus aufgemacht, vor vierzehn Monaten in Dormagen. Die Läden heißen *Hot Blini* und gehören zu der Kette *Blini Corporation* mit dem Firmensitz in Malta.«

»Gute Güte«, brummelte Heinrichs. »Dann stimmt das also alles.«

Toppe kritzelte auf einem Stück Papier herum.

»Es kommt noch besser«, meinte van Appeldorn fröhlich. »In Grevenbroich sind während der letzten paar Monate ein paar Leute brutal überfallen worden: ein Sparkassenleiter, ein Kneipenwirt und ein Spielhallenbesitzer.«

»Hm«, Toppe sah von seinem Zettel auf. »Waren das auch so große Inszenierungen wie bei uns?«

»Nee, den Jungs fehlt die Klasse. War mehr so die

Hauruck-Masche, Sack über'n Kopf und gib ihm. Einmal in einer dunklen Garage, die anderen Male nachts auf der Straße. Schläge mit einer Stange auf die Beine. Alle drei Opfer hatten beide Unterschenkel gebrochen.«

»Ich dachte, das wäre eher eine asiatische Spezialität«, überlegte Heinrichs. »Aber, Gott, die Welt wird ja immer kleiner.« Er trank seinen Cognac aus. »Es ist Zeit, nach Hause zu gehen. Ab Montag rennen wir uns die Hacken ab. Mir ist schleierhaft, wie wir das alles alleine schaffen sollen. An die restlichen Schwarzarbeiter will ich lieber gar nicht denken. Weißt du denn, was Günther jetzt mit denen vorhat, Helmut? Ich meine, wie will der die denn aushebeln? Die haben das doch perfekt konstruiert, wenn ich alles richtig verstanden habe.«

Toppe goß sich noch einmal ein. »Günther hat einen Trick gefunden. Er will den Schwarzarbeitern beweisen, daß sie keine selbständigen Unternehmer sind. Da sieht er keine großen Schwierigkeiten. Und wenn die kein eigenes Unternehmen haben, können die auch kein Material liefern und so weiter.«

»Typisch«, knurrte Heinrichs. »Die kleinen Rädchen in dem großen Getriebe werden zuerst stillgelegt. Und das sind vielleicht arme Schweine, die meisten jedenfalls.«

»Wie weit bist du denn inzwischen?«

»Wenn Lowenstijn nicht schon wieder neue aufgetrieben hat, muß ich nur noch acht interviewen, und die schaffen wir wohl am Montag. Aber bei denen kommt bestimmt auch nichts raus. Die sprechen alle nur ganz schlecht Deutsch. Selbst wenn denen einer in aller Ausführlichkeit vom Geldtransport erzählt hätte, die hätten nur Bahnhof verstanden.«

»Könnte doch sein, ein paar von denen hängen in der Russenmafia mit drin«, meinte van Appeldorn lässig. »Könnte doch sein, denen hat das einer auf Russisch verklickert.«

Heinrichs fuhr beleidigt hoch. »Hältst du mich für doof? Meinst du, ich checke deren Umfeld nicht ab? Außerdem sind kaum Russen dabei.«

»So hab ich das doch nicht gemeint, Walter.«

Aber da war nichts mehr zu machen. »Vielleicht hast du ja mehr Vertrauen zu unserem Kollegen Lowenstijn. Der ist nämlich bei allen Vernehmungen dabei.«

13

Toppe wußte auch später nicht, was ihn eigentlich geweckt hatte.

Mitten aus einem bedrückenden Traum heraus fand er sich plötzlich sitzend und hellwach in seinem Bett. Es brannte!

Er konnte sich nachher auch nicht mehr daran erinnern, daß er sich angezogen hatte, Hose, Pullover, Socken – nur die Schuhe hatte er vergessen – aber er wußte genau, daß sein Wecker 3 Uhr 12 angezeigt hatte.

Es war der Hühnerstall, der seitlich an die Tenne angebaut war, und als Toppe aus der Hintertür stürzte, schlugen die Flammen schon aus dem Dach.

Er rannte zurück ins Haus und brüllte. Astrid taumelte in die Halle, weiß wie die Wand.

»Es brennt! Der Hühnerstall, lichterloh! Ruf die Feuerwehr!« Damit stürmte er die Treppe hoch und bollerte gegen Gabis Tür, dann gegen Olivers. Christians Zimmertür stieß er auf, aber das Bett war leer. Er blinzelte einen Moment verwirrt, dann fiel ihm ein, daß der Junge in Köln war.

»Feuer!« schrie er.

Gabi stolperte auf den Flur.

»Es brennt, raus hier! Schnell!«

Oliver tauchte auf und hinter ihm, splitterfasernackt, Stefanie.

Der Toppehof war das letzte Haus in der einseitig bebauten Straße, nur hundert Meter weiter begann der Wald. Trotzdem hatte sich ein ganze Menge Gaffer eingefunden.

Der Brand schien endlich unter Kontrolle zu sein. Vom Hühnerstall war so gut wie nichts mehr übrig, und das Dach der Tenne hatte ordentlich was abgekriegt, aber das Wohnhaus würde verschont bleiben.

Toppe merkte plötzlich, wie kalt ihm war. Im Hinauslaufen hatten sie alle ihre Mäntel von der Garderobe gerissen, aber Toppe hatte seinen dem nackten Mädchen übergeworfen.

Der Brandmeister nahm seinen Helm ab, wischte sich mit einem Tuch über die glänzende Stirn und kam zu ihm. »Alles in Ordnung«, sagte er ruhig. »Jetzt passiert nichts mehr. Warum gehen Sie nicht auch und wärmen sich ein bißchen auf?«

Toppe rieb sich die Arme. Seine Augen waren trocken wie Sandpapier, und die Kehle wurde ihm eng, als er das Mitgefühl des anderen spürte. Sie kannten sich seit Jahren.

»Ihre Familie ist drüben bei den Nachbarn.«

»Ich weiß.« Toppe schlugen die Zähne aufeinander. »Haben Sie schon eine Ahnung, wie das Feuer entstanden ist?«

»Noch nicht. Aber gehen Sie jetzt zu Ihrer Familie. Ich komme, sobald ich etwas weiß. Versprochen.«

Toppe kannte die Nachbarn nur vom Sehen; manchmal, wenn er im Garten gewesen war, hatten sie sich über die Hecke hinweg einen guten Tag gewünscht. Das Ehepaar Brock war noch jung, höchstens Dreißig; sie hatten drei kleine Töchter, die jüngste gerade mal zwei, aber die Frau war schon wieder hochschwanger.

Sie öffnete ihm die Tür. »Ich habe mir schon gedacht, daß Sie das sind. Sie müssen ja blau gefroren sein. Kommen Sie schnell durch ins Wohnzimmer«, sagte sie, die Stimme schwer vor Mitleid. »Dort rechts. Ich hole nur eben den Kaffee aus der Küche. Sie wollen doch welchen?«

»Danke, ja«, antwortete Toppe heiser.

Das schmucke, neue Haus war blankgewienert, und die ganze Einrichtung sah aus, als sei sie erst gestern geliefert worden, komplett mit Dekoration, von einem der Möbelmärkte, deren Broschüren man jede Woche als Beilage in der Tageszeitung fand.

Toppe drückte die Messingklinke und trat ins Wohnzimmer. Helle Eiche, wohin man schaute, die Eßecke, die lange Schrankwand, die Tische, die Lampen und die Blumensäulen. Bausparvertrag, Verlobung, zweiter Sparvertrag, Haus bauen, Möbel aussuchen, Heiraten, Kinder kriegen.

Auf dem Sofa vor dem offenen Kamin saßen Astrid und Gabi und sahen ihm gespannt entgegen. Der junge Herr Brock sprang sofort aus seinem Sessel hoch und hielt ihm linkisch die Hand hin. »Schlimm, daß man sich deswegen kennenlernen muß.«

»Ja, schlimm«, verstand Toppe ihn richtig. »Der Brand ist jetzt unter Kontrolle. Unser Wohnhaus hat nichts abgekriegt.«

»Gott sei Dank«, flüsterte Gabi, und Astrid nickte. »Ich habe es vom Fenster aus gesehen. Gut, daß kein Wind ist.«

Hinten am Eßtisch saß Stefanie und starrte Toppe an wie ein verschrecktes Kaninchen. Sie trug jetzt einen roten Trainingsanzug, und er fragte sich flüchtig, was Brocks wohl gedacht haben mußten. Oliver saß zwei Stühle weiter und schaute stur zu Boden.

»Setzen Sie sich doch!« Frau Brock drückte ihm einen Becher Kaffee in die Hand. »Zucker und Milch stehen auf dem Tisch. Horst, leg Holz nach. Herr Toppe ist ganz durchgefroren.«

Der Mann schien froh, daß er was zu tun hatte.

Schwerfällig ließ sich Frau Brock auf der Sesselkante nieder und spreizte die Beine.

»Wollen Sie nicht lieber wieder ins Bett gehen?« faßte Astrid ihre Hand.

»Ach nein, ich könnte sowieso nicht schlafen, bin viel zu aufgeregt. Mir geht es gut.« Sie klopfte leicht auf ihren Bauch. »Ist nur lästig. Aber mein Mann will so gern noch einen Jungen.«

Herr Brock fand am Kamin nichts mehr zu tun. Er setzte sich wieder auf seinen Platz und räusperte sich. »Ich hab schon zu Ihrer Frau gesagt: Da wohnt man bald schon Jahre nebeneinander und weiß gar nicht, was man für berühmte Nachbarn hat. Ich hab Sie nämlich in der Zeitung gesehen.«

Toppe probierte zu lächeln. »Ich bin doch nicht berühmt.«

Dann trank er den Becher Kaffee in kleinen Schlucken leer. So langsam kriegte er wieder Gefühl in den Zehen, und seine Hände fingen an zu kribbeln.

»Weiß man schon was?« fragte Gabi.

Er schüttelte den Kopf. »Sie sagen uns Bescheid.«

»Das kann dauern«, bemerkte Brock finster und knetete seine Finger.

»Wollt ihr Kinder nicht doch einen Kakao oder eine heiße Milch?« fragte die Frau.

Kinder! Toppe schnaubte innerlich und spürte, daß Gabi ihn ansah.

»Nein, danke«, kam es einmütig und sehr höflich vom Eßtisch.

»Jaa ...« Brock verschränkte die Arme. »Und Sie sind die Schwägerin vom Kommissar?«

Gabi runzelte die Stirn. »Ich? Nein! Wie kommen Sie denn darauf?«

Brock warf seiner Frau einen vorwurfsvollen Blick zu. »Das wird so erzählt. Sie wären die Witwe von seinem Bruder.«

Toppe hörte Oliver hinter sich grunzen, schaute aber nicht hin. »Nein«, sagte er. »Sie war meine Frau. Wir sind geschieden.«

»Ach so, natürlich, ja.«

»Und wer sind Sie dann?« konnte Frau Brock sich nicht mehr bremsen.

»Ich bin seine Geliebte«, erklärte Astrid besonders schlicht.

»Ich wollte nicht ... Verzeihung!« Die Frau war rot geworden.

Toppe stand auf und ging zum Fenster hinüber. Es wurde schon hell. Von hier aus konnte man ihr Haus nicht sehen.

»Ich gehe wieder raus. Ist mein Mantel irgendwo?«

Frau Brock setzte an, sich aus dem Sessel zu hieven, aber Astrid hielt sie zurück. »Ich weiß, wo der Mantel hängt. Bitte, bleiben Sie sitzen. Sie tun schon genug für uns.«

»So was macht man doch gern.«

»Ja«, besann sich Toppe. »Es ist wirklich sehr nett, daß Sie sich so um uns kümmern.«

»Wir sind Ihre nächsten Nachbarn«, sagte Brock bestimmt. »Da ist das doch wohl selbstverständlich.«

Das erste Feuerwehrauto fuhr gerade ab, die anderen Fahrzeuge hatten das Blaulicht und die Scheinwerfer ausgeschaltet – der Tag kam schnell. Die Luft war noch scharf vom Rauch und von der Hitze des Feuers, aber den Vögeln schien das nichts auszumachen, sie begrüßten den neuen Morgen mit einem jubelnden Frühlingskonzert. Toppe hatte sie noch nie so laut und fröhlich gehört.

Der Brandmeister stand mit seinen Stiefeln bis zu den Knöcheln in matschiger Erde und Löschwasser. »Schlechte Nachrichten«, sagte er, als Toppe neben ihm war, aber das hatte der ihm schon vom Gesicht abgelesen. »Ich will mich nicht festlegen, aber es sieht verdammt nach Brandstiftung aus.«

Toppe hatte anfangs ganz kurz mal daran gedacht, es aber sofort wieder verworfen. Irgendein Kurzschluß, hatte er überlegt. Die Leitungen in den Ställen waren über fünfzig Jahre alt, und das Geld hatte bisher nicht gereicht, sie erneuern zu lassen. Und im stillen hatte er sich schon Vorwürfe gemacht: Wenn er beim Umbau auf den offenen Kamin in seinem Zimmer verzichtet hätte ... Aber Brandstiftung? Wer denn? Und warum?

»Das ist irgendwie eine dämliche Situation«, meinte der Feuerwehrmann zögernd, »aber eigentlich müßte ich jetzt Ihnen den Fall übergeben.«

Toppe nickte benommen. »Ja, verrückt, nicht?«

»Sie sollten erst mal Ihre Spurensicherung kommen lassen. Van Gemmern ist mit Bränden sehr fit, das habe ich schon öfter erlebt. Der soll entscheiden, ob wir die Experten aus Krefeld überhaupt brauchen.«

»Können wir zurück ins Haus?«

»Ja, aber ich lasse noch eine Brandwache da. In Ordnung?«

Als die beiden Feuerwehrautos abfuhren, kamen Astrid und Gabi und hinter ihnen Oliver mit Stefanie. Brocks standen an ihrem Küchenfenster und guckten.

»Wir können wieder ins Haus.« Toppe hielt die Tür auf.

Ein übler Gestank schlug ihnen entgegen.

Stefanie schlich an ihm vorbei, mit geschürzten Lippen und ohne einen Blick. Er schaute Oliver an, Oliver mit dem kleinen Kinn und der runden Stirn, und auf einmal hatte er eine gemeine Wut im Bauch. »Willst du nicht dafür sorgen, daß diese kleine ...« Er kriegte die Kurve so gerade noch, »... daß deine Freundin nach Hause kommt?«

Aber er wartete die Antwort nicht ab, sondern lief hinter den beiden Frauen her. »Hast du das gewußt, Gabi?« bellte er. »Hast du das etwa hinter meinem Rükken erlaubt, he?«

»Was denn?« Sie hatte Tränen in den Augen.

»Daß dieses Flittchen bei ihm schläft?«

»Du spinnst doch! Natürlich nicht.« Und dann fing sie an zu schluchzen.

Astrid funkelte ihn wütend an. »Gibt's nichts Wichtigeres? Guck dich doch mal um!«

Alles war von einem grauschwarzen Film überzogen, die Fensterscheiben, die Türen, jedes Möbelstück, die Böden, die Wände, selbst Polster und Kissen – fettiger, stinkender Ruß saß in allen Ecken und Winkeln.

Gabi hatte den Topfschrank geöffnet. »Oh nein, sogar in den Schränken!« Sie riß andere Türen auf. »Guckt euch das Geschirr an, die Gläser!«

»Wir sind doch versichert«, meinte Toppe zuversichtlich, aber Gabi fuhr zu ihm herum. »Ach prima! Zahlen die auch die Putzkolonne? Und willst du darauf etwa warten?«

Astrid gab sich einen Ruck. »Auf jeden Fall rufen wir jetzt erst mal bei der Versicherung an. Wo ist die Nummer? Helmut, der Ordner ist in deinem Zimmer.«

»Es ist Sonntag.«

»Das weiß ich«, meinte sie ungeduldig. »Aber Feuerversicherungen haben doch wohl einen Notdienst, oder?«

Ihre Versicherungsgesellschaft hatte jedenfalls keinen.

Klaus van Gemmern klingelte, bevor er sich an die Arbeit machte.

»Übel«, sagte er, und der Ausdruck in seinen Augen ließ ahnen, daß das eine Beileidsbekundung sein sollte.

»Kann man wohl sagen«, meinte Toppe. »Soll ich mitkommen? Sie sind ja offensichtlich allein.« Er streckte den Kopf aus der Tür.

Van Gemmern trat einen Schritt zurück. »Ja, bin ich, man glaubt es kaum. Ich mache mich an die Arbeit.«

Womit Toppes Frage nach Mithilfe erschöpfend beantwortet war und er zurückkehrte zu den Wannen und Eimern mit heißer Lauge, den Scheuerschwämmen, durchweichten Küchenhandtüchern und der Stimmung, die ständig kippelte zwischen »alle zusammen schaffen wir das schon« und »ich leg' mich in mein Bett und heul' mich aus«.

»Was will Klaus denn hier?« stellte Astrid sich ihm in den Weg.

Er sagte es ihr.

»Wie bitte? Brandstiftung?« Sie tippte sich an die Stirn. »So ein Blödsinn!« Dann machte sie sich wieder an die Arbeit.

»Die zweite Maschine Bettwäsche und Handtücher ist durch«, war Oliver auf einmal da, als Toppe gerade versuchte, eine Wand in der Halle abzuwaschen, und feststellte, daß die genauso wie alle anderen Wände neu gestrichen werden mußte.

»Ich könnte jetzt vielleicht die Türen und das Treppenhaus abwischen.«

Toppe ließ den Lappen ins Wasser platschen.

»Was für eine Scheiße, Papa«, meinte der Junge erstickt, und Toppe nahm ihn schnell in die Arme.

»Wo ist Steffi?« murmelte er in den Haarwust.

»Schon lange zu Hause. Tut mir leid, Papa, wirklich, ich ...«

Toppe drückte ihn kurz an sich. »Schmeiß die nächste Waschmaschine an, Oliver.«

Das Schniefen hörte auf. »Okay, und dann mache ich die Türen.«

Irgendwann hielt Toppe es doch nicht mehr aus und ging nach draußen. Van Gemmern hockte auf den Knien im Dreck und sprach in sein Diktaphon.

Es stank erbärmlich nach verkokelten Federn und verbranntem Fleisch. Das jämmerliche Naß da in der Ecke mußte der Hahn gewesen sein.

Van Gemmern richtete sich auf. »Eindeutig Brandstiftung. Zeitzünder der einfachsten Art, aber sehr zuverlässig.« Damit bückte er sich schon wieder und sammelte die Plastiktüten mit den Proben ein, die er genommen hatte.

Toppe wußte, daß man van Gemmern nie drängen durfte, aber in diesem Augenblick war ihm das schnurzegal. »Und was heißt das konkret?«

Wunderbarerweise lächelte van Gemmern ihn an. »Konkret sage ich jetzt gar nichts, aber ich fahre sofort ins Labor, und in ungefähr einer Stunde melde ich mich dann bei Ihnen.« Er drehte sich um. »Der kleine Chemiker«, hörte Toppe ihn murmeln, »Teil eins. Gar nicht schlecht.«

»In einer Stunde?« Toppe sah auf die Uhr. »Sie brauchen nicht zufällig Hilfe im Labor?«

»Nein, aber Sie können trotzdem mitkommen.« Van Gemmern schloß seinen Koffer.

»Kommen Sie, ich zeige Ihnen was.« Er trat ein paar Schritte zur Seite und ging in die Hocke. »Hier!«

Toppe erkannte einen glatten, leicht verwischten Abdruck.

»Was soll das sein?«

»Da hat sich einer Lappen um seine Schuhe gebunden. Ein alter Trick.«

Der Boden war überall zertrampelt von schweren Feuerwehrstiefeln, aber van Gemmern konnte den verwischten Tritten trotzdem folgen: quer über den hinteren Hof, ein Stück auf dem angrenzenden Feld entlang Richtung Wald.

»Nur eine Spur, sehen Sie? Und zwar – kommen Sie mit – hin und zurück. Da!«

»Also nur eine Person?«

»Richtig, und wenn Sie mich fragen, ein Mann. Oder aber eine Frau mit außergewöhnlich großen Füßen. Ich schätze Schuhgröße 46.«

Zweiundsiebzig Minuten später wußte Toppe, wie der Brand gelegt worden war. Jemand hatte das Stroh im Hühnerstall mit Natriumchlorat getränkt und darauf ein Aluminiumschälchen mit Salzsäure gestellt. Nach einer Weile hatte sich die Säure durch das Metall gefressen, und die Reaktion mit dem Natriumchlorat hatte das Stroh in Brand gesetzt.

»Das dauert circa sieben Minuten«, meinte van Gemmern. »Wenn man die Salzsäure verdünnt, bis zu zehn Minuten. Der Täter hatte also genügend Zeit zu verschwinden. Die Zutaten für diesen Zeitzünder kann sich jeder von uns im Laden besorgen. Unkraut-Ex zum Beispiel besteht aus Natriumchlorat, und das kriegt man in jeder Drogerie. Und statt Salzsäure kann man einfachen Zementschleierentferner nehmen.«

Mit einer Pinzette hob er ein Metallstückchen hoch. »Das ist die Aluhülle von einem ganz normalen Teelicht. Da hat er die Säure reingekippt.«

14

Wie nicht anders zu erwarten, war der Brandanschlag am Montag morgen das Thema im Präsidium. Überall stand man zusammen, und jeder entwickelte seine eigenen Theorien.

Toppe schlüpfte hinter Astrid durch die Tür und bog gleich um die Ecke zum Treppenhaus, aber er hörte Looks Idee doch noch: »Dat war bestimmt ein Verflossener von Ihnen, Frau Steendijk, aus Eifersucht.«

Die Chefin paßte ihn auf dem Flur ab. »Ich möchte einen Moment zu Ihnen hineinkommen.«

Toppe drehte den Schlüssel und stieß die Tür auf. »Nach Ihnen.«

Sie wartete nicht, bis er seinen Mantel ausgezogen und aufgehängt hatte, sondern legte gleich los: »Ich hatte mir fest vorgenommen, kein Wort über Ihren, mit Verlaub, reichlich abgeschmackten Zeitungsartikel zu verlieren, aber ich bin blitzwütend.« Ihre Stimme klang unangenehm gepreßt.

»Das ist nicht zu übersehen«, meinte Toppe. »Wenn ich nur wüßte, warum. Aber wollen wir uns nicht zuerst einmal setzen?«

Sie funkelte ihn an, nahm dann aber kommentarlos Platz und fuhr sich mit beiden Händen ordnend übers Haar.

»Es ist Ihnen doch wohl klar, daß Sie den Brandanschlag diesem Artikel zu verdanken haben.«

»Nein, das war mir bis jetzt noch nicht klar.«

»Ich bitte Sie! Sie haben sich damit selbst für die Mafia zum Feind Nummer Eins gemacht: der große Kriminalist, der sich in einen Fall verbeißt und mit aller Zähigkeit dranbleibt, bis er den Täter hinter Schloß und Riegel hat.«

»Ach, kommen Sie, das ist doch aus der Luft gegriffen.«

»Keineswegs! Der Brandanschlag ist eine Warnung an die Polizei: Haltet euch da raus! Und natürlich trifft es den, der sich am weitesten aus dem Fenster hängt. Sie mögen es nicht wissen, aber es gibt ein sicheres Indiz: die mit Tuch umwickelten Schuhe. Eine klassische Methode bei Profis. Oft genug belegt.«

Toppe mußte kräftig schlucken. »Gut«, meinte er, und auch seine Stimme gehorchte ihm nicht. »Sie meinen also, ich hätte einen Fehler gemacht, als ich meine Erlaubnis für den Artikel gegeben habe.«

»Richtig.«

»Mag sein, ich werde darüber nachdenken. Aber im Augenblick haben wir ein anderes Problem. Ich wollte Sie bitten, kurzfristig eine Soko zusammenzustellen.«

Sie zog nur die Augenbrauen hoch.

»Wir haben eine Unzahl von Befragungen durchzuführen: noch 67 Gäste von der Kurhauseröffnung, 8 Museumsangestellte, der Koppelbaas nebst Mitarbeitern, und die Befragungen der Postbeamten und ihrer Familien sind auch noch nicht abgeschlossen. 8 Schwarzarbeiter müssen in Holland noch vernommen werden, von den anderen ganz zu schweigen. Unsere Kollegen im Ruhrgebiet sind wirklich rührig und laufen sich für uns einen Wolf, aber allein in Duisburg sind noch an die hundert Arbeiter zu befragen, und schließlich haben die Kollegen dort auch noch was anderes zu tun. Wir können sie nicht ewig strapazieren. Im K 1 sind wir zu dritt. Zu viert, wenn ich Heinrichs dauerhaft abziehe, was ich eigentlich nicht verantworten kann. Sie können sich ausrechnen, wie lange das alles dauert. Wenn wir zu einem schnellen Ergebnis kommen wollen, brauchen wir zumindest für ein paar Tage mehr Leute.«

»Das leuchtet mir ein«, antwortete sie kontrolliert. »Und die Brandstiftung kommt auch noch hinzu.«

Toppe zog die Mundwinkel nach unten. »Ich fürchte, da gibt es nicht viel zu ermitteln, aber natürlich werde ich die Nachbarn befragen.«

Charlotte Meinhard stand entschlossen auf. »Ich

kümmere mich um die Sonderkommission und melde mich dann später bei Ihnen.«

Van Appeldorn steckte den Kopf herein. »Ich störe hoffentlich nicht.«

»Ich bin sowieso schon weg«, lächelte die Meinhard ihm zu.

Van Appeldorn grinste zwar, sah aber nur Toppe an. »Sag mal, was macht ihr denn für einen Quatsch? Laßt euch die Bude abfackeln! Ich dachte, mich trifft der Schlag. Gott sei Dank, ist keinem was passiert. Erzähl!«

»Da gibt's nicht viel zu erzählen ... Bis später, Frau Meinhard ...«

Sie ging leise hinaus.

Van Appeldorn setzte sich auf ihren Platz. »Bevor ich's vergesse, Astrid hat gerade mit dieser Architekturzeitschrift telefoniert. Die hatten keinen Reporter in Kleve. Ich bezweifele sogar, daß die überhaupt wußten, wo Kleve liegt. Und ich soll dir sagen, daß sie jetzt zur Versicherung fährt, um Dampf zu machen.«

Walter Heinrichs war wohl der einzige Klever Polizist, der noch nichts vom Brand gehört hatte. Er machte, wenn er von zu Hause aus nach Nijmegen mußte, nicht erst den Umweg über die Dienststelle.

In den Räumen der *recherche* war es, genau wie in der letzten Woche schon, brüllend heiß.

Lowenstijn hatte auf ihn gewartet. »Guten Morgen, Walter.«

Heinrichs wischte sich die Schweißperlen von der Oberlippe. »Kannst du mir vielleicht mal erklären, warum ihr die Heizung nicht kleiner stellt?«

Lowenstijn griente. »Damit foltern wir die Verdächtigen. Nein, Quatsch, das Dingen hat nur zwei Einstellungen, ›an‹ oder ›aus‹. Und für ›aus‹ ist es noch zu kalt.«

Auch ihm war es ganz offensichtlich zu warm; Heinrichs sah ihn zum ersten Mal in Hemdsärmeln. Aber selbstverständlich trug er, wie stets, die zum Anzug passende Weste über dem makellosen Seidenhemd und eine dunkle Krawatte. Lowenstijn hatte eine deutsche Mutter und einen holländischen Vater und sprach beide Sprachen akzentfrei. Aber er hatte immer in Holland gelebt, und für Heinrichs hatte er auch den typisch holländischen Humor. Vor kurzem war sein Vater verstorben und hatte ihm ein millionenschweres Tabakimperium hinterlassen. Arbeiten mußte Lowenstijn sicher nicht mehr, aber »bevor ich mich langweile«, hatte er Heinrichs zugezwinkert. Immerhin fuhr er nun einen Jaguar und suchte nach einer Villa; einen Butler hatte er schon immer gehabt.

Bei den Befragungen der Schwarzarbeiter ergänzten sie sich aufs beste: Wenn Heinrichs zu weich wurde, zeigte Lowenstijn Biß, und wenn Lowenstijn in seine manchmal verächtliche Ironie verfiel, federte Heinrichs das sachlich ab. Sie arbeiteten zügig, verzichteten auf das Mittagessen, hielten sich mit *koffie* und *koekjes* über Wasser, aber dennoch war es schon fast dunkel, als sie endlich mit den acht Leuten durch waren.

»Welche Angaben müssen wir noch gegenchecken?« suchte Heinrichs in seinen Notizen.

»Thomas Thornton, Desmond Greenwood und Zbigniew Schwientek«, antwortete Lowenstijn. »Aber weißt du was? Das kann ich morgen für dich machen. Laß uns lieber was essen gehen. Vietnamesisch, was hältst du davon?«

»Viel«, gab Heinrichs zu, »aber ich fürchte, ich muß zurück. Eine Portion Pommes mit Saté Sauce am *Automatiek* muß reichen.«

»Na dann, komm. Ich habe da einen Geheimtip.«

Am späten Nachmittag setzte sich die neue Soko in Toppes Büro zum ersten Mal zusammen. Die Meinhard hatte vier Männer von anderen Dezernaten abgezogen, und nun ging es darum, sie auf den aktuellen Stand der Ermittlungen zu bringen.

Zufrieden lächelnd stand die Chefin an der Tür. »Ich denke, hier störe ich nur. Soll ich die Information über unsere Sonderkommission schon mal ins Netz geben, Herr Toppe? Sie werden sicher gleich schnell nach Hause wollen. Da gibt es bestimmt einiges zu regeln.«

Was sollte er sagen? Verbindlichen Dank? Aber er wurde jeder Antwort enthoben, denn die Chefin taumelte plötzlich nach vorn.

Ackermann hatte ihr mit Wucht die Tür ins Kreuz gerammt.

»Ach Gottchen! Hab ich Ihnen weh getan?« streichelte er ihren Rücken.

Die Meinhard schnappte kopfschüttelnd nach Luft.

»Ich bin aber auch 'n Rindvieh! Tut echt nich' weh? Da mach' ich aber drei Kreuze«, tätschelte er sie noch einmal. Dann grinste er in die Runde: »Bin ich hier richtich bei de Soko Eulenspiegel? Ich kann doch noch einsteigen, wa?« guckte er die Chefin treuherzig an. »Ich bin voll auffem Laufenden, ehrlich.«

Astrid hatte sich als erste von der Überraschung erholt. »Was machen Sie denn hier? Ich dachte, Sie kämen erst am Mittwoch von Ihrem Seminar zurück.«

»Ooch, ich bin früher abgehauen«, flüsterte Ackermann feucht. »Den Teilnahmeschein hab ich aber trotzdem gekriegt, Chefin. Heute un' morgen war bloß noch Menschenführung, un' der Leiter vom Seminar hat gemeint, da wär' ich sowieso voll fit drin.«

»Den Mann würde ich gern mal kennenlernen«, bemerkte van Appeldorn, aber Ackermann hörte nicht hin. »Ich kann doch nich' in München hocken, wo et hier drunter un' drüber geht.« Er eilte zu Toppe, packte dessen Rechte mit beiden Händen und schüttelte sie ausgiebig. »Mann, Chef, ich bin so wat von froh, dat euch nix passiert is' bei dem Feuer!«

»Wie, um alles in der Welt, haben Sie das schon wieder erfahren?«

»Ach, ihr kennt mich doch. Ich kann nich' gut von zu Hause weg. Aber wenn et nich' anders geht ... Jedenfalls ruf' ich einma' am Tach an, nich' nur bei de Mutti, meist auch ebkes auffe Arbeit. Un' dat erste, wat ich heut' morgen hör', is' dat mit dem Feuerken auffem Hof. Da bin ich aber so wat von fix inne Pötte gekommen, kann ich euch sagen! Die Bayern haben nur noch meinen Kondensstreifen gesehen.«

Charlotte Meinhard sah hilflos aus. Unschlüssig wandte sie sich zur Tür und konnte im letzten Moment zurückspringen. Diesmal war es Heinrichs, der völlig außer Atem hereinstürmte.

»Helmut, Mensch! Was sagen die mir da unten? Los, erzähl schon.«

»Klopft hier eigentlich nie jemand an?« murmelte die Meinhard.

Toppe erzählte.

»Natriumchlorat und Salzsäure«, sinnierte Heinrichs. »Genau wie dieser Chemielehrer da aus Gelsenkirchen-Buer voriges Jahr. Der hat auf dieselbe Art das Haus seiner Schwiegereltern abgefackelt. Wäre nie rausgekommen, wenn der den Zünder nicht mit seinen Schülern im Unterricht vorher getestet hätte, der Torfkopp. Aber was ist mit euch? Wie geht es euch denn? Ihr braucht bestimmt Hilfe. Es muß doch schlimm aussehen im Haus.«

Astrid nickte. »Das kann man wohl sagen. Wir haben gestern schon ziemlich viel geschafft, aber ich fürchte, wir werden alles neu streichen müssen.«

Jetzt hatte die Chefin genug. »Ich werde Sie jetzt Ihrer Arbeit überlassen. Könnte ich kurz draußen mit Ihnen sprechen, Herr Toppe? Und mit Ihnen auch, Herr Ackermann.«

»Au weia«, zischelte der.

»Ist Ihnen eigentlich klar, daß Sie immer noch in Gefahr sind?« begann sie, als Toppe auf den Gang kam. »Sie tragen Ihre Waffe nicht.«

»Im Präsidium?« schmunzelte Toppe.

»Sie hatten auch am Samstag keine bei sich!«

»Die sind aber auch so wat von lästich, die Dinger«, sprang Ackermann ihm zur Seite. »Un' wenn man et wie unsereins nich' gewöhnt is' ...«

Charlotte Meinhard überhörte das völlig. »Und denken Sie bitte auch an Briefbomben. Sie können nicht vorsichtig genug sein. Die Jungs spaßen nicht. Zu Ihnen, Herr Ackermann: Vorerst dürfen Sie in der Soko mitarbeiten. Im Laufe der Woche könnte sich die Personalsituation noch ändern, aber dann gebe ich Ihnen Bescheid.«

»Klasse!« Ackermann strahlte. »Na, denn ...« meinte er händereibend.

»Bis morgen«, sagte die Chefin und wandte sich zum Gehen.

»Wann pflanzt man eigentlich Erdbeeren?« hörte sie Toppe noch fragen.

»Im August. Warum?« kam Ackermanns Antwort. Und dann Toppes triumphierendes »Ha! Von wegen Stadtkind!«

Toppe kam gerade aus der Dusche, als er das Auto auf den Hof rollen hörte. Das mußte das Pizzataxi sein.

Sie hatten wieder seit fünf Uhr geputzt und gewaschen, und als Gabi daran dachte, daß noch keiner was fürs Abendessen eingekauft hatte, waren die Läden längst geschlossen. Aber wahrscheinlich wären sie sowieso zu müde zum Kochen gewesen.

Er hatte einen Bärenhunger.

An der Haustür hielt er inne. Schritte knirschten auf dem Kies, das waren mehrere Personen. Irgend etwas klapperte metallisch. Seine Pistole lag in der Küche. Klingelten Attentäter?

Mit Schwung riß er die Tür auf, und vor ihm stand Ackermann, eine Treppenleiter in der Hand, neben ihm eine abenteuerliche Punklady mit zwei Eimern Wandfarbe.

»Gestatten MMK Kranenburg, mobile Malerkolonne. Dat is' meine Nadine, aber die kennen Se ja schonn. Geht dem Papi gerne bei de Hand. Man kann froh sein, dat man so 'n Kind hat«, sprudelte Ackermann, ohne Luft zu holen. Dann schob er sich an Toppe vorbei. »Norbert un'

Walter kommen au' gleich. Wir haben dat ma' durchgerechnet, quadratmetermäßig: Wenn wer zwei Nächte durchklotzen, dürfte der Laden wieder in Schuß sein. My fress, dat sieht aber schäbbich aus hier! Un' Sie, Chef? Au' nich' so ganz auffem Damm. So wat geht einem aber auch anne Nieren, dat glaub' ich. Richtich hömmelich sehen Se aus.«

Toppe hörte Astrid hinter sich lachen. »Also, wie viele Pizzas soll ich nachordern? Vier?«

Nadine ließ ihre rosa Kaugummiblase platzen. »Pizza? Geil!«

15

Heinrichs war eigentlich ganz froh, daß er wieder Aktenführer sein konnte. Die letzten Tage hatten ihn angestrengt; es mußte einfach daran liegen, daß er so langsam in die Jahre kam.

Ach, da schau her, eine E-Mail war eingegangen. Mal was ganz Neues. Leider ließ sie sich nicht abrufen; auch beim dritten Versuch erzählte der Computer ihm, daß er keinen Zugriff hätte. Leise mosernd kramte Heinrichs einen Schlüssel aus der Dose mit den Büroklammern und schloß das Fach ganz unten im Schreibtisch auf, wo die Handbücher lagen, die er sich heimlich gekauft hatte.

Na bitte, er hatte alles richtig gemacht! Und was nun? Kein Mensch da, den er fragen konnte, außer ... Nein, auf keinen Fall! Würde ja wohl nicht weglaufen, die E-Mail, und irgendwann mußte Astrid ja zurückkommen. Aber dann siegte doch seine Neugier, und er rief bei der Chefin an.

»Sie können gar keinen Zugriff haben, Herr Heinrichs. Dazu brauchen Sie das Paßwort. Waren Sie denn nicht beim letzten Großteam? Da habe ich das doch mitgeteilt.«

»Nein, äh, ich glaube, das war an dem Tag, als ich krank war.«

»Das Protokoll hängt seit einer Woche aus.«

»Ich nehme an, Sie kennen das Paßwort.«

»Ja, nur ich.«

So ein Schwachsinn! Wenn die morgen der Schlag traf, konnten sie sich erst mal einen Programmierer chartern.

»Dann sagen Sie es mir doch bitte, damit ich endlich vorankomme.«

Sie lachte. »Wo wäre da der Sinn? Nein, aber ich kann es von hier aus eingeben.«

»Ausgesprochen effektiv, das Ganze«, murmelte Heinrichs leise, aber die Meinhard hatte gute Ohren.

»Wenn Sie Einwände haben, sollten Sie die bei der nächsten Teambesprechung vorbringen. Deshalb habe ich diese Sitzungen doch eingeführt. Sie wissen, daß ich jederzeit ein offenes Ohr habe für konstruktive Kritik.«

»Natürlich, das wissen wir doch alle«, sagte er und legte auf. »Ja, ja«, murrte er, »und 'n Ei vom Konsum. Ich müßte tatsächlich mal den Mund aufmachen, dann aber gute Nacht, Marie.«

Die E-Mail kam vom BKA aus Wiesbaden. Sie hatten den Hersteller des braunen Isolierbandes ermittelt, das beim Postraub in Kleve und bei den beiden Attentaten verwendet worden war. Eine Firma *Durocott* in Saarbrücken.

Wie? Und das war alles? Nichts über das Klebeband bei den anderen Raubüberfällen? Und wieso landete die Nachricht eigentlich bei ihm und nicht beim ED?

Er ließ den Drucker schnurren. Das hier konnte eine heiße Spur sein. Wenn er rauskriegte, wo das Band verkauft wurde, konnte er möglicherweise auch erfahren, wer es gekauft hatte ...

Und verdammt noch mal, es wurde höchste Zeit, daß sie die Kerle schnappten. Helmut mochte die Sache runterspielen, aber insgeheim wußte der genau, was die Uhr geschlagen hatte. Jeder von ihnen war wohl schon mal von irgendeinem Knacki, der sich rächen wollte, bedroht worden. Aber dieser Brandanschlag ging ein gutes Stück weiter: Helmuts ganze Familie war in Gefahr gewesen.

Heinrichs dachte an seine eigenen Kinder und spürte, wie sein Herz holperte.

Klaus van Gemmern las in einem Buch.

»Habt ihr die E-Mail auch gekriegt?« Heinrichs hielt ihm den Ausdruck hin.

Van Gemmern zuckte die Achseln. »Ich habe nicht nachgeschaut.« Sein Terminal war nicht mal eingeschaltet.

»Was ich wissen möchte: War das Isoband in Dormagen und Grevenbroich nun eindeutig dasselbe?«

»Darum hat sich Rother gekümmert, und der ist unterwegs. Aber ich kann mal nachgucken.«

Van Gemmern ging zu dem Glasschrank, in dem sie die Asservate zu den aktuellen Ermittlungen aufbewahrten. »Die Vergleichsproben sind da, und hier ist die Tüte vom Postraub.« Er wog den prallen Kunststoffbeutel in der Hand. »46KD-001 ...«

In dem grauen Ordner an Rothers Platz fand er die Eintragung. »Ja, die Vergleichsproben haben ergeben, daß es sich mit 90%iger Sicherheit um dieselbe Materialzusammensetzung handelt.«

»Fein, fein«, meinte Heinrichs. »Dann werde ich mal loslegen.«

Aber van Gemmern war mit seinen Gedanken schon wieder woanders.

Die Dame bei *Durocott* fand es offenbar spannend, daß die Kripo etwas von ihr wollte. Ja, ihre Firma belieferte ausschließlich den Fachgroßhandel für Elektrobedarf, und zwar in Deutschland, Frankreich, Belgien und den Niederlanden. Aber natürlich würde sie ihm sofort eine Liste der Händler in ihrer Region faxen. Auch in den Niederlanden?

»Aber gar kein Problem, Herr Kommissar, dauert nur ein paar Minuten.«

In den nächsten Tagen klagte niemand über Langeweile.

Die Befragungen liefen zügig und glatt, sie hatten alle nur einen Fehler: Sie führten zu nichts.

Heinrichs lernte viele Elektromeister kennen und kam günstig an eine neue Waschmaschine.

Astrid wurde von der Chefin immer mal wieder von den Ermittlungen abgezogen. Sie sollte die Räume für das neue Dezernat in Goch begutachten und Vorschläge für die Inneneinrichtung erarbeiten. »Sie müssen eine vertrauenerweckende Atmosphäre schaffen, in der sich die Kinder und die Frauen wohlfühlen.«

»Aber es ist doch noch Monate hin«, hatte Astrid sich wehren wollen.

»Haben Sie eine Ahnung, wie lange das dauert, bis die Mittel bewilligt sind!«

Dann trieb sie einen Kinderpsychologen auf, der Astrid beraten sollte.

Die Presse hatte sich auf *Eulenspiegel* eingeschossen. Gierig hatten fast alle Blätter den Namen übernommen, und jeden Tag erschien irgendwo ein Artikel mit neuen Spekulationen über seine Identität und seine Motive. Auf eine Verbindung zum organisierten Verbrechen kam niemand. Das Feuer auf Toppes Hof war in der Zeitung zwar kurz erwähnt worden, aber glücklicherweise hatte keiner herausgefunden, daß es Brandstiftung gewesen war.

Schuster lief stolz herum und erzählte jedem, daß er persönlich den Namen *Eulenspiegel* erfunden hatte. Das allgemeine Interesse an dieser Neuigkeit war eher bescheiden.

Toppe kaufte sich einen Clip für den Hosenbund und legte seine Waffe nur noch ab, wenn er zu Bett ging. Er ertappte sich dabei, daß er jeden Abend alle Türen und Fenster kontrollierte und nachts nie länger als zwei Stunden durchschlief.

Die Versicherung machte keine Schwierigkeiten, aber die Handwerker schienen alle ausgebucht zu sein. Der Dachdecker nagelte das Loch in der Tenne provisorisch mit Folie zu und verabschiedete sich bis Ende August. Mit dem neuen Hühnerstall würde es vor September nichts werden. Das Wohnhaus war wieder sauber und frisch gestrichen, aber ob sie den Räucherkammergestank jemals wieder loswurden, stand in den Sternen. Gabi kaufte kiloweise parfümierte Blüten und stellte überall Aromalichter auf, Astrid bestand bei jedem Wetter auf weit geöffneten Fenstern und Türen, solange einer im Haus war, Toppe kochte stundenlang Essigwasser und verspritzte Soda und Zitronensaft und Natron auf glühendheißen Herdplatten.

Charlotte Meinhard führte tägliche Teamsitzungen ein, an denen sie selbst teilnahm, und bei denen sie sich jeden Nachmittag weniger zu sagen hatten. Die Chefin sprach von dringend notwendiger Supervision.

Am Ende der Woche schlachtete Ackermann alle seine Kaninchen.

Der Frühling kam mit Macht, die Tage wurden länger, und an den hellen Abenden baute Toppe eine Gartenlaube, bepflanzte sie mit Knöterich und wildem Wein und nahm sich Zeit zum Nachdenken.

Am Freitag hatte er seine Entscheidung getroffen: »Was meinst du, Astrid, jetzt, wo wir sicher sind, soll ich mich nicht sterilisieren lassen?«

Sie sagte lange Zeit gar nichts, aber dann legte sie ihm die Arme um den Hals. »Nur wenn du es wirklich willst. Es wäre natürlich am einfachsten. Vor allem, weil ich in letzter Zeit immer Probleme habe, die Pille so regelmäßig zu nehmen, wie ich sollte. Und bei diesen neuen, leichten Dingern weiß man nie so genau.«

Christian wollte versuchen, sich im Herbst an der Uni Köln einzuschreiben. Wahrscheinlich für Jura, aber es konnte auch Architektur sein. Auf alle Fälle war Claras Dreizimmerwohnung für sie allein viel zu teuer und auch zu groß.

Oliver war fast vier Tage lang das gute Kind, dann sah Gabi ihn Hand in Hand mit Steffi im Wald verschwinden.

Am ersten Samstag im Mai rief Dr. Stein bei Toppe an. »Man hat mir gesagt, daß Sie Wochenenddienst haben, sonst hätte ich Sie nicht gestört. Frohe Kunde, Herr Toppe! Dank Ihrer Hilfe kann Günther am Montag beim Klever Pfannkuchenhaus zuschlagen.«

»Dank meiner Hilfe?«

»Tja, schon. Wenn Sie nicht so schnell die Verbindungen nach Grevenbroich und Dormagen aufgetan hätten. Dieselbe Restaurantkette, dieselben Drahtzieher. Endlich haben wir Namen. Günther startet seine Aktion am Montag um 16 Uhr. Sie wissen, er ist ein wenig eigen, aber ich habe angeregt, daß Sie dabei sind. Ich bin mir ziemlich sicher, daß Sie in den betreffenden Kreisen auch Ihre Brandstifter finden werden. Und meiner Ansicht nach muß bei den Vernehmungen ein erfahrener Mann ran, ein alter Hase.«

Toppe konnte es nicht mehr hören, aber er murmelte irgendeine Zustimmung.

»Wollen wir uns vorher treffen, Herr Toppe? Wenn Sie um 15 Uhr bei mir sind, können wir noch einen Tee miteinander trinken und ich liefere Ihnen ein paar Einzelheiten.«

Aber dazu sollte es nicht mehr kommen.

Am Sonntag morgen um kurz nach elf ging Toppes Piepser.

Der Mann hing mit ausgebreiteten Armen, das Gesicht zur Wand, die Handgelenke festgebunden an den beiden äußeren Flügeln des Triptychons neben dem Altar. Seine Fußspitzen berührten gerade noch den Boden. Auf seinem welken Hintern prangten links und rechts in Blutrot A und Ω.

Der Mann war tot.

Van Appeldorn stand an der Kanzel und wartete, bis Toppe ihn anschaute. »Ich wollte, daß du es mit eigenen Augen siehst«, sagte er und nickte dann den beiden ED-Männern zu. »Ihr könnt ihn jetzt abnehmen.«

Rother mußte sich auf die Zehenspitzen stellen, um die beiden Seile durchzuschneiden. Van Gemmern hielt den Toten um die Hüften gefaßt und ließ ihn, als der zweite Arm herabfiel, vorsichtig zu Boden gleiten.

Man hatte dem Opfer die Hosen heruntergezogen, und die Handgelenke unter den Seilen waren mit Isolierband umwickelt, aber abgesehen davon war der Mann elegant: schwarzes Sakko, weißes, gestärktes Hemd mit silbergrauer Fliege, goldene Manschettenknöpfe, polierte Schuhe. Sein Haar war graumeliert und penibel gescheitelt, der kleine Schnurrbart frisch gestutzt. Die Augen hatte er halb geschlossen; das Erbrochene im aufgerissenen Mund war feucht.

»Lange kann er noch nicht tot sein«, meinte Toppe.

»Keine zwei Stunden«, antwortete van Gemmern. Auch er sprach leise.

»Habt ihr schon herausgefunden, wer der Mann ist?« wollte Toppe wissen.

»Hermann-Josef Glöckner«, las van Appeldorn von seinem Block ab. »Rentner, früher Konrektor an der Hauptschule. Dreiundsiebzig Jahre alt.«

Er gab dem Wachtmeister an der Kirchentür ein Zeichen, und kurz darauf kamen zwei Männer vom Bestattungsunternehmen herein. Vor dem Altar war nicht genug Platz, und so stellten sie den Sarg im Mittelgang ab und packten den Toten an Händen und Füßen. Toppe mochte nicht hinschauen und betrachtete statt dessen den hohen Altar: *Ecce panis angelorum*. Daneben auf einer Holzplakette: *St. Martinus zu Bimmen*.

Er hörte den Sargdeckel klappern und drehte sich wieder um. Die Kirche war klein mit einem schlichten, nicht sehr hohen Tonnengewölbe, nur neun Bänke auf der linken Seite, zwölf auf der rechten, alle aus altersdunklem Holz. Auch die Decke war holzvertäfelt, und es wäre sehr düster gewesen, hätte man die kleinen Fenster nicht in hellen Farben modern bleiverglast. Wie alt mochte das Gebäude sein? Sechzehntes Jahrhundert? Vielleicht noch älter.

»Ein pensionierter Lehrer«, sagte er langsam. »Wie der wohl ins Muster paßt?«

»Wir werden ja sehen«, meinte van Appeldorn achselzuckend und nahm seinen Block von der Kanzel.

»Gefunden hat ihn übrigens seine eigene Frau, zusammen mit dem Küster und zwei anderen Kirchgängern. Ich habe nur zwei Sätze mit ihr gewechselt, dann hat der Küster sie mit zu sich nach Hause genommen. Er wohnt gleich nebenan.«

»Entschuldigung«, unterbrach Rother ihn. »Aber wir bräuchten jetzt ein wenig Platz hier.«

Van Gemmern hatte schon angefangen, das Triptychon einzupudern.

Als sie ins Freie traten, klickten Kameras los, und eine ganze Horde Reporter stürzte auf sie zu. Selbst Mikrofone hielt man ihnen unter die Nase. Alle redeten durcheinander.

»Ritualmord ... Blasphemie«, hörte Toppe heraus und immer wieder: »Eulenspiegel.«

Auch Karin Hetzel war bei der Meute, aber sie hielt sich im Hintergrund.

»Ruhe, verflucht!« brüllte van Appeldorn und stieß mit der Schulter zwei Männer aus dem Weg.

»Bitte haben Sie Verständnis«, sagte Toppe, als es leiser wurde. »Im Augenblick können wir Ihnen lediglich Spekulationen anbieten, und daran dürften Sie kaum interessiert sein. Aber morgen früh um neun werden wir eine Pressekonferenz geben. Ich verspreche Ihnen, daß Sie dann alle Informationen bekommen. Und jetzt lassen Sie uns bitte unsere Arbeit tun und behindern die Ermittlungen nicht weiter!«

Murrend zogen sich die Presseleute nach und nach zurück, Autos fuhren ab, und allmählich wurde es ruhig. Übrig blieben zwanzig oder dreißig Menschen im Sonntagsstaat, die sich schweigend um den Pfarrer scharten und die beiden Kripoleute verstohlen beobachteten.

Toppe ging mit großen Schritten über den gekiesten Vorplatz zum Weg an der Nordseite und sah sich dann um. Die Kirche schmiegte sich an den Deich. In Halbkreisen gruppierten sich zwei Hände voll Häuser drum herum. Eine Hauptstraße, die Heerstraße, mit einem Wohnklotz, der wie ein Schlag ins Gesicht war, ein paar namenlose asphaltierte Wege. Bimmen, ein vergessenes Dörflein, hundert Meter bis zum Rhein, dreihundert vielleicht bis zur Grenze, und wenn zweihundert Seelen hier lebten, dann war das viel.

Hier blieb mit Sicherheit nichts unbeobachtet.

Er schnupperte: Bei den Leuten im rosa gestrichenen Haus gab es heute Rotkohl.

Die Kirchgänger standen immer noch da und glotzten ihn an. Es hatte keinen Sinn, sie gleich jetzt und hier zu fragen, ob sie etwas gesehen hatten, ob sie etwas wußten. Sie würden schweigen, vielleicht die Köpfe schütteln. Er kannte das schon, man log nicht, man hielt einfach den Mund. Eine Chance hatte er nur, wenn er mit jedem allein sprach und sich Zeit nahm für all das, was jeder von jedem hielt und dachte – »aber von mir haben Sie das nicht!« –, was man munkelte und was man mit eigenen Augen gesehen haben wollte – »Tatsache, Herr Kommissar! Da können Sie meine Frau fragen.« Eigentlich machten gerade diese Gespräche ihm immer Spaß, und er hatte auch ein Händchen dafür, die Leute zum Reden zu bringen und zwischen den Zeilen die wichtigen Informationen zu finden. Jetzt aber graute ihm davor, und das erschreckte ihn tief.

»Was stöhnst du denn so?« Van Appeldorn war ihm nachgekommen.

»Ach«, meinte Toppe nur und stopfte die Hände in die Taschen. »Hast du schon mit dem Pastor gesprochen?«

»Nein, der war eben noch nicht da.«

Der Pfarrer trat sofort aus der Menge, als die Kripomänner näher kamen. »Kann ich Ihnen helfen? Mühlenhoff, mein Name.«

Toppe nahm ihn beiseite. »Wohnte Herr Glöckner hier in Bimmen?«

»Nein, er kommt aus Rindern. Aber er sollte heute unser Ehrengast bei der Messe sein. Haben Sie das denn nicht in der Zeitung gelesen?«

Sie waren am Ende des Jägerzaunes, der den Friedhof einfaßte, angekommen und blieben stehen.

»Ich kann mich nicht erinnern«, sagte Toppe.

Mühlenhoff fing an zu erzählen. Das Triptychon, an dem man Glöckner aufgehängt hatte, war eine Kostbarkeit aus dem späten 17. Jahrhundert und seit jeher im Besitz der Gemeinde Bimmen. In den Wirren des letzten Krieges war das mittlere Stück, wie viele andere Schätze aus den Kirchen am Niederrhein auch, verschwunden. Offenbar hatte Glöckner es kurz nach dem Krieg irgendwo gekauft. Dieser hätte sich allerdings niemals Gedanken über die Herkunft oder den Wert des Kleinods gemacht. Erst nach seiner Pensionierung habe er die Zeit gefunden, Nachforschungen anzustellen, und nach etlichen Mühen herausgefunden, wohin das Kunstwerk eigentlich gehörte. Selbstverständlich hatte er es sofort an die Kirchengemeinde zurückgegeben, und heute nun hatte die erste Messe mit dem nun wieder kompletten Triptychon abgehalten werden sollen.

»Die Leute sagen, das könnte nur Eulenspiegel gewesen sein«, sagte Mühlenhoff. »Warum muß der sich ausgerechnet meine Kirche aussuchen, frage ich Sie.«

»Und warum ausgerechnet Glöckner?« ergänzte Toppe.

Der Pastor legte die Stirn in Falten. »Da fragen Sie den Falschen. Einen anderen zu töten, das liegt jenseits meiner Vorstellungskraft. Für mich sind alle Mörder Psychopathen.«

»Helmut!« Van Appeldorn winkte ihn mit dem Handy heran. »Bonhoeffer will die Obduktion sofort machen. Er war sowieso gerade im Krankenhaus. Soll ich hinfahren?«

Aber Toppe tastete seine Taschen schon nach seinem Autoschlüssel ab. »Nein, laß mal. Ich bin schon längst mal wieder dran. Sprich du mit Frau Glöckner und dem Küster. Und sieh zu, daß wir die Personalien von allen Kirchgängern kriegen. Die kommen bestimmt nicht alle aus dem Dorf.«

»Okay, dann sehen wir uns nachher im Büro. Soll ich Astrid und Walter rufen?«

»Wozu? Wir haben doch noch keinen Anhaltspunkt.« Toppe ließ seinen Blick über die Leute schweifen, die sich jetzt zögerlich auf den Heimweg machten. »Ich hatte die ganze Zeit schon so ein mieses Gefühl. Der Typ steigert sich. Wenn das Mord ist ...«

Aber es war kein Mord. Glöckner war an seinem Erbrochenen erstickt.

»Vielleicht ist ihm vom Chloroform schlecht geworden«, schlug Bonhoeffer vor, als er nach der Obduktion mit Toppe beim traditionellen Calvados saß. Und Chloroform hatte der Attentäter benutzt, diesmal sicher, denn der Pathologe hatte Spuren davon ausmachen können. »Oder aber, er hat vor lauter Angst gekotzt, was ich für wahrscheinlicher halte. Gekotzt und sich in die Hosen gemacht, wie du ja gesehen hast.«

»Ja.« Toppe hielt sich das Glas mit dem Calvados unter die Nase. In den letzten Jahren hatte er sich an manchen Anblick in der Pathologie gewöhnt, aber die Gerüche machten ihm immer noch zu schaffen. »Todeszeitpunkt?«

»Zwischen neun und halb zehn heute morgen.« Bonhoeffer trank sein Glas mit einem großen Schluck leer. »Mehr kann ich dir nicht bieten. Der Mann war für sein Alter geradezu unverschämt gesund. Nur leider offenbar ein Hasenherz.« Sein Telefon bimmelte. »Jaa? Aha, gut, danke, Henry.« Er legte auf. »Ich muß dich enttäuschen, Helmut. Die Buchstaben auf dem Hintern sind nicht mit Blut gemalt worden, sondern mit Lackfarbe.«

»Wäre ja auch zu schön gewesen.«

»A und Ω«, grinste Bonhoeffer. »Euer Eulenspiegel hat wirklich Phantasie. Ein wenig morbide, zugegeben, aber trotzdem. Ich weiß zwar nicht, ob er besonders intelligent ist, aber zumindest verfügt er über ein gerüttelt Maß an Bildung und eine ordentliche Portion Zynismus.«

»Ich halte ihn für ausgesprochen intelligent«, sagte Toppe nachdenklich. »Aber diese Eulenspiegelfigur ist eine Erfindung der Presse, da muß ich dich nun enttäuschen, Arend. Unser Team arbeitet mit einer ganz anderen Hypothese.«

»Unser Team? Wie redest du denn? Sag mal, Helmut, was ist eigentlich los mit dir? Seit Monaten schleichst du rum, als hättest du die Last der ganzen Welt auf den Schultern.«

»Mir geht es beschissen«, antwortete Toppe, und sein sachlicher Ton machte den Satz besonders schlimm. »Aber nicht jetzt, Arend. Wir reden irgendwann mal in Ruhe darüber, ja? Weißt du was? Ich hätte Lust, meine Laube einzuweihen. Wie wär's an einem der nächsten Wochenenden?«

Bonhoeffer guckte ihn skeptisch an. »Na gut«, meinte er langsam, »wie du meinst. In Ordnung, laß uns mal wieder ein bißchen Spaß haben. Nur, dieses Wochenende geht es nicht. Sofia eröffnet am Freitag ihre Ausstellung in Rom, und da möchte ich gern dabei sein. Lädst du Henry auch ein?«

»Henry?« fragte Toppe verblüfft. Henry war Bonhoeffers Pathologieassistent, Belgier, ein über zwei Meter großer Bär, erschreckend stark. Mit seinem breiten Gesicht und den langen schwarzen Haaren, die er im Pferdeschwanz trug, erinnerte er Toppe immer an einen der »guten« Indianer aus den alten Western. Nur daß Henry wesentlich mehr sprach und wesentlich lustiger war. »Warum soll ich denn Henry einladen?«

»Na, wenn du's nicht tust, dann wird Gabi ihn wohl einladen«, zwinkerte Bonhoeffer.

»Gabi?«

Bonhoeffer nickte nur langsam und ließ Toppe Zeit. »Gabi und Henry? Ich meine, ich wußte, daß es mit Peter nicht mehr so lief, aber ... Wie haben die sich denn, ich meine, wie sind die ...«

Bonhoeffer lächelte nachsichtig. »Das entzieht sich meiner Kenntnis. Ich weiß nur, daß Henry über den Wolken schwebt und zu nichts zu gebrauchen ist. Scheint ernst zu sein.«

Van Appeldorn hatte seinen Bericht beinahe fertig eingegeben, aber sein Magen wollte nicht aufhören zu knurren, und langsam wurde ihm übel. Nach dem gestrigen leichten – er betonte es noch einmal für sich selbst: leichten – Absturz bei Coenders an der Theke hatte er heute morgen, als die Zentrale ihn aus dem Bett holte, außer schwarzem Kaffee und einer halben Scheibe trockenem, verbrannten Toast, die Marion ihm so liebevoll hingeknallt hatte, noch nichts zu sich nehmen können. Mittlerweile war es Viertel vor zwei. Wo sollte er jetzt was zu essen herkriegen? Die Tankstelle gegenüber hatte heute geschlossen.

In Heinrichs' Schreibtisch fand er zwei Schokoriegel und ein Salamiwürstchen. Besser als nichts. Er leckte sich die Finger ab und setzte sich wieder an die Tastatur, als die Tür aufging. Na endlich!

»Hallo, Norbert.« Toppe wirkte auch nicht gerade frühlingsfrisch. »Kein Kaffee da?«

»Siehst du doch.«

»Dann mache ich welchen.«

»Nun komm schon«, drängte van Appeldorn. »War es nun Mord oder nicht?«

»Nein, war es nicht. Glöckner ist an seinem Erbrochenen erstickt.«

»Hatte ich mir fast gedacht. Ich habe den Bericht fertig. Soll ich ihn dir ausdrucken?«

»Nein, erzähl es mir lieber.«

Van Appeldorn legte die Füße auf den Schreibtisch.

Hermann-Josef Glöckner war gleich nach dem Krieg in den Besitz des Mittelstücks vom Bimmener Triptychon gekommen. Wie genau, das wußte seine Frau nicht, denn sie hatte ihren späteren Mann erst 1949 kennengelernt, und da hatte er das Ding schon gehabt. Wie der Pastor schon gesagt hatte, sollte heute um elf Uhr die Rückgabe mit einer Messe gefeiert werden, und Glöckner war dazu als Ehrengast eingeladen worden. Gestern abend gegen acht Uhr hatte die *Niederrhein Post* bei Glöckner angerufen: Sie würden gern vor der Messe noch ein Foto von ihm und dem Triptychon machen und ihn kurz interviewen. Deshalb hatte sich Glöckner schon früh auf den Weg gemacht, um den Fotografen und den Redakteur pünktlich um Viertel nach neun zu treffen.

»Der Anrufer war also wieder ein Mann?«

»Davon geht Frau Glöckner aus, aber sicher weiß sie es nicht, weil ihr Mann das Telefonat nur beiläufig erwähnt hat.«

Frau Glöckner war gegen Viertel nach zehn in ihrem eigenen Auto nach Bimmen gefahren, um mit ihrem Mann rechtzeitig, bevor die anderen Kirchgänger kamen, die Ehrenplätze einnehmen zu können. Vor der Kirche hatte sie den Küster und ein älteres Ehepaar getroffen und war gemeinsam mit den Leuten hineingegangen.

»Die war komisch, die Frau«, sagte van Appeldorn. »Ziemlich kühl und die ganze Zeit sehr diszipliniert.«

»So was gibt's doch öfter.«

»Wenn du gerade erst deinen Alten gefunden hast, mit nacktem Arsch quasi gekreuzigt?«

Aber Toppe ging nicht weiter darauf ein. »Wie steht es mit Glöckners Beziehungen zu dieser Unternehmermafia?«

»Schlecht. Seine Frau ist sicher, daß er keinen von denen persönlich gekannt hat.«

»Und was sagt der ED?«

»Nichts, bis jetzt. Das braune Isoband, wie gehabt. Keine Fingerabdrücke, auch wie gehabt. So weit ich weiß, ist Rother noch draußen. Er hat sich wohl in den Kopf gesetzt, doch noch Schuhspuren zu finden. Und was machen wir?«

»Fragst du mich das im Ernst?«

Van Appeldorn nahm die Beine vom Tisch. »Ich kann keine Leute mehr sehen.«

»Geht mir ähnlich, aber was hilft's?«

Toppe sah auf seine Uhr. »Also los, auf nach Bimmen! Jeder eine Häuserreihe, und um fünf Uhr machen wir Feierabend.«

»Ich habe übrigens Charly noch nicht benachrichtigt.«

»Sag bitte nicht Charly! Das klingt so harmlos. Ich werde sie von unterwegs aus anrufen.«

16

Toppe wälzte sich schwitzend im Bett herum.

Wie konnte ein pensionierter Lehrer der Russenmafia in die Quere kommen? Sie wußten nicht genug über Glöckner. Er würde Ackermann darauf ansetzen. Eulenspiegel ... ein einsamer Serientäter? Spielen wir das doch mal durch ... Alles fruchtlos, nur eins war sicher: Wer immer die Attentate verübte, er war unberechenbar und gefährlich. Und er würde wieder zuschlagen, daran zweifelte Toppe nicht einen Moment.

Bis jetzt hatten sie in Bimmen noch keinen gefunden, der vor der Messe irgend jemanden im Ort gesehen hatte, der dort nicht hingehörte. Er konnte unmöglich die anderen morgen von der Arbeit abziehen, nicht mal für eine Stunde. Die Pressekonferenz würde er schon allein durchstehen müssen.

Erst im Morgengrauen fiel er in einen bleiernen Schlaf, und das Weckerschrillen erschreckte ihn so sehr, daß er mit einem Satz aus dem Bett sprang. Und sich auf dem Fußboden wiederfand. Ein dumpfer Schmerz zog sich von seinem Rücken bis tief ins linke Bein hinunter. Ächzend versuchte er, sich aufzurichten, aber er schaffte es nicht. Hexenschuß!

Langsam, Zentimeter für Zentimeter, zog er sich an der Bettkante hoch. Kalter Schweiß brach ihm aus. Schließlich kam er auf die Beine, aber den Oberkörper kriegte er mit dem besten Willen nicht gestreckt. Lächerlich gebückt und verkrümmt schlurfte er durch die Halle zu Astrids Zimmer hinüber.

Sie schlief noch.

»Bitte, Astrid ...« Seine Stimme war matt, aber sie setzte sich sofort auf. »Kannst du mich ins Krankenhaus fahren?«

Panik trat ihr in die Augen, was nicht verwunderlich war, wenn man an die letzte nächtliche Störung dachte.

Er versuchte zu lächeln. »Nur ein Hexenschuß.«

Der Arzt in der Notaufnahme war nicht begeistert, daß man ihn wegen so einer Sache um Viertel nach sechs aus dem Bett holte. »So was ist doch kein Notfall. Um acht Uhr hätten Sie damit zu Ihrem Hausarzt gehen können.«

»Ich habe aber heute früh einen wichtigen Termin.«

»Ja, ja«, brummte der Arzt und zog eine Spritze auf, »das haben sie alle immer.«

Zehn Minuten später stand Toppe wieder aufrecht und war beinahe schmerzfrei. Er streckte sich vorsichtig. »Ein Wunder!«

»Kein Wunder«, gab der Arzt zurück. »Im akuten Fall hilft das Medikament, aber Sie müssen dringend grundsätzlich etwas für Ihren Rücken tun. Sie sind total verspannt. Und wer weiß, was da sonst noch ist. Lassen Sie sich schnellstens durchuntersuchen, sonst stehen Sie in ein paar Tagen wieder bei mir auf der Matte.«

Damit drückte er Toppe noch ein Schmerzmittel in die Hand und verabschiedete sich.

Gar nicht so einfach, entspannt zu sitzen, wenn man Angst hatte, daß einen im nächsten Moment wieder der Schmerz anfiel, aber er bemühte sich.

Er machte sich gerade ein paar Notizen für die Pressekonferenz, als die Chefin klopfte. »Ich werde Ihnen ein bißchen Schützenhilfe geben. Irgend etwas entscheidend Neues, das ich wissen müßte, bevor wir uns in die Höhle der Löwen begeben?«

»Ich denke nicht, nein.«

»Fein! Ich habe eine Pressemitteilung vorbereitet, die wir den Reportern geben können, damit auch die einfacheren Gemüter nicht allzu viel Blödsinn schreiben. Wenn Sie mal eben drübergehen könnten, ob alles richtig ist ...«

Die Journalisten hatten reichlich Zeit zum Überlegen gehabt, und ihre Fragen kamen wie ein Kugelhagel.

Toppe behielt die Fassung, bestätigte den intelligenten Täter, wehrte den Ritualmord ab, lächelte eindeutig nachsichtig bei jedem *Eulenspiegel*, konterte, erklärte, beschwichtigte und fühlte sich, als die ganze Schau endlich zu Ende war, wie durch den Fleischwolf gedreht.

Charlotte Meinhard plauderte und verteilte Pressemappen.

»Ich springe mal eben hoch zum Labor«, raunte er ihr zu.

Aber die ED-Männer waren auch nicht schlauer als gestern. »Es ist schon unglaublich, wie wenig Spuren diese Leute hinterlassen. Wir haben gerade noch darüber gesprochen«, meinte Rother. »Bis auf das Isolierband nichts, gar nichts. Das können nur Profis sein.«

Van Gemmern goß Toppe ein Glas Mineralwasser ein. »Sie hören sich an, als hätten Sie einen trockenen Mund.«

»Ah, Herr Toppe!« Die Chefin schwebte herein und klopfte ihm auf die Schulter. »Bravo, mein Lieber, sehr gut gemacht.«

»Danke«, antwortete er, »aber ich verstehe nicht ganz.«

»Na, es war doch phantastisch, wie Sie Eulenspiegel als den einsamen, intelligenten, psychopathischen Einzeltäter haben durchgehen lassen. Das wollten die Leute hören, und das haben sie bekommen. Kein Hinweis auf organisiertes Verbrechen. Nicht auszudenken, wenn wir in diesem Moment einen Fehler gemacht hätten. Heute nachmittag schlägt Staatsanwalt Günther zu, und keiner wird ihm dabei in die Quere kommen.«

Toppe stellte das Wasserglas hart auf dem Labortisch ab. »Ich habe jedes Wort auf der Pressekonferenz so gemeint, wie ich es gesagt habe, Frau Meinhard. Für mich sprechen sehr viele Dinge für einen Einzeltäter. Zugegeben, es gibt Hinweise auf organisiertes Verbrechen, aber es wäre ein fataler Fehler, nur diese eine Spur zu verfolgen.«

»Entschuldigen Sie«, antwortete sie kühl, »aber wir waren uns nach Lage der bisherigen Ermittlungen alle einig ...«

»Wir waren uns alle einig?« fiel Toppe ihr ins Wort. »Da haben Sie mich gründlich mißverstanden. Und im übrigen, Frau Meinhard, vielleicht wissen Sie es selbst nicht, Sie sprechen von Ermittlungsergebnissen, was Sie aber meinen, ist ›political correctness‹.«

Damit ließ er sie stehen und nickte van Gemmern und Rother zu. »Bis zu Günthers Aktion ist noch Zeit. Falls mich einer sucht, ich bin in Bimmen. Danke für das Wasser.«

Aber sein Auto stand nicht auf dem Parkplatz. Astrid mußte es genommen haben. Das tat sie zuweilen, und normalerweise war das kein Problem, er konnte dann ja ihren Wagen nehmen. Ihr kleiner Peugeot stand brav auf seinem Platz und grinste ihn an. In dem ganzen Rückendrama heute früh hatte er den Schlüssel nicht eingesteckt. Ein paar wirklich häßliche Verwünschungen ausstoßend, ging er zurück in die Wachstube, wo eine ganze Reihe Kollegen beim Plausch zusammensaß und überhaupt keine Notiz von ihm nahm. Die beiden Schönlinge aus Düsseldorf waren auch dabei.

»Ich störe nur ungern«, begann er, und das Geplapper verstummte schlagartig.

»Da ist er ja«, lachte Look ihn an. »Wir haben gerade von Ihnen gesprochen. Ich habe erzählt, daß Sie auch von Düsseldorf sind.«

»Ja«, bestätigte Schumacher flink. »Da wär' ich nicht drauf gekommen. Sie sind 'ne Düsseldorfer Jung'?«

»Meerbusch.«

»Ach so, na, das ist was anderes!«

Toppe nickte befriedigt. »Ich brauche einen Dienstwagen.«

»Au, au«, meinte Look bedauernd. »Das wird schwierig. Wo müssen Sie denn hin?«

Toppe hielt an sich. »Nach Bimmen.«

»Ach, nach Bimmen. Da hab' ich einen Onkel wohnen.«

»Interessant. Soll ich ihn grüßen? Wie ist das jetzt mit dem Dienstwagen?«

»Sind alle raus. Sie könnten höchstens eine von unseren Mühlen nehmen. Wenn Sie nicht gerade in geheimer Mission sind, ist das ja wohl nicht so schlimm«, zwinkerte Look.

Gleich hinter der Kirche stand eine uralte Weide. Früher einmal war sie regelmäßig beschnitten worden, man konnte den dicken Kopf noch erkennen. Aus ihren Ästen hatte man Spaten- und Schüppenstiele geschnitzt, aber das mußte mehr als hundert Jahre her sein.

Toppe stapfte durch das feuchte Gras ein paar Schritte den Deich hoch, bis er den Rhein sehen konnte, und schnupperte unwillkürlich. Warum weckte dieser Geruch immer Wehmut?

Nein, hier konnte man keine Spuren finden, genauso wenig wie auf dem Kiesplatz vor der Kirche und dem asphaltierten Weg an der Seite.

Ein Maulwurfshügel brachte ihn zum Straucheln.

Der Schmerz haute ihn um, bevor der Knall in sein Bewußtsein drang.

Wimmernd preßte er beide Hände zwischen die Beine. Blut. Blut quoll zwischen seinen Fingern hervor, seine Jeans färbten sich dunkel bis zu den Knien hinunter. Er keuchte, und als er die Stimmen hörte, tastete er nach seiner Pistole. Kleine Fünkchen tanzten vor seinen Augen. Dann wurde es dunkel.

Da war Astrid, und sie sprach mit ihm.

Es war eine doppelte, dreifache Astrid, die lächelte. Er blinzelte, aber die Bilder bewegten sich weiter, wollten sich nicht decken.

Ihre warme Hand legte sich an seine Wange. »Ich weiß ja, du wolltest dich sterilisieren lassen, aber mußte es denn gleich so drastisch sein?«

Abrupt kam er hoch. Grellweiße Sonnen explodierten um ihn herum.

Sie nahm ihn in die Arme und zog ihn an sich. Er spürte ihren Herzschlag. »Nein, sei ganz ruhig. Es ist nichts Schlimmes passiert. Nur Fleischwunden innen an beiden Oberschenkeln. Bist du jetzt wieder ganz da?«

»Wo bin ich denn?«

»Im Krankenhaus. Und bei mir.«

»Man hat auf mich geschossen!«

»Richtig. Und man hat deine kostbarsten Teile nur knapp verfehlt.«

»Großer Gott!« Langsam ließ er sich ins Kissen zurücksinken. Jetzt sah er wieder klar. »Hatte ich eine Narkose, oder warum ist mir so komisch?«

»Nur eine ganz kurze. Sie mußten die Wunden nähen. Aber ich darf dich mit nach Hause nehmen, sobald du wieder einigermaßen stehen kannst.«

Ihm war entsetzlich kalt.

»Großer Gott«, sagte er noch einmal. »Wenn ich in dem Moment nicht ausgerutscht wäre!«

»Hast du gesehen, wer es war?«

»Ich habe überhaupt nichts gesehen.«

17

Den ganzen Tag lang stand das Telefon nicht still, und Astrid ließ Oliver alle Anrufer, bis auf Walter Heinrichs, abwimmeln. Mit dem sprach sie allerdings etliche Male.

Toppe schlief wie ein Toter bis zum Abend. Als er endlich die Augen aufschlug, fand er seine komplette Familie in seinem Zimmer versammelt; sogar Christian war da.

»Was macht ihr denn alle hier?« Er setzte sich langsam auf. »Steht es so schlecht um mich?«

Gabi kam sofort gelaufen, umarmte ihn und blinzelte ein paar Tränen weg. »Du Blödmann! Jahrelang hatte ich diesen Alptraum, daß dich mal jemand über den Haufen schießt, und jetzt, wo ich ihn endlich los bin, machst du solchen Mist.«

Er nickte und lächelte dann. »Ich weiß, es klingt prosaisch, aber ich habe einen ganz gemeinen Hunger.«

»Wir warten nur auf deine Wünsche«, sagte Astrid munter.

Toppe schloß die Augen. »Fleischrolle spezial, doppelte Pommes, doppelt Mayo und zwei Bier«, antwortete er genießerisch.

Gabi lachte laut auf. »Da macht dieser Mensch die ganze Zeit einen auf feine italienische Frischeküche, aber wenn er einen Seelentröster braucht, dann kommt so was!«

»Ich fahre zur Frittenbude.« Christian stand auf. »Was wollt ihr anderen?«

Toppe hielt Gabi an der Hand fest. »Apropos Seelentröster und so. Ich habe da was läuten hören. Sagt dir vielleicht der Name Henry Smit etwas?«

Gabi verdrehte die Augen. »Radio Tam-tam, ist es zu glauben! Dabei kennen wir uns gerade mal drei Wochen. Willst du im Bett essen?«

»Bloß nicht! Dann komme ich mir vor wie ein Schwerkranker.«

Beim Essen sprachen alle über alles, nur nicht über den Schuß, aber Toppes Hochstimmung verebbte schnell, und das zweite Bier schmeckte ihm nicht mehr.

Astrid ging mit ihm in sein Zimmer zurück. »Wir müssen jetzt drüber reden.«

»Ja, sicher.« Vorsichtig ließ er sich im Sessel am Kamin nieder. Die Wunden pochten dumpf, und auch der Schmerz im Rücken meldete sich zurück. »Aber viel zu erzählen habe ich nicht. Außer, daß ich mich wie ein Anfänger benommen habe. Ich war sauer auf die Meinhard, sauer auf mich selbst und bin völlig in Gedanken da rumgestiefelt, hab' nicht nach rechts und links geguckt. Den Schuß habe ich erst realisiert, als ich schon platt am Boden lag. Er kam von rheinabwärts, aus Richtung der Wasserkontrollstation.«

»Das ist doch schon mal etwas. Dann wissen van Gemmern und Rother wenigstens, wo sie morgen suchen müssen. Die haben zwar heute schon den ganzen Nachmittag nach einer Kugel und einer Patronenhülse gestochert, aber das war natürlich hoffnungslos. Es war nur ein Schuß?«

»Ja, aber ich könnte dir nicht mal sagen, ob der aus einer Pistole, einem Gewehr oder einer Bazooka gekommen ist.«

»Du hast vorhin gesagt, du wärest ausgerutscht?«

»Ja, ich bin gestolpert und gerutscht. Da ... da muß der schon auf mich angelegt, fast schon abgedrückt haben.«

Astrid sah ihn lange an.

»Nein«, meinte er beschwichtigend. »Ich glaube eigentlich nicht, daß der mir ans Leben wollte. Wenn es unser Attentäter war, schätze ich, er hatte es auf mein Gemächt abgesehen.«

»Ich habe trotzdem Angst, Helmut.«

»Andererseits«, überlegte er weiter, »wenn der schon angelegt hatte, und ich rutsche in dem Moment runter, muß er eigentlich auf meine Beine gezielt haben.«

»Soll mich das etwa trösten? Vielleicht war er nur ein schlechter Schütze.«

»Ach komm, Unkraut vergeht nicht. Und außerdem, vielleicht war ich als Person ja gar nicht gemeint. Auffälliger als ich konnte man sich kaum benehmen. Hat nur noch ein Banner gefehlt: ›Seht her, ich bin Polizist!‹ Im Streifenwagen bin ich durch den ganzen Ort gefahren, den parke ich dann mitten vor der Kirche, lungere noch auf dem Friedhof herum, und dann stapfe ich auch noch auf den Deich. Eine bessere Zielscheibe gab's ja wohl nicht.«

Astrid stöhnte gereizt. »Versuch nicht, mich einzulullen! Du weißt genauso gut wie jeder andere, daß du gemeint warst. Und ab heute gehst du nirgendwo mehr hin. Du bleibst im Büro und machst den Aktenführer. Daß das schon mal klar ist!«

Toppe mußte lachen. »Und dann jagt dieser Verrückte mit einer Bombe das gesamte Präsidium in die Luft. Als er den Brand gelegt hat, war es ihm schließlich auch egal, daß meine ganze Familie im Haus war.« Er faßte ihre beiden Hände. »Astrid, ich kann davor nicht weglaufen.

Aber wenn wir uns jetzt verrückt machen, kriegen wir den Kerl oder die Bande nie.«

Sie seufzte nur. »Ein paar Bimmener haben heute morgen Fremde im Dorf gesehen«, meinte sie nach einer Weile, »aber was stellt sich raus, als Walter sich die Personenbeschreibungen geben läßt? Die meinten uns! Guter Witz, oder? Mehrere von uns waren ja noch wegen Glöckner in Bimmen unterwegs. Norbert kannst du eigentlich nur ganz knapp verpaßt haben.«

»Wo warst du eigentlich?«

»Ich hockte dämlich bei diesem Kinderpsychologen in Kevelaer«, antwortete sie und war wieder wütend. »Und als Walter mich endlich erreicht hat, warst du schon im Krankenhaus.«

»Wer hat mich gefunden?«

»Der Küster mit seiner Frau; völlig unverdächtig leider. Du bist ganz blaß. Hast du Schmerzen?«

»Es geht noch.«

»Warte, ich hole die Tabletten.«

»Nein, laß, später. Wie ist es mit Günther und dem Pfannkuchenhaus gelaufen?«

»Einzelheiten weiß ich noch nicht, aber es war wohl ein Erfolg.«

»Mist«, fiel es Toppe ein, »ich muß Stein anrufen. Der hat auf mich gewartet.«

»Mit dem habe ich schon telefoniert. Jedenfalls sind die beiden Geschäftsführer von diesem Blini-Laden vorläufig festgenommen. Und so wie ich gehört habe, sitzt Norbert immer noch im Büro und wartet darauf, daß Günther mit denen fertig wird, und er sie sich selbst kaufen kann. Die werden kaum was zu lachen kriegen. Du kennst ihn ja. Aber eigentlich sind alle ziemlich aus dem Häuschen. Sogar die Chefin macht Druck.«

»Die Chefin, ach ja? Wir machen die ganze Zeit schon Druck«, meinte Toppe resigniert. »Und? Bringt's was?«

Astrid verzog das Gesicht und antwortete nicht.

»Mal abgesehen davon, daß jemand auf mich schießt«, murmelte er.

Keiner machte sich in irgendeiner Weise lustig über Toppes Seemannsgang, als er am Dienstag morgen zur Arbeit kam. Die Kollegen von der Wache grüßten mitfühlend, und Flintrop hielt ihm sogar die Tür auf. »Geht's?«

»Danke, ja. Die Treppe wird ein Problem, aber ich lasse mir Zeit.«

Und das tat er dann auch, er wußte sowieso, was ihn oben erwartete. Den ersten Segen hatte er heute früh schon von Astrid gekriegt, die ihn für hirnverbrannt hielt, weil er heute arbeiten wollte, und wütend ohne ihn gefahren war. Wahrscheinlich hatte sie geglaubt, er könne noch nicht selbst Auto fahren, aber da hatte sie sich geirrt.

Als er die Tür zum Büro öffnete, schüttelte sie nur den Kopf und drehte sich wortlos zum Fenster. Auch Heinrichs guckte ihn grimmig an, aber das wollte nichts heißen; der sah immer so aus, wenn ihm etwas an die Nieren ging.

Nur Ackermann lachte. »Nich' kaputt zu kriegen, wa, Chef? Modell: deutsche Eiche! Oder wie habbich dat?« Dann trat er so nah an Toppe heran, daß der sich fragte, wann Ackermann sich wohl zuletzt die Zähne geputzt hatte. »Wenn wir dat bekloppte Dreckschwein geschnappt haben, dem zieh' ich bei lebendigen Leib die Pelle ab. Wie bei meine Karnickel. Un' schnappen tun wer den. Da könnter mich aber für ankucken!«

Toppe nickte dankbar und tippte Astrid auf die Schulter. »Hör auf zu schmollen, mein Täubchen. Mir geht es wunderbar, ehrlich. Jetzt komm, auf uns wartet Arbeit.«

»Das sehe ich ganz anders«, kam es von der Tür.

Na dann, dachte er, die letzte Hürde nehmen wir auch noch.

»Sind Sie nicht krank geschrieben?«

»Nein, Frau Meinhard, bin ich nicht.« Er reckte seine 190 cm. Er verschwieg, daß er eigentlich zum Verbandswechsel hätte gehen sollen, und daß sie ihn sicher danach krank geschrieben hätten. Auch Astrid wußte das, aber sie hielt den Mund.

Die Chefin war unbeeindruckt. »Dann möchte ich, daß Sie unverzüglich Urlaub nehmen.«

»Das werde ich nicht tun. Wir brauchen jeden Mann.«

»Sie haben immer noch nichts begriffen, nicht wahr? Es ist nicht zu fassen! Übrigens, dies ist nicht mein letztes Wort in der Angelegenheit. Wir sprechen uns noch.«

Die Tür knallte ins Schloß, und Toppe grinste: Sieh da, die Fassade bekam kleine Risse. »Wo steckt Norbert?«

»Keine Ahnung«, zuckte Heinrichs die Achseln und sah schon freundlicher aus. »Ich vermute, der hat sich die halbe Nacht mit diesen Pfannkuchenheinis um die Ohren gehauen. Aber frag mich nicht.« Er tippte auf seinen Monitor. »Einen Bericht hat er noch nicht geschrieben.«

Ackermann schob Toppe einen Stuhl hin. »Wenn man bloß ir'ndwo 'n Kissen herkriegte!«

»Geht schon. Hat Meinhard die Soko mittlerweile aufgelöst, oder wo sind unsere Helfer?«

»Soko is' ab heut' nich' mehr. Wir wären mit de Altlasten durch, sacht Charly. Wenn da ma' bloß wat bei rumgekommen wär', aber Pustekuchen!«

Auch Astrid setzte sich. »Na gut, dir ist sowieso nicht zu helfen, Helmut. Also, wie ich dich kenne, fangen wir mit Glöckner an.«

»Ja, eins nach dem anderen. Wenn unsere erste Theorie stimmt, muß Glöckner irgendwie in dieser Unternehmermafia mit dringehangen haben.«

»Der?« rief Ackermann. »Nie!«

»Wieso sind Sie denn da so sicher? Ich wollte Sie eigentlich bitten, sich mal genauer umzuhören.«

Ackermann salutierte. »Gebongt! Aber wißt ihr, wat ich mich die ganze Zeit schon frach? Wieso is' dat Arschloch ein'tlich Ehrengast bei de Messe? Ich mein', der reißt sich so 'n Kirchending unter 'n Nagel, wat ihm nich' gehört – un' kein Mensch kann mir erzählen, dat der dat all die Jahre nich' gewußt hat! – un' weil er dat dann endlich den rechtmäßigen Besitzer wiedergibt – un' ich könnt' drauf wetten, der krichte bloß langsam Muffe wegen Fegefeuer un' so –, gibbet für den noch 'ne Ehrung. Dat is' doch hirnrissig! Habbich schon gedacht, wie ich dat am Freitach inne Zeitung gelesen hab. Un' wißter wat? Ich wett' auch drauf, der hat dat selbs' vorgeschlagen, dat mit de Ehrung, der alte Geck.«

Toppe, Heinrichs und Astrid sahen ihn verständnislos, aber geduldig an.

»Ach, ihr kennt den Piepenkopp nich'! Hat doch fast jede Woche 'ne Huldigung inne Presse stehen. Schreibt er übr'ens alle selbs', hab ich mir sagen lassen. Wegen Tschernobyl-Kinder, die er persönlich all' gerettet hat, un' Krebshilfe un' wat weiß ich. Er hat ja soga' dat Bundesverdienstkreuz, eigenhändig beantracht. Un' so 'n Schpleen mit de Kirche hatte der sowieso. Aber au' spitze Ellbogen. Der hat so manch einen aussem Rennen gekickt. Der Typ war die Pest am Arsch, wenner mich fracht. Dat den einer über die Klinge gehen lassen wollt', also, mich wundert dat nich'. War bestimmt schonn anne eigene Seelichsprechung am murksen. Aber, tja, zu spät, Pech, wa? So kannet gehen.«

Toppe schaffte es endlich, dazwischen zu kommen. »Können wir das mal im Klartext haben? Wen hat Glöckner aus dem Rennen gekickt? Wer wollte ihn über die Klinge springen lassen, und warum?«

»Wat? Ja, weiß ich au' nich'. Aber dem sein einer Jung' war bei mir inne Klasse. Wat dat Kind von seinem Alten verprügelt worden is', noch mit siebzehn, dat geht auf keine Kuhhaut! Aber immer schön heimlich im Keller, damit et de Nachbarn nich' mitkriegen. Seine Frau hat er au' oft genuch durchgelassen. Aber jeden Sonntach brav inne Kirche un' immer de christliche Nächstenliebe un' de Barmherzigkeit inne Schnauze!«

Es klopfte, und Charlotte Meinhard war wieder da. Diesmal mit einem Stück Papier in der Hand.

»Ich habe gerade mal Ihre Überstunden addiert«, meinte sie süß. »Also, da kommt ja einiges zusammen. Es hat keinen Sinn, wir müssen endlich mit dem Ausgleich beginnen. Bei Ihnen, Herr Toppe, komme ich auf fast drei Wochen, und das geht nun auf gar keinen Fall. Es liegt auf der Hand, daß Sie den Anfang machen. Ab heute! Schöne freie Tage, wünsche ich.«

Toppe preßte die Kiefer zusammen.

»Und damit keine Zweifel aufkommen, dies ist eine dienstliche Anweisung.«

Dann wandte sie sich an Astrid. »Wo steckt denn Herr van Appeldorn? Ich möchte, daß er vorübergehend die Leitung übernimmt. Übrigens, Herr Toppe«, sah sie ihn wieder an, »ich werde eine entsprechende Mitteilung an die Presse geben. Wenn Sie selbst zu ... stur ... sind, muß ich eben für Ihren Schutz sorgen.«

Seine Wut hielt gerade mal so lange, bis er im Auto saß, dann machte sie der ohnmächtigen Trauer Platz, gegen die er seit Monaten ankämpfte.

Er hatte nie etwas anderes sein wollen als Polizist. Das Abitur hatte er damals nur nachgemacht, um bei der Kripo einsteigen zu können. Dabei war er wirklich gut gewesen in Englisch und Französisch, in Deutsch sogar sehr gut. Hundert andere Möglichkeiten hätte er gehabt. Jetzt hatte er keine mehr. Die Meinhards mit ihren Vernetzungen, ihren Supervisionen, ihrem Teamgeistgeschwafel und ihrer erbärmlichen Unfähigkeit schossen überall aus dem Boden. Wie sollte er noch fünfzehn Jahre durchhalten, ohne verrückt zu werden?

Seit Wochen sprach er sich dieselben Sätze wie eine Beschwörungsformel vor: Ich bin gesund, ich habe Arbeit, ich habe ein Dach über dem Kopf, ich lebe in einer glücklichen Familie. Es steht mir nicht zu, zu jammern.

Heute half ihm das gar nichts. Vielleicht half es nie mehr. Seine Augen brannten, wie so oft in letzter Zeit.

Er war einfach nur so durch die Gegend gefahren, und als die Bimmener Kirche vor ihm auftauchte, zuckte er zusammen. Was wollte er hier? Sich seine eigene Blödheit vor Augen führen? Na gut.

Er stieg aus. Vielleicht fiel ihm ja doch noch etwas ein, wenn er denselben Weg noch einmal ging.

Ein Stück flußaufwärts hinter dem Deich krabbelte jemand im Gras herum. Toppe ging ein paar Schritte und blinzelte. Es war Rother.

»Haben Sie immer noch nicht aufgegeben?«

Rother kam auf die Beine. »Es kann einfach nicht sein, daß wir das Projektil nicht finden.«

Toppes Blick schweifte über die Ebene. »Doch, das kann sein. Je nachdem, welche Waffe es war, kann das Ding noch Hunderte von Metern geflogen sein.«

»Nein.« Rother sah auf Toppes Schritt. »Auch wenn es nur ein Streifschuß war, ist die Kugel heftig abgebremst worden. Stimmt der Winkel?«

Toppe sah sich um. »Könnte hinkommen.« Dann betrachtete er Rothers lehmverkrusteten Hosenbeine und lächelte bitter. »Tolle Arbeit für einen Physiker.«

Rother antwortete nicht.

»Sie sind Kernphysiker, nicht wahr?«

»Ja.«

»Und Sie haben das AKW in Kalkar mit aufgebaut?«

»Ich habe die Brütertechnologie entwickelt.«

»Eben, das meine ich. Und jetzt kriechen Sie hier im Dreck herum.«

»Das macht mir nichts aus, gar nichts. Ich arbeite an einer Erfindung, die alles ändern wird.« Und damit ließ er sich schon wieder auf die Knie nieder.

Genau, dachte Toppe, du hast wenigstens die Wahl. Du kannst wenigstens noch irgend etwas anderes. Ich nicht.

»Tja«, sagte er laut. »Dann werd' ich mal wieder.«

18

»Und das habt ihr einfach so geschluckt?« Van Appeldorn tobte. »Keiner hat dieser Pute klar gemacht, daß sie einen an der Klatsche hat? Das gibt's doch wohl nicht!«

»Was können wir denn machen, wenn sie uns mit Dienstanweisungen kommt?« wehrte Astrid sich.

»Du!« schnauzte er. »Du bist doch sowieso ...«

Astrid sprang auf. »Vorsicht! Sag jetzt bloß nichts Falsches.«

Heinrichs raufte sich die Haare. »Klasse! Genau das brauchen wir jetzt. Daß wir uns auch noch gegenseitig an die Köpfe kriegen. Als wäre nicht schon alles schlimm genug.«

Aber van Appeldorn konnte sich noch nicht beruhigen. »Von wegen Leitung übernehmen. Ich? Ich denk' ja nicht dran. Die wird schon sehen!«

Als keine Reaktion kam, sagte er auch nichts mehr, saß nur da und mahlte mit den Kiefern.

»So«, meinte Heinrichs schließlich. »Hast du dich jetzt wieder abgeregt? Natürlich übernimmst du die Leitung. Ist doch völlig schnuppe, wer seinen Namen dafür hergibt. Hauptsache, wir ziehen alle an einem Strang. Und jetzt sag uns, was eigentlich los ist.«

»Ach, alles Mist! Günther freut sich wie ein Schneekönig. Der hat im Pfannkuchenhaus alle Papiere gefunden, die er gesucht hat. Aber ich bin kein Stück weitergekommen. Dabei hab ich mir die halbe Nacht mit diesen Gangstern um die Ohren geschlagen. Für alle drei Attentate hatten die Herren Alibis, und überhaupt, die würden sich mit so was gar nicht die Finger schmutzig machen. Wir sind raus aus dem Spiel, Freunde.«

»Was soll das denn heißen?« fragte Astrid.

»Ich komme gerade von Günther und Stein, deshalb bin ich auch so spät. Diese Blini-Kette ist ein einziger großer Laden, bundesweit gestreut, zentral organisiert, und natürlich haben die ihre eigenen Schlägertrupps, Profis, davon kann man wohl ausgehen. Ist ja wohl klar, was das bedeutet.«

»Wir könnten uns mit den Grevenbroichern zusammensetzen und deren Attentate mit unseren im einzelnen vergleichen. Ich meine, wenn das dieselben Typen sind ...« sagte Heinrichs trotzig.

»Wir können gar nichts. Die Sache ist schon ans BKA gegangen, an die große Soko für organisiertes Verbrechen. Günther sagt, die hätten längst V-Leute eingeschleust.«

»Wenn wir der Chefin glauben, müssen wir uns ja keine Sorgen mehr machen, oder sehe ich das falsch?« meinte Astrid spitz. »Der Russenmafia in Kleve ist das Handwerk gelegt, und damit muß es mit den Attentaten auch vorbei sein. Was ist mit dem Postraub und den Anschlägen auf Helmut? Hast du das auch überprüft?«

Van Appeldorn verkniff sich eine ironische Erwiderung. »Hab ich, hab ich. Genauso ein Schuß in den Ofen. Ich vermute, die betreiben hier nur ihren Laden und geben einen Bericht an die Zentrale, wenn es Probleme vor Ort gibt, mit anderen Unternehmern zum Beispiel. Den Rest erledigt dann der ›Große Bruder‹. Unsere zwei Geschäftsführer können sich nicht verplappern, weil sie gar nichts wissen.«

Der Verbandwechsel war nicht so schlimm gewesen. Die Ambulanzschwester hatte Toppe einen Packen großer Pflaster mitgegeben, weil er die Wunden ab jetzt allein versorgen konnte. Erst zum Fädenziehen in einer Woche wollten sie ihn im Krankenhaus wiedersehen. Aber baden durfte er nicht, und das wurmte ihn; gerade heute hätte er sich gern für zwei Stunden in die heiße Wanne gelegt und die Welt ausgesperrt.

Kochen war auch immer eine gute Ablenkung, also hielt er auf dem Heimweg kurzerhand am Marktplatz an und kaufte eine Kiste Gemüse für eine Minestrone.

Sein Stammhändler war nicht so diskret wie die Kollegen. »Sie laufen so komisch. Haben Sie 'nen wunden Popo?«

»So was ähnliches«, antwortete Toppe so freundlich wie möglich.

»Ach, ich verstehe«, dröhnte der Gemüsehändler und zog ihn dann verschwörerisch zur Seite. »Hab ich alles schon hinter mir. Meine Frau wollte auch keine Blagen mehr. Ist ja doch schmerzhaft. Und passen Sie bloß auf! Ich bin damals zu früh rumgelaufen, und ich hab vielleicht einen Bluterguß gekriegt. Frag mich nicht nach Sonnenschein! Klöten, so groß wie 'n Handball. Legen Sie sich besser hin, und dann tun Sie 'n Eisbeutel drauf. Das hilft.«

Toppe nickte nur zu all dem und packte sich die Gemüsekiste unter den Arm. Das waren ja goldige Aussichten. Am besten machte er sofort einen Termin beim Urologen, dann war das mit den Schmerzen wenigstens ein Aufwasch.

Das Haus war leer und still; auch Oliver würde nicht vor drei Uhr aus der Schule kommen.

Er stellte das Gemüse auf dem Küchentisch ab und ging zum Telefon, bevor er es sich noch einmal anders überlegen konnte. Der Urologe gab ihm einen Termin für Anfang Juni, aber zu einem Beratungsgespräch sollte er schon nächste Woche kommen.

Das Geräusch an der Haustür ging ihm durch Mark und Bein.

Er zog seine Pistole und schlich lauschend zum Fenster. Dicht gegen die Wand gepreßt, lugte er vorsichtig am Rahmen vorbei. Der Postbote radelte pfeifend vom Hof.

Toppe starrte auf die Waffe in seiner Hand und konnte es selbst nicht glauben. Was hatte er zu Astrid gesagt? Es hätte keinen Sinn, sich verrückt zu machen?

Aber Meinhards Anweisung war wirklich zu idiotisch. Im Präsidium wäre er wesentlich besser aufgehoben. Wenn ihm jemand ans Leder wollte, dann war das verlassene Gehöft, auf dem er die halbe Zeit mutterseelenallein rumhockte, der ideale Ort dafür. Selbst wenn man hier auf ihn schoß, würden die Nachbarn das vermutlich nicht hören. Und verbarrikadieren konnte er sich auch nicht; es gab zu viele Luken und einfache Holztüren an der Tenne und an den Ställen.

Die Frauen hatten immer schon einen Hund haben wollen.

»Hör auf zu spinnen, Toppe«, sagte er laut, ging in die Küche, legte die Pistole auf den Schrank, holte sich eine Flasche Rotwein aus der Kammer und machte sich ans Gemüseputzen.

Aber er traute sich nicht, das Radio anzustellen.

Sein Abendessen wurde ein voller Erfolg. Die Minestrone war sehr gut, das krosse Knoblauchbrot mit Olivenöl und frischen Tomatenwürfeln noch besser, und der Wein war sowieso ein Gedicht.

Astrid hatte sich besonders gefreut, denn eigentlich wäre sie für das Abendbrot verantwortlich gewesen, und sie war erst spät gekommen. Nach der Flaute auf der Arbeit hatte sie sich zu einem Pflichtbesuch bei ihren Eltern durchgerungen.

Das gute Essen und Toppes verliebte Blicke ließen sie übermütig werden. Sie machte sich lustig über ihre snobistischen Eltern und imitierte ihren Vater: »Mein Kind, ein, zwei Intensivlehrgänge, und du hast die Sache im Griff. Du bist doch intelligent. Und dann wäre ich ja für den Anfang auch noch da.«

Gabi lachte. »Hofft er tatsächlich immer noch darauf, daß du die Firma übernimmst?«

»Der wird bis zum letzten Atemzug darauf hoffen.«

Toppe schüttete allen noch mal Wein nach, sogar Oliver gestand er einen zweiten Schluck zu. »Und es reizt dich immer noch nicht? Du wärst von heute auf morgen Millionärin, eine gute Partie, sozusagen.«

Sie grinste herausfordernd. »Das bin ich sowieso. Geld macht mich nicht an, daran bin ich gewöhnt. Du weißt doch: der goldene Löffel, den Norbert so gern zitiert. Aber du solltest dir Gedanken machen. Mein Vater bemerkte heute ganz beiläufig, daß ein Kripobeamter im gehobenen Dienst doch eigentlich eine ganze Menge von Verwaltungsarbeit und dergleichen verstehen müßte. Warte mal ab, der bietet dir noch einen Vorstandsposten an.«

Toppe knüllte seine Serviette zusammen. »Da schau her, finde ich doch so langsam Gnade. Der soll bloß vorsichtig sein, ich könnte in Versuchung kommen.«

»Jetzt hört mal auf zu labern«, unterbrach Oliver sie mit kippeliger Bruchstimme. »Ich hab ein geiles Video. Will einer mitgucken?«

Toppe fing an, gelangweilt die Teller zusammenzustapeln.

»Trainspotting!«

»Super«, rief Astrid. »Den wollte ich die ganze Zeit schon sehen. Gib mir fünf Minuten, ich will nur noch eben eine Partie Jeans in die Maschine stopfen.«

»Keine Eile, ich muß sowieso spülen. Aber du bist mit Abtrocknen dran, Mama.«

Toppe folgte Astrid in die Waschküche. Er packte sie von hinten um die Taille, preßte ihren Po hart gegen seinen Unterleib und küßte sie gierig auf den Hals. »Ich will dich.«

Sie drehte sich um und hielt sich an seinen Schultern fest. »Kann es sein, daß du ein bißchen zuviel Wein hattest?«

»Oder zuwenig, wie man's nimmt«, raunte er und umfaßte ihre Brüste. »Ich will dich jetzt.«

Astrid warf einen Blick auf die offene Tür zur Küche, wo sich Gabi und Oliver stritten. »Ich dachte, du wärst indisponiert ...«

Seine Augen leuchteten. »Schrecklich indisponiert, fühl mal.« Er führte ihre Hand.

»Du bist ein Lustmolch, Toppe«, flüsterte sie und öffnete mit der freien Hand die Tür zur Tenne. »Gott sei Dank bist du ein Lustmolch.« Dann zog sie ihn mit ins Dunkle.

Auf das Video hatte er allerdings überhaupt keine Lust, und so nahm er sich dann sein Glas und den restlichen Rotwein mit in sein Zimmer, zog Tucholskys *Schloß Gripsholm* aus dem Regal und legte sich ins Bett.

Das Telefon riß ihn aus guten Gefühlen. Automatisch sah er auf die Uhr: zehn vor elf.

Es war Ackermann: »Kacke! Sie lagen doch schonn inne Heia. Hätt' ich nich' gedacht.«

»Nein, ich war noch wach.« Toppes Zunge verhielt sich höchst ungehorsam.

Ackermann kicherte. »Dann haben Se aber eindeutig einen im Tee, Chef. Find' ich Klasse, hätt' ich au' so gemacht. Wat ich sagen wollt': Ich hab mir die Hacken abgelaufen un' Fusseln annen Mund gequatscht, aber nee, beim besten Willen, Glöckner hatte mit de Unternehmermafia nich' die Bohne zu tun.«

»Ackermann, ich bin aus dem Rennen. Hat Ihnen das keiner gesagt?«

»Hat man, un' wie man dat hat! Aber wissen Se wat? Wem ich wat sach, dat entscheid' immer no' ich. Un' meine Chefs habbich mir schonn immer selbs' ausgesucht. Alles klar? So, un' jetz' tüddeln Se sich no' einen. Ich meld' mich wieder.«

In aller Herrgottsfrühe wachte Toppe auf. Sein Mund war ausgedörrt, aber er hatte keine Kopfschmerzen. Eine Stimme hatte ihn geweckt, nein, es waren zwei Stimmen gewesen.

»Ganz ruhig«, flüsterte er und zwang sich liegenzubleiben. Er horchte, aber alles blieb still.

Eine Flasche Wasser jetzt, das wäre gut.

Auf dem Weg zur Küche waren die Stimmen auf einmal wieder da, die Sätze in seinem Kopf: der Pastor von Bimmen: ›Haben Sie das denn nicht in der Zeitung gelesen?‹ Und dann Ackermann: ›... habbich schonn gedacht, wie ich dat am Freitach inne Zeitung gelesen hab'.‹

Toppe knipste die Küchenlampe an, holte Mineralwasser aus dem Kühlschrank, setzte sich an den Tisch und nickte zufrieden. Morgen würde er hier nicht auf dem Präsentierteller sitzen. Es gab einiges zu tun.

19

»Helmut, du? Ich habe schon zigmal im Präsidium angerufen, aber die erzählen mir, du wärest in Urlaub gefahren. Ich wollte mich schon bei dir zu Hause melden.« Zum Glück war Karin Hetzel in der Redaktion.

»Ich habe auch Urlaub, gewissermaßen, aber ich fahre nicht weg.«

Die Luft war zum Schneiden dick; auf den meisten Schreibtischen qualmten in proppevollen Aschenbechern halbgerauchte Zigaretten und angekokelte Filter vor sich hin. Wie konnte man in diesem Mief auch nur einen klaren Satz formulieren? Aber den vier Journalisten an ihren Plätzen schien das nichts auszumachen.

Karin erriet seine Gedanken. »Du befindest dich in der letzten Raucheroase Westeuropas. Aber ich muß gestehen, daß es manchmal sogar mir zuviel wird. Was gibt's? Kann ich dir helfen?«

»Ja, kannst du. Ich würde gern mal in euer Archiv, wenn das geht. Rein privat, wohlgemerkt.«

Sie lachte. »Rein privat, natürlich. Erzähl das deiner Großmutter! Was ist eigentlich los bei euch? Die Spatzen pfeifen von den Dächern, daß in Bimmen ein Polizist angeschossen worden ist. Als wir bei euch nachfragen, wird uns erzählt, es handele sich um eine sehr sensible Phase der Ermittlung, man bitte um Verständnis und Zurückhaltung.«

Ach nein, wie interessant, dachte Toppe. Wäre doch nett gewesen, man hätte mich darüber auch informiert.

»Weißt du, wie man so was nennt? Nachrichtensperre!« ereiferte sich Karin. »Das gab's auch noch nie. Haben wir es etwa mit der Mafia zu tun, oder was?«

Toppe lachte nur.

Sie legte den Kopf schief. »Ich weiß was, ich komme mit dir ins Archiv. Vielleicht kann ich mir dann alles selbst zusammenreimen.«

Aber Toppe schüttelte den Kopf. »Wenn ich dir verspreche, daß du die ganze Geschichte zu gegebener Zeit exklusiv kriegst, könntest du dann deine Neugier noch zügeln?«

»Möglicherweise, ich könnte es wenigstens versuchen.«

Er fand recht schnell, was er bestätigt haben wollte: Über alle drei Opfer war an den Tagen vor den Attentaten in der Presse berichtet worden, groß aufgemachte Artikel, viel Lob, viel Ehr'.

Das war ein verbindendes Element, ein Muster, in das sich auch Glöckner perfekt einfügte. Alle drei sollten auf einer Veranstaltung mit viel Öffentlichkeit in irgendeiner Weise geehrt werden.

Eulenspiegel hatte genau gewußt, womit er sie in die Falle locken konnte: Er hatte sie mit seinen Anrufen bei ihrer Eitelkeit gepackt. Eitel waren sie alle: Geldek war vollkommen überzeugt gewesen, daß er in dieser namhaften Zeitschrift erscheinen sollte, Birkenhauer hatte nicht einmal seiner Frau von dem Anruf erzählt, weil er sich nicht blamieren wollte, und Glöckner hatte, wenn man Ackermann hörte, überdeutliche Symptome von Selbstliebe gezeigt.

Kannte Eulenspiegel seine Opfer persönlich? Oder hatte er sie tatsächlich willkürlich nach den Presseartikeln rausgesucht?

Toppe trug die Zeitungen wieder zum Regal zurück.

Auch über ihn selbst hatte ja dieser Lobartikel in der Zeitung gestanden, auch auf ihn ... nein, er fügte sich da nicht so recht ein. Er sollte nicht geehrt werden, es hatte keine Öffentlichkeit gegeben, und vor allem waren es zwei Attentate gewesen – bis jetzt.

Karin Hetzel saß im Mantel und rauchte. Sie war allein. »Eigentlich müßte ich längst unterwegs sein, aber ich konnte meine Neugier doch nicht zügeln. Hast du gefunden, was du gesucht hast?«

»Ja«, antwortete er und faßte einen Entschluß. »Darf ich mich noch ein paar Minuten setzen?«

Die Zigarette in den Mundwinkel geklemmt schälte sie sich aus ihrem Mantel. »Nur zu, nimm Platz.«

»Wenn du Eulenspiegel wärst, wo würdest du als nächstes zuschlagen?«

»Privater Natur, wie?« Sie schmunzelte, und um ihre Augen erschien ein Kranz fröhlicher Fältchen.

Auch Toppe lächelte. »Ich könnte deine Hilfe gut gebrauchen. Nur, vorerst müßte alles unter uns bleiben, sonst kann ich mir umgehend meine Papiere holen.«

Sie faßte über den Tisch hinweg nach seiner Hand und drückte sie. »Okay, ich schreibe keine Silbe, bevor du mir nicht grünes Licht gibst. Können wir uns darauf einigen?«

»Ja. Es ist mir viel lieber, wenn ich mit offenen Karten spielen kann«, erwiderte er ihren Händedruck. »Dann muß ich mich nicht so verrenken.«

»Du kannst dich auf mich verlassen.«

Er schilderte ihr, auf welchen Zusammenhang er gestoßen war, daß Eulenspiegel seiner Meinung nach wieder zuschlagen würde, und zwar auf einer größeren Veranstaltung.

»Darüber haben wir in der Redaktion auch schon diskutiert. Also, ich würde mir an seiner Stelle ›Moyland‹ aussuchen.«

»Ach ja, natürlich«, sagte Toppe. »Das müßte bald so weit sein. Nächste Woche?«

»Am 24., und da hätte Eulenspiegel so viel Öffentlichkeit wie nie zuvor.«

Das alte geschichtsträchtige Wasserschloß Moyland in Bedburg-Hau, das seit dem Krieg immer mehr verfallen war, hatte endlich eine neue Bestimmung bekommen: Es sollte in Zukunft eine Kunstsammlung beherbergen, vor allem eine bedeutende Beuys-Sammlung und das weltweit einzige Beuys-Archiv. Deshalb war das Schloß in den letzten Jahren mit großem Aufwand instandgesetzt worden, zu einem Großteil vom Land finanziert. Die Eröffnung war als Spektakel mit zahllosen Prominenten aus Kultur und Politik angekündigt. Sogar die Königin der Niederlande war geladen.

»Kommt Beatrix denn jetzt?« fragte Toppe.

»Nein, nein, soweit ich gehört habe, ist die Promiliste inzwischen deftig geschrumpft. Das Interesse scheint geringer zu sein als erwartet.«

Toppe schaffte es, die Redaktion normalen Schrittes zu verlassen, auch wenn es weh tat. Aber daß er der angeschossene Polizist war, mußte Karin Hetzel jetzt noch nicht unbedingt wissen.

Die nächste Telefonzelle befand sich vor dem *Schätzlein*-Markt, aber er hatte keine Telefonkarte. Wozu auch? Normalerweise hatte er sein mobiles Diensttelefon bei sich.

Also ging er langsam die Stadt hoch zur Post. An der linken Seite hatten zwei neue Läden aufgemacht. Er war ewig nicht in der Stadt gewesen. Wann hatte er schon mal Zeit dafür? Seit Jahren arbeitete er meist mehr als fünfzig Stunden in der Woche. Heute fragte er sich zum ersten Mal, warum eigentlich und für wen.

Etwas anderes drängelte sich in seine Gedanken: Was hatte Eulenspiegel von seinen Attentaten? Was brachte es ihm, wenn er die Leute bloßstellte, verletzte, sogar ihren Tod riskierte?

Es war Astrid, die den Hörer abnahm.

»Bist du gerade schwer beschäftigt?«

»Eigentlich halte ich hier nur die Stellung. Du bist in einer Telefonzelle? Was ist denn los?«

Sie hörte gespannt zu.

»Moyland? Das ist witzig. Genau dasselbe hatten wir uns eben auch überlegt, das heißt, eigentlich kam Ackermann heute morgen mit der Idee. Norbert hat schon mit dem zuständigen Öffentlichkeitsmenschen gesprochen und wollte eben los, um sich die Gästeliste zu holen und ein paar Takte zu reden, aber da tauchten zwei Typen vom BKA hier auf. Die sitzen jetzt mit Walter und Norbert in deinem Büro und sammeln unsere Ergebnisse ein.«

»Tust du mir einen Gefallen?«

»So gut wie jeden, das weißt du doch.«

»Frag Walter mal, ob ich mir bei ihm zu Hause ein paar Bücher ausleihen darf. Und ob seine Frau da ist.«

»Nur wenn du mir sagst, was in deinem Kopf vorgeht.«

»Du verwechselst da was. Ich habe von einem Gefallen gesprochen, nicht von einem Handel, um das schlimmere Wort zu vermeiden.«

»Ich warte ...«

»Ich möchte nur was über Serientäter nachlesen.«

»Das ist einleuchtend. Bleib dran!«

Als sie wieder an den Apparat kam, lachte sie leise. »Die haben vielleicht blöd geguckt, die wichtigen Herren. Natürlich dachten die, es brennt, als ich mitten in die Sitzung platze. Und dann so was! Also, ich soll dir sagen, du kannst jedes Buch nehmen, das du brauchst. Seine Frau wäre zwar nicht zu Hause, aber du könntest einfach reingehen. Der Schlüssel liegt unter der Fußmatte.«

»Und so was schimpft sich Polizist!«

»Die Meinhard ist übrigens nicht damit einverstanden, daß man uns den Fall komplett aus der Hand nimmt. Sie ist heute früh nach Düsseldorf gestartet, von Kopf bis Fuß in kühlem Marineblau, und vermutlich hatte sie in Chanel gebadet.«

Den ganzen Nachmittag verbrachte Toppe zu Hause an seinem Schreibtisch und fühlte sich wohl dabei. Er las über Kürten und Bartsch und arbeitete sich langsam vor bis zu den grundsätzlichen Merkmalen eines ›sadistischen Gewalttäters‹.

Es tat gut, mal nicht am Bildschirm zu sitzen, sondern einfach nur Stift und Papier vor sich zu haben, zu schreiben und durchzustreichen und kryptische Zeichnungen an die Ränder zu malen, während er nachdachte.

Zwei Typen von sadistischen Tätern gab es. Der erste – unkontrolliert und asozial – fiel schon mal gleich flach. Von ›rasender Wut‹ konnte bei den Attentaten nicht die Rede sein. Auch sonst paßte nichts.

Es mußte sich also um den zweiten Typ handeln: kontrolliert und nicht-sozial. Diese Täter waren nach außen unauffällige, oft sogar höfliche Zeitgenossen, obwohl sie in ihrem Inneren Menschen eigentlich ablehnten und eine verantwortungslose, egoistische Einstellung hatten.

Da war die Rede von überkontrollierter Aggressivität. Einerseits waren diese Leute eher gehemmt und scheu, und ihre Umgebung beurteilte sie deshalb positiv, aber auf der anderen Seite waren sie höchst aggressiv, und dieses Verhalten wurde immer intensiver und sadistischer, die Tatzwischenräume wurden immer kürzer. Vor der Tat durchlebten sie intensive sadistische Phantasien, und ihre eigentliche Motivation war Feindseligkeit auf der einen und ein starkes Machtbedürfnis auf der anderen Seite. Bei ihren Taten gingen sie äußerst clever und methodisch vor. Die Statistik zeigte, daß die meisten von ihnen überdurchschnittlich intelligent waren. Viele kamen aus einem gesicherten, vordergründig normalen Elternhaus, das sich jedoch zumeist durch emotionale Kälte und wenig Fürsorge auszeichnete.

Er war gerade bei der sexuellen Motivation angelangt, die ihn schon so lange beschäftigt hatte, als Astrid ins Zimmer kam.

»Wieso machst du kein Licht an? Es ist doch stockfinster.«

»Warte mal, warte, hier, hör mal: Bei sadistischen Serientätern findet man eine kognitive Grundlage der Bereitschaft zur Gewalt, nämlich die Auffassung, selbst Opfer zu sein und deshalb logischerweise das Recht zu haben auf Rache, auch wenn dadurch Menschen leiden müssen, die am persönlichen Schicksal des Täters überhaupt nicht schuld sind.«

»Ah ja.« Sie knipste die Stehlampe und das Licht am Schreibtisch an und fuhr ihm durchs Haar. »Ich habe die Gästeliste für Moyland mitgebracht. Wenn du dich mal kurz von deiner Psychologie loseisen könntest...«

»Wie spät ist es eigentlich?«

»Halb neun, und ich habe Hunger.«

Er klappte die Bücher zu. »Ich auch. Was ist geplant?«

Sie warf ihre Tasche auf den Sessel, ließ ihre Jacke fallen und umarmte ihn von hinten. »Nichts. Die ganze Bande ist ausgeflogen. Gabi hat einen Zettel in die Küche gelegt, sie käme nicht vor Mitternacht, und wo sich die

Brut rumtreibt, weiß der Himmel. Soll ich uns ein paar Brote überbacken?«

»Nicht schlecht«, rieb er seinen Hinterkopf an ihren Brüsten. »Noch besser allerdings kämen ›Astrids Spezialeier‹. Ich will Curry und Ananas und ganz dick Käse.«

Sie aßen am Schreibtisch, heute ohne Servietten und Rotwein, und dabei gingen sie die Gästeliste durch. Da stand offenbar schon wieder eine Ehrung an.

Weit kamen sie nicht, weil das Telefon sie unterbrach. »Ich gehe schon.«

Astrid mußte den Hörer einen halben Meter vom Ohr weg halten, so laut kreischte Ackermann. »Kommando zurück! Alles Kokelores mit de Gästeliste.«

»Was?«

»Ja! Können wer inne Tonne kloppen. Et gibt nämlich mehrere.«

»Mehrere was?«

»Mehrere Gästelisten. Ich dacht' auch erst, et hackt, aber da gibbet nich' nur eine vonne Stiftung, sondern au' noch eine vonne Staatskanzlei, un' wat weiß ich denn! Nur, dat ihr nich' glaubt, wir hätten dat Ufer schon vor de Nase. Reicht et, wenn ich euch dat alles morgen in die Hand drück'? Weil, ich mein', ich könnt auch jetz' sofort, aber die Mutti, Sie verstehen schonn, un' dat seh' ich ei'ntlich genauso.«

20

»Wenn wir uns alle einig sind«, faßte van Appeldorn zusammen, »dann sollte einer von uns sich auf die Socken machen. Freiwillige vor!«

Seine Laune war seit gestern um etliche Grade gestiegen.

Nachdem sie die verschiedenen Gästelisten durchgekämmt hatten, war ihre Wahl auf Carl op den Hoek gefallen, den Besitzer der Kunstsammlung und zukünftigen Direktor des Museums. Er sollte in einem Festakt bei der Eröffnung die Medaille des Landes Nordrhein-Westfalen erhalten.

»Ich fahre«, sagte Astrid. »Ich will mir das Schloß sowieso angucken. In der Ruine haben wir früher tolle Parties gefeiert. Bin gespannt, was die draus gemacht haben.«

Aber sie kam nicht dazu, sich in Ruhe umzusehen. Es herrschte eine heillose Hektik überall, und op den Hoek hatte überhaupt keine Zeit. Er nahm sie mit ins Schloßcafé, das offenbar schon fertig eingerichtet war und ließ seinen Blick kurz aber wohlwollend über ihren Körper schweifen. Wenn einer der Männer mit ihm gesprochen hätte, wäre er vermutlich ein wenig barscher gewesen.

Carl op den Hoek war über siebzig, aber nichts an ihm wirkte alt. Sein Haar hatte die Farbe von halbreifen Tomaten und stand unter der blauen Baskenmütze in störrischen Büscheln vom Kopf ab. Seine kleinen, kreisrunden Augen glitzerten rabenschwarz.

»Eulenspiegel? Wer soll das sein? Ich habe seit vielen Wochen keine Zeitung mehr gelesen, wie Sie sich wohl vorstellen können. Die Sammlung mußte transportiert, sortiert und gehängt werden und tausend andere Dinge. Selbst wenn in Rußland wieder ein Kernkraftwerk in die Luft geflogen wäre oder die Chinesen uns den Krieg erklärt hätten, ich wüßte es nicht.«

Astrid erläuterte ihm mit viel Geduld, was er wissen mußte. Sie wollte ihn nicht in Panik versetzen, aber ihm sollte schon klar sein, wie ernst die Sache war.

Es war mühsam, denn op den Hoek lief immer wieder zum Fenster und hatte seine Augen überall.

»Also gut«, meinte er schließlich, »ich habe verstanden: Wenn mich jemand anruft, weil er vor oder bei oder nach der Eröffnungszeremonie ein Interview oder etwas ähnliches mit mir machen will, dann soll ich mich umgehend bei Ihnen melden. Richtig? Nein! Geben Sie mir bloß keine Karte! Davon habe ich an die zweihundert Stück in sämtlichen Taschen.«

»Aber Sie brauchen unsere Nummer«, meinte Astrid ein wenig ratlos. »Irgendwo müssen Sie sich doch die wirklich wichtigen Dinge notieren.«

Er guckte genauso ratlos.

»Gibt es irgendwas, das Sie immer bei sich haben?«

Plötzlich grinste er schelmisch und zog die Baskenmütze vom Kopf. »Die lege ich nur zum Schlafen ab. Geben Sie mir Ihre Karte, ich kann sie innen unter das Etikett schieben.«

»Und Sie melden sich unmittelbar, versprochen? Nicht erst noch zehn Bilder aufhängen oder ein entspannendes Vollbad nehmen.«

»Versprochen.«

Sie zweifelte daran, daß er die Geschichte wirklich ernst nahm. Er hatte andere Sorgen – noch.

Toppe saß wieder über den Büchern. Sein Bild von Eulenspiegel wurde immer klarer. Ob ihnen das helfen würde, war ungewiß. Und natürlich konnte er falsch liegen, ganz falsch. Natürlich konnte es sich um Profis handeln.

Aber es war ihm egal, die Meinhard hatte ihn in Urlaub geschickt, und wie er sich in seiner Freizeit vergnügte, war einzig und allein seine Sache.

Er las noch einmal seine Notizen zur sexuellen Motivation von sadistischen Gewalttätern durch: Eine echte sexuelle Orientierung war ausgesprochen selten. Was auf den ersten Blick danach aussah, war vielmehr die Lust am Quälen des wehrlosen Opfers, die Freude an der Erniedrigung, das berauschende Gefühl von Macht.

Ihr Eulenspiegel hatte seine Opfer kränken, lächerlich machen wollen. Und wo hatte er sie gepackt? Da, wo alle drei Opfer am verletzlichsten waren. Bei ihrer Männlichkeit, dem Symbol ihrer Potenz.

Das FBI arbeitete seit langem mit standardisierten Täterprofilen, aber deren Kriterien schienen Toppe doch ein wenig überzogen. Trotzdem, warum sollte er es nicht einmal durchspielen?

Er suchte also nach einem männlichen Weißen, vermutlich zwischen 30 und 50 Jahre alt.

Wahrscheinlich lebte der Mann in keiner festen Beziehung, war ein selbstbezogener Einzelgänger, der keinerlei Rücksicht auf die Bedürfnisse anderer nahm.

Er hatte ein labiles Selbstwertgefühl und besonders vor den Taten ein extremes Gefühl des Versagens. Dabei nahm er das eigene Versagen als Teil einer ungerechten Welt wahr; nicht er selbst, sondern andere waren für sein Schicksal verantwortlich. Autoritäten traute er nicht und schätzte sie gering.

Toppe lachte laut auf: Wenn man dieses Portrait in seinen Formulierungen abschwächte, traf es auf eine ganze Menge Leute zu, die er kannte. Und wenn er nicht aufpaßte, bald sogar auf ihn selbst.

Ächzend streckte er sich und zündete eine Zigarette an. Alles könnte so wunderbar zusammenpassen, wären da nicht der Postraub und dieses dämliche Isolierband.

Wie sagte Ackermann immer? Höchste Zeit, die kleinen, grauen Zellen ins Spiel zu bringen.

Von der Wiese drang das klägliche Blöken der Lämmer in sein Zimmer. Mist, er hatte vergessen, sie zu tränken. Noch immer in Gedanken stapfte er in die Küche und füllte einen Eimer mit Wasser. Drüben am Waldrand, gleich am Ende des Weges, stand eine staubige, schwarze Limousine. Zu sehen war niemand.

Sicher nur ein paar Spaziergänger.

An einem Morgen mitten in der Woche?

Müssen Rentner sein.

In einem amerikanischen Schlitten?

Er schleppte den Eimer zur Vordertür; in zwei Minuten konnte er wieder drinnen sein.

Als er vor das Haus trat, rollte Astrids Wagen auf den Hof.

»Ich bin auf dem Rückweg von Moyland.« Zusammen gingen sie über die Obstwiese zum Wassertrog.

»Wir glauben, op den Hoek könnte das nächste Opfer sein. Was denkst du?«

Toppe stellte den Eimer ins Gras und runzelte die Stirn. »Op den Hoek? Glaub' ich nicht. Das scheint doch ein anständiger Kerl zu sein.«

»Schon, aber er ist der einzige, der eine offizielle Ehrung kriegen soll.«

»Mag sein, aber er paßt nicht. Birkenhauer, Geldek und Glöckner sind allesamt faule Eier, und deren Auszeichnungen waren allesamt reine Farce.«

»Ich weiß, aber es könnte doch sein, daß op den Hoek irgendwo auch ein paar Schmutzflecken auf seiner weißen Weste hat. Ackermann ist schon dabei, sich umzuhören, und ich wollte gleich mal ins Zeitungsarchiv und sehen, was ich so über ihn finden kann.«

Toppe nahm den Eimer wieder auf und goß das Wasser in den Trog.

»Ackermann hat schon wieder eine andere Gästeliste aufgetrieben«, sagte Astrid. »Er wollte heute abend mal bei dir vorbeikommen.«

Die ganze Woche über hatte es geregnet, aber seit gestern war der Himmel wieder unschuldig blau. Die Luft war noch ein wenig feucht, aber es war doch so warm, daß man selbst jetzt, als es schon auf Mitternacht zuging, noch draußen sitzen konnte.

Irgendwie war Toppe seine kleine Laubeneinweihung aus dem Ruder gelaufen. Er wußte bis jetzt nicht, was ihn geritten hatte, aber letzte Woche hatte er jeden, der ihm in den Sinn kam, angerufen und eingeladen, selbst die Nachbarn. Astrid und Gabi hatten ihn stillschweigend gewähren lassen, und ihm erst, als er vorgestern mit Schrecken die Zahl der Gäste überblickte, ihre Hilfe angeboten. Für mehr als ›die kleine Lösung‹ war keine Zeit gewesen: eine Suppe, Mettbrötchen, Käse, ein paar Fässer Bier, ein paar Kisten Wein. Strohballen zum Sitzen hatten sie beim Bauern geliehen, nur die Beleuchtung war ein Problem gewesen. Bei Fackeln und Lampions hatten sich ihnen die Haare gesträubt, aber es gab ja noch Jupp Ackermann, der sowieso jeden Abend bei Toppe im

Zimmer saß und brütete. Er hatte vormittags zahllose Lichterketten angeschleppt und aufgehängt, alle zusammengeliehen. Halb Kranenburg mußte seine Kartons mit der Weihnachtsdekoration aus dem Keller und vom Speicher geholt haben. Ein paar Biertische und Bänke hatte Ackermann auch gleich mitgebracht und auf der Tenne aufgestellt – »falls et ma' doch regnet ...« Nur er selbst konnte heute abend nicht dabei sein, Nadine hatte Abschlußball, »un' dat Kind geht mir über alles, auch wenn mir dat Herzken blutet.«

Toppe stand im Schatten gegen die Scheunenwand gelehnt und schaute zu. Er hatte mit jedem geredet, auch ein wenig getanzt, aber jetzt wollte er ein paar Minuten Ruhe.

Gabi und Henry saßen abseits vom allgemeinen Trubel auf einem Strohballen und knutschten wie Teenager. Gabi war nicht unbedingt klein, aber neben Henry wirkte sie wie ein Püppchen, ein sehr verliebtes Püppchen. Henry betete sie auf eine kindliche Art an, und sie schien das zu genießen, verkroch sich an seiner breiten Brust, verschwand wohlig in seiner Umarmung. So kannte Toppe sie nicht, es war ihm sehr fremd.

Oliver hatte Henry mit ziemlich großen Augen gemustert und irgendwas von ›Big Foot‹ und den Rocky Mountains gemurmelt und sich dann schleunigst verzogen. Vor zwei Jahren noch hätte er sich darum gerissen, auf einer Erwachsenenfete dabei sein zu dürfen.

Astrid saß zusammen mit Sofia unterm blühenden Birnbaum und unterhielt sich – eine Szene wie aus einem Gemälde.

Selbst Rother war der Einladung gefolgt und hatte allen seine Frau vorgestellt, eine auf den ersten Blick graue, auf den zweiten sehr nette Maus.

Van Gemmern war, wie immer, allein gekommen. Immerhin war er überhaupt gekommen, was Toppe schon für eine große Ehre hielt. Er stand, genau wie Toppe, allein an eine Wand gelehnt, hielt sich an seinem Glas fest und schaute zu. Von Zeit zu Zeit grinste er geheimnisvoll. Im Gegensatz zu Toppe stand er schon seit drei Stunden da.

Wim Lowenstijn hatte in den Schallplatten gewühlt und endlich das richtige gefunden: Tango! Zielstrebig ging er auf Karin Hetzel zu und forderte sie auf. Sie tanzten toll zusammen.

»Na, Alter, hängst du finsteren Gedanken nach«, kam eine Stimme aus dem Dunkel. Es war Arend Bonhoeffer.

»Eigentlich gucke ich nur.«

»Bist du sicher?« Arend reichte ihm ein Glas Wein.

»Danke. Ich weiß nicht. Ich bin mir bei gar nichts mehr sicher.«

»Na, nun rede schon. Ich warte seit Wochen darauf.«

Und obwohl er es gar nicht wollte, erzählte Toppe, wie es ihm ging und redete sich immer tiefer in seinen Frust hinein. »Aber das kannst du vermutlich nicht nachvollziehen«, endete er müde.

»So, kann ich nicht?« sagte Bonhoeffer barsch. »Denkst du tatsächlich, bei mir liefe das anders? Guck dir doch mal die neue Generation von Verwaltungschefs an, die sich jetzt überall an den Krankenhäusern breit macht. Ach was, neu, die sitzen schon ein paar Jahre auf ihren Posten, aber so langsam fängt die verbrannte Erde, die sie auf Schritt und Tritt hinterlassen, an zu stinken. Tipp mich an, und ich halte dir auf der Stelle einen von diesen hohlen Pseudovorträgen über Qualitätsmanagement und Standardsicherung. Obwohl ich mich nach Kräften bemühen müßte, nicht zu kotzen. Diese ganzen Möchtegern-Manager: alles nur schlecht verkleidete Diktatoren: Das Team bin ich! Begrenzt, fixiert auf ihren kleinen Blickwinkel, ausgebildet, doch ohne jegliche humanistische Bildung, dafür aber mit viel Macht, die ihnen zu Kopf steigt.«

»Arend!« Toppe blieb die Spucke weg. »Ich habe noch nie erlebt, daß du dich wirklich mal aufregst.«

»Ich rege mich auch höchst selten auf, weil es sich nicht lohnt. Aber so langsam habe ich die Nase gestrichen voll. Was in diesem Land abgeht, ist aberwitzig!«

»Na ja«, meinte Toppe, »aber du bist wenigstens Chefarzt. Du bestimmt noch selbst, wo's langgeht, wie deine Abteilung laufen soll.«

»Schön wär's.« Bonhoeffer lachte bitter auf. »Chef? Abteilungsleiter bin ich und genauso eine Marionette wie du. Kleine Abteilungen wie meine sollen jetzt ausgelagert werden. Das unternehmerische Risiko sollen wir jetzt selbst tragen, auch für notwendige Investitionen sind wir zuständig, aber unsere Gewinne werden weiterhin ans Haus abgeführt.« Er trank einen Schluck. »Du siehst, mir geht es auch nicht besser.«

Toppe nickte. »Was mich am meisten fertig macht, ist dieser bekloppte Ansatz. Guck dir an, was an den Schulen passiert. Die sollen jetzt funktionieren wie Wirtschaftsunternehmen. Daß es da vielleicht auch um Pädagogik geht, um Kinder, das interessiert nicht mehr. Das ist nur hinderlich. Und bei dir im Krankenhaus scheint's ja nicht besser zu sein. Es gibt einfach Bereiche, die lassen sich nicht funktionalisieren und automatisieren, nämlich die, in denen es um Menschen geht.«

»Wie in deinem Beruf auch«, bestätigte Bonhoeffer.

»Und wenn du den Mund aufmachst, rennst du gegen Betonwände.«

»Was ist das denn hier?« Lowenstijn stand da mit Karin Hetzel im Arm. Er hatte seine Tweedjacke gegen einen weichen irischen Pullover vertauscht. »So eine Art Klagemauer?«

Toppe und Bonhoeffer grinsten nur und prosteten ihm wie auf Kommando zu.

»Was ich dich eigentlich fragen wollte, Helmut, du bist doch, wenn man es so nennen will, im Urlaub. Ich brauche Hilfe.«

Lowenstijn hatte endlich ein passendes Haus gefunden, eine Jugendstilvilla in Hochelten. Sie wurde gerade renoviert, und er wollte bald einziehen. »Ich brauche dann einen kräftigen Mann zum Möbelschleppen.«

»Klar, mach ich gern. Du mußt nur anrufen. Wirst du weiter in Nimwegen arbeiten?«

»Ich weiß noch nicht«, meinte Lowenstijn und spielte an Karins Halskette herum. »Kann sein, daß ich bald auf Privatier mache. Kleinere Ermittlungen für reiche Bonzen.«

Karin legte ihre Hand um die Kette und zog sie vorsichtig weg. »Mich kannst du auch anrufen, wenn du Hilfe brauchst. Ein holländischer Millionenerbe in einer Villa in Elten mit einem englischen Butler. Da könnte man eine gute Geschichte draus machen.«

»Ich rufe dich bestimmt an, wenn ich Hilfe brauche.« Lowenstijn sah ihr tief in die Augen.

21

Die Zeit der Krisensitzungen brach an.

Die Chefin hatte in Düsseldorf kein Glück gehabt. Ihr Argument, es sei widersinnig, für viel Geld eine Modellbehörde einzurichten, die über alle Möglichkeiten verfügte, und ihr dann den ersten großen Fall gleich wegzunehmen, war abgeschmettert worden: In Kleve würde es wohl kaum noch etwas zu ermitteln geben.

Zurück im Präsidium machte sie ihrem Ärger darüber erst einmal gehörig Luft und stieg damit beträchtlich in van Appeldorns Achtung, sie wurde ihm richtig sympathisch – auch er war schon immer ein schlechter Verlierer gewesen.

Er hatte fest mit ihrem Widerstand gerechnet, was seine Pläne für Moyland anging, aber jetzt trat das genaue Gegenteil ein: Charlotte Meinhard war Feuer und Flamme. Sehr richtig, man dürfe sich zu diesem Zeitpunkt nicht darauf verlassen, daß es keine weiteren Attentate geben würde. Und sofort berief sie die erste Krisensitzung ein.

Van Appeldorn besorgte Pläne vom Schloß und von der Parkanlage. Ein Sicherheitskonzept wurde erarbeitet.

Man würde sämtliche verfügbaren Polizisten brauchen, denn das Gelände war groß und unübersichtlich, und sie wollten in drei Schichten arbeiten, schon am Freitag mit der Bewachung beginnen.

Der Ministerpräsident, der als Schirmherr anwesend sein würde, war inzwischen offenbar über die Attentate in Kleve informiert und zeigte sich besorgt.

Zwei Krisensitzungen mit seinen Sicherheitsbeamten wurden anberaumt. Der Landesvater bekam eine Kopie des Sicherheitskonzeptes, vier Leibwächter wurden ihm zugeteilt, dann erst war er einigermaßen beruhigt.

Die Meinhard hatte offensichtlich dazugelernt: Sie ordnete für alle Polizeibeamten Zivil an. Auf einer Sitzung wurde die Kleiderordnung festgelegt. Das folgende Treffen war die einzig echte Krisensitzung: Nicht jeder Polizist besaß einen dunklen Anzug, nicht jede Beamtin ein schwarzes Kostüm oder Kleid. Man war ja gern bereit, sich die entsprechenden Dinge zu kaufen, aber wer übernahm die Kosten? Und durften die Beamten, die draußen ihren Dienst taten, einen Mantel tragen, und mußte der auch »fein« sein?

Am Mittwoch entschloß sich die Chefin, das BKA über ihre Pläne nicht in Kenntnis zu setzen und berief statt dessen zwei Sitzungen ein; auf der ersten erhielt jeder einzelne Beamte noch einmal die genauen Instruktionen und durfte sie im Anschluß sogar in schriftlicher Form mit nach Hause nehmen. Die zweite Sitzung fand im K 1-Büro mit dem eigentlichen »Krisenstab« statt, der sich aus van Appeldorn, Astrid, Flintrop, Heinrichs und der Meinhard zusammensetzte. Sie begann mit der Frage: »Haben wir irgend etwas übersehen?« und endete mit der Feststellung: »Es kann eigentlich nichts schiefgehen.«

Schloß Moyland würde besser bewacht sein als die Bank von England.

In diesen Tagen war Toppe überhaupt nicht traurig über seinen Zwangsurlaub. Meistens schlief er lange, und auch am Donnerstag wurde er erst wach, als er den Briefkasten klappern und den Postmann frohgemut pfeifen hörte. Es war fast Mittag.

Als er den Briefkasten öffnete, fiel ihm der große, braune Umschlag schon entgegen. Ein gepolstertes Kuvert, an ihn adressiert, mit dem Vermerk *persönlich*, kein Absender.

»Denken Sie an Briefbomben.« Der Poststempel war leicht verwischt, und Toppe konnte nicht entziffern, wo der Umschlag aufgegeben worden war. In seinem Schreibtisch hatte er eine Lupe. *Bonn 1* las er.

Und was machte er jetzt mit dem Ding? Es fühlte sich ganz weich an, und ticken tat es auch nicht. Er griff zum Telefon und hatte Glück: Van Gemmern war im Labor.

»Schütteln Sie das Teil nicht, drücken Sie nicht darauf herum, und machen Sie es auf keinen Fall auf. Nehmen Sie es sanft, legen Sie es vorsichtig in Ihr Auto und kommen Sie sofort hierher.«

Toppe kam sich ein bißchen dämlich vor, besonders als er durch die Wache marschierte, den Brief wie ein dickes, rohes Ei in den Händen. Die Kollegen waren so perplex, daß ihnen keine Kommentare einfielen.

Van Gemmern wartete schon in der Tür zum Labor und nahm den Umschlag mit sicherem Griff. »Ich will, daß Sie draußen bleiben!«

Toppes Protest ignorierte er. Er schloß einfach die Tür und verriegelte sie.

Es dauerte, und Toppe fing langsam an zu schwitzen, aber dann erklang lautes Gelächter aus dem Labor. Gott sei Dank, falscher Alarm!

»Wenn es Ihnen nur nicht leid tut, daß Sie das Päckchen hergebracht haben«, feixte van Gemmern, als er aufschloß.

Auf dem Tisch lagen ein dickes Bündel Geld und ein Blatt Papier.

Van Gemmern hielt Toppe ein Paar Gummihandschuhe hin, die er folgsam überzog, bevor er den Brief hochnahm.

Ein kleines Geschenk für den Herrn Hauptkommissar. FANGEN SIE EULENSPIEGEL! Unser Honorar wird noch einmal doppelt so hoch sein. Ihre russischen Freunde.

Toppe ließ das Papier auf den Tisch fallen und rieb sich die Augen. Die Gummihandschuhe ziepten an seinen Wimpern und Brauen.

»Fünfzigtausend Mark!« Van Gemmern war mit dem Zählen fertig und guckte sich jetzt den Brief an. »Computerdruck. Wir leben in schlechten Zeiten, Toppe. Die alten *Underwoods* und *Olivettis* mit einem verwischten ›E‹ oder dem leicht verschobenen ›K‹ sind endgültig passé. Aber vielleicht finde ich Fingerspuren.«

Toppe nickte geistesabwesend und ging hinaus. Erst als er schon vor Meinhards Büro stand, merkte er, daß er immer noch die Handschuhe trug. Er pulte sie von den Fingern und stopfte sie in die Hosentaschen.

Charlotte Meinhard war heute leger in Jeans und Seidenpulli, aber ihre entspannte Miene wurde schlagartig streng, als Toppe hereinkam.

»Was wollen Sie denn hier?«

»Darf ich mich setzen?«

Ihre Handbewegung in Richtung Stuhl war keine Einladung.

Er setzte sich bequem, schlug lässig die Beine übereinander, kam sich dann aber sofort albern vor. Es war zu billig, sich auf ihr Spiel einzulassen, außerdem half es keinem. Sein Bericht war dann sachlich und knapp auf die Fakten beschränkt.

Daß ihr der Mund nicht offenstand, war auch schon alles. »Das ist doch wohl ein Scherz! Es muß sich um einen Witzbold handeln.«

»Ein Witzbold, der fünfzigtausend Mark verschenkt? Ach kommen Sie, Frau Meinhard, lassen Sie uns endlich normal miteinander reden. Wir sind beide vom Fach, wir wissen, was das eigentlich nur bedeuten kann: Eulenspiegel ist ein Einzeltäter. Was auch immer sein Motiv sein mag. Durch unsere Ermittlungen sind wir der Russenmafia in die Quere gekommen, und darauf sind die nicht scharf. Die wollen weiter ihre Geschäfte machen, und deshalb muß Eulenspiegel endlich von der Bildfläche verschwinden.«

Die Kämpfe, die sie mit sich austrug, standen ihr ins Gesicht geschrieben, aber die letzte Kurve kriegte sie dann doch nicht. »Und wie paßt, bitte schön, der Postraub in Ihr Modell?«

Er gab es auf. »Der Postraub ist für mich bis jetzt nur eine Kopie von dem Raub in Dormagen. Und zwar eine schlechte. Was hätten die Täter zum Beispiel gemacht, wenn der Postfahrer einfach zurückgesetzt hätte? Wollen Sie meine persönliche Meinung hören? Es gibt keinen Zusammenhang zwischen dem Postraub und den Attentaten.«

»Gibt es also nicht? Und was ist mit dem Isolierband?«

Toppe stand auf. »Ja, ich weiß, das ist noch eine Schwachstelle.«

»Und wenn der Postraub eine Kopie ist«, fuhr sie unbarmherzig fort, »waren es dieselben Täter, nur nachlässiger? Oder hat jemand anderes von dem Raub in Dormagen gehört? Wer?«

»Gute Fragen«, bestätigte Toppe. »Daran arbeite ich noch.«

»Sie arbeiten an gar nichts, wenn ich Sie erinnern dürfte.«

Toppe hob in gespielter Demut die Hände, wandte sich zur Tür und lief in van Gemmern hinein.

»Ich habe Fingerspuren auf dem Briefbogen gefunden, alle von derselben Person, identisch mit einem Abdruck auf der Briefmarke. Wenn Sie gleich mitkommen, können wir uns zusammen um den Abgleich kümmern. Möglich, daß wir etwas in der Kartei finden.«

Toppe fletschte die Zähne. »Haben Sie's vergessen, Klaus? Ich arbeite nicht. Ich gehe nach Hause und warte auf Briefbomben und Kunstschützen. Schönen Tag noch.«

Am Freitag mittag um kurz nach zwölf, als die erste Sicherheitsschicht sich gerade auf den Weg gemacht hatte, rief ein Mann beim K 1 an.

»Ich hätte gern die junge Kommissarin gesprochen.«

»Frau Steendijk?« fragte Heinrichs. »Die ist im Augenblick leider nicht hier, aber vielleicht kann ich Ihnen helfen.«

»Weiß ich nicht. Sie hat gesagt, daß ich mich bei ihr melden soll.«

Heinrichs setzte sich aufrecht. »Sind Sie Herr op den Hoek?«

»Ganz recht.« Es klang ein bißchen verwundert. »Und wann kann ich die junge Frau erreichen?«

»Sie ist gerade auf dem Weg nach Moyland, aber bitte, erzählen Sie mir, was los ist. Wir arbeiten hier alle gemeinsam an der Sache. Haben Sie einen Anruf gekriegt?«

»Ja, genau. Vor zehn Minuten hat mich eine Zeitung angerufen. Die wollen ein Interview mit mir machen, morgen früh um zehn, also eine Stunde vor dem Festakt. Draußen im Park, beim Laubengang.«

»Welche Zeitung war es denn?«

»Das habe ich leider nicht verstanden.«

»War der Anrufer ein Mann?«

»Ja, doch, es war ein Mann. Und ich habe so getan, als wäre alles normal. Ich habe dem Interview zugestimmt. Ich hoffe, das war richtig.«

»Das war goldrichtig, Herr op den Hoek. Und machen Sie sich keine Sorgen. Ich werde Frau Steendijk benachrichtigen. Sie kann Ihnen dann gleich erzählen, wie wir vorgehen wollen.«

»Ich mache mir keine Sorgen. Dazu habe ich gar keine Zeit. Wenn Ihre Kollegin nicht so reizend wäre, hätte ich diese obskure Geschichte wahrscheinlich längst vergessen. Adieu!«

22

Astrid war nervös.

Schon lange bevor es Zeit wurde loszufahren, saß sie in Festmontur bei Toppe im Zimmer und wartete. Ihr Haar hatte sie hochgesteckt; sie sah sehr damenhaft aus.

»Mußt du wirklich unbedingt hinkommen?« maulte sie.

Toppe hatte Mühe mit seinem Krawattenknoten und antwortete nicht.

»Ich hab Angst um dich, verdammt!«

»Mußt du nicht. Denk doch mal logisch. Eulenspiegel rechnet doch gar nicht mit meiner Anwesenheit. Und außerdem geht ihr doch davon aus, daß er es auf op den Hoek abgesehen hat.«

»Ach«, meinte sie nur wegwerfend. »Wie willst du überhaupt reinkommen? Karten für den Innenbereich haben nur die Promis.«

»Und die Presse«, grinste Toppe und clippte sich ein in Folie geschweißtes Kärtchen ans Revers. »Karin hat mir einen Presseausweis besorgt. Was ist eigentlich mit dem gemeinen Volk?«

»Für die Normalbürger sind auf den Wiesen vor dem Park zwei gigantische Videowände aufgebaut. Der Festakt und die Reden werden live übertragen. Erst ab morgen ist das Museum für normale Besucher geöffnet.«

»Wie geschickt«, brummte Toppe. »Zurück zur Klassengesellschaft! Das dürfte böses Blut geben. Wer denkt sich so einen Schwachsinn aus?«

»Ich find's auch mies«, meinte Astrid achselzuckend, »aber uns kommt das sehr gelegen. Alles ein bißchen übersichtlicher.«

»Und was wird mit den Leuten vom Festzug. Sollten da nicht Schützenbruderschaften und Reitervereine aufmarschieren?«

»Die dürfen auch nicht rein, aber für die gibt es auf den Wiesen ein Freigetränk, so weit ich weiß.«

Toppe schüttelte nur den Kopf. »Laß mich noch mal einen Blick auf deinen Plan werfen.«

Astrid faltete die Zeichnung vom Schloßpark auseinander.

Der Platz für das Interview war mit einem roten Punkt markiert. Bei den Büschen rundherum, den Vorsprüngen der Schloßmauern waren Kürzel eingetragen. Toppe zeigte auf den Busch, der dem roten Punkt am nächsten war.

»S. S. – wer soll das sein?«

»Schuster und Schumacher.«

»Diese Pfeifen? Dann ändere das doch lieber gleich in SOS. Wie konntest du das zulassen? Du bist doch im Krisenstab.«

»Flintrop ist für den äußeren Bereich zuständig, und der hält die beiden für fähige Leute. Sie schießen auch am besten.«

»Fragt sich nur, auf wen. Die sind doch viel zu jung. An so eine exponierte Stelle gehört Flintrop selbst, zum Beispiel.«

»Der Krisenstab ist nur für die Koordination zuständig.«

Er sah sie lange an. »Und so was macht ihr mit?«

»Mehr oder weniger, leider ... Ich fahre jetzt los. Ich hab keine Ruhe mehr.«

Toppe rollte langsam am Festaufzug vorbei, der sich gerade formierte, an geschmückten Pferden und Kutschen und kostümierten Menschen.

Ein paarmal mußte er den Schupos seinen Presseausweis zeigen, aber die meisten erkannten den Kommissar und winkten ihn durch.

Auf dem Museumsparkplatz stand ein großer Ü-Wagen vom WDR, mehrere andere Fernsehteams liefen herum und sammelten erste Eindrücke.

Am Schloß wimmelte es nur so von elegant gekleideten Leuten. Toppe grüßte immer wieder, stutzte einige Male, weil er manche auf den ersten Blick nicht einordnen konnte. Viele Kollegen kannte er nur in Uniform.

Astrid stand auf der Brücke über den Burggraben und gab, wie er an ihren Gesten erkennen konnte, Anweisungen. Schwarzbefrackte schlugen sich ins Gebüsch, verschwanden unterhalb der Brücke.

Im Innenhof waren Tribünen und Rednerpult aufgebaut.

Vierzehn Minuten vor zehn. Ein quirliger, altersloser Karrottenkopf schob sich ins Bild, sprach mit Astrid, nickte. Das mußte op den Hoek sein.

Am rechten vorderen Turm wurde im zweiten Stock ein Fenster geöffnet, und van Appeldorn schaute heraus.

Eine schwarze Limousine mit getönten Scheiben hielt an der rechten Vorburg. Drei Männer in dunkelblauen Anzügen, die sich im Bereich der linken Brust mächtig vorwölbten, sprangen heraus und liefen in den Park. Das waren wohl die Sicherheitsleute aus Düsseldorf.

Endlich entdeckte er Ackermann. Er stand hoch oben auf der Eingangstreppe im Innenhof und winkte wie verrückt, als er Toppe jetzt sah. Na, dann los!

Ackermann hatte ein wirklich großartiges Versteck ausgemacht: Das Kunstwerk stand keine zwanzig Meter vom Interviewplatz entfernt, ein riesiger, blau lackierter Hirsch aus Metall. Ein trojanischer offenbar, denn Toppe und Ackermann fanden bequem Platz in den hohlen Vorder- und Hinterbeinen.

»Machen Se bloß nix kaputt, Chef«, flüsterte Ackermann in seiner üblichen Lautstärke. »Ich hab dat hier nämlich von niemand genehmigen lassen.«

Toppe lachte leise und sah sich um. »Nie im Leben wird Eulenspiegel an dieser Stelle zuschlagen. Wie sehen Sie das, Ackermann?«

»Da müßt' er schonn bekloppt sein, un' dat isser nich'.«

»Eben!«

Ohne große Mühe konnte Toppe die Kollegen in den Büschen ausmachen. Schuster und Schumacher quetschten sich unter einem Rhododendron dicht aneinander.

Ein Funkgerät knarzte.

Da kam op den Hoek den Weg entlang und keine fünfzig Meter hinter ihm ein jüngerer Mann und eine Frau, die eine Kameratasche über die Schulter gehängt hatte.

»Wann sollen wir denn jetzt was tun?« fragte Schumacher nervös.

Schuster ruckte mit dem Kopf zur Seite; er haßte es, wenn ihm jemand ins Ohr atmete.

»Mach dir nicht in die Hosen, Mann!«

Und dann passierte – nichts.

Dreizehn Minuten lang stellten die Reporter op den Hoek Fragen, schossen ein paar Fotos und zogen wieder ab.

Op den Hoek stand einen Moment verstört da, schaute einmal herum und ging dann mit energischen Schritten zum Schloß zurück.

Schumacher krabbelte aus dem Rhododendron und betrachtete das dicke Funkgerät. »Und was machen wir jetzt mit dem Ding?«

Schuster guckte nicht hin. Er rieb an dem Lehmfleck auf seiner Hose herum.

»Wir sollen doch verdeckt ermitteln. Wir sollen so tun, als wären wir geladene Gäste. Aber mit diesem Teil? Das fällt doch auf.«

»Steck es dir einfach vorn in die Hose.«

Schumacher lachte anzüglich. »Vortäuschung falscher Tatsachen, wie?«

Schuster klopfte ein letztes Mal seinen Anzug ab. »Steck's in den Hosenbund und knöpf die Jacke zu. Was ist denn heute mit dir los? Komm endlich, wir müssen auf Position zwei.«

Auch Toppe und Ackermann kamen aus ihrem Versteck und wechselten einen einvernehmlichen Blick.

Die allgemeine Erleichterung war so groß, daß man sie fast greifen konnte.

Eulenspiegel war nicht gekommen.

Die meisten Polizisten zogen sich jetzt auf ihre Positionen im Schloß zurück. Noch war nicht alles ausgestanden. Für diesen Teil der Veranstaltung gab es keine Einzelanweisungen mehr. Lediglich aufmerksame Beobachtung war angesagt.

Der Festakt begann mit einer halben Stunde Verzögerung, und auch die Redner hielten sich nicht an die Zeitvorgaben, so daß der informelle Teil – Eröffnung des

Champagnerbuffets und anschließende Führung durch das Schloß in Kleingruppen – fast eine Stunde zu spät begann.

Ackermann und Toppe gingen in den Zwirnersaal, wo die höchste Klasse der Prominenz versammelt war, und holten sich ihr zweites Glas Sekt.

»Wat meinen Se, ham wer 't für heute?«

»Sieht ganz so aus«, antwortete Toppe muffig.

»Et wär' aber auch zu schön gewesen!«

Eine ältere Dame legte Ackermann von hinten die Hand auf die Schulter. »Daß ich Sie hier treffe! Wann kommen Sie denn endlich mal wieder und kümmern sich um unseren Garten?«

Ackermann drehte sich langsam um, und sie schlug sich auf den Mund. »Oh, entschuldigen Sie! Ich habe Sie mit jemandem verwechselt. Sie haben sich genauso angehört.« Dann buckelte sie einmal und verschwand im Gedränge.

»Ja, glaub' ich et denn?« meinte Ackermann. »Dat nimmt ja langsam Ausmaße an. Ich wußt' no' ga' nich', dat ich so 'ne Allerweltsstimme hab'.«

In diesem Moment ertönte ein tiefes, tierisches Brüllen, und es wurde totenstill. Schreckliches Gewimmer folgte, und die Menge drängte sich an den Wänden zusammen.

Ein Mann torkelte in den Saal. Beide Hände hatte er auf sein Geschlecht gepreßt. Blut quoll zwischen den Fingern hervor, rann die haarigen Beine hinab und sammelte sich in einer Lache auf dem Fußboden. Der Mann brüllte noch einmal wahnsinnig, dann kippte er um.

Ackermann stürzte los, bevor irgend jemand anderes sich rührte. »Draußen auffer Wiese is' dat DRK, un' da sind bestimmt auch Dokters«, schrie er Toppe über die Schulter zu.

»Und sonst sollen die Sanis den Notarzt verständigen«, rief Toppe ihm hinterher.

Plötzlich waren alle da. Astrid und Heinrichs beugten sich über das Opfer, van Appeldorn schickte die Leute aus dem Saal. Op den Hoek stand da wie gelähmt, seine

Pressereferentin schluchzte. Die Bodyguards hatten den Ministerpräsidenten sofort umzingelt und ihn hinausgebracht. Charlotte Meinhard lief ihnen nach.

Flintrop mißhandelte sein Funkgerät. »Alles abriegeln«, schrie er viel zu laut. »Engmaschige Kette!«

Kalkweiß im Gesicht kam van Appeldorn zu Toppe gestolpert. »Der hat ihm die Eier abgeschnitten. Komplett.«

»Ich kann die Blutung nicht stoppen«, jammerte Astrid. »Wo soll ich denn hier was abdrücken?«

Als der Notarzt den Mann abtransportierte, lebte er noch, aber es sah nicht gut aus.

»Hat jemand gesehen, wo das Opfer herkam?« rief Rother von der Tür her.

»Wir brauchen doch nur der Blutspur zu folgen«, meinte van Gemmern gereizt und drehte sich auf dem Absatz um.

»Ich verstehe das nicht«, murmelte Rother. »Wie konnte Eulenspiegel unbemerkt reinkommen?«

»Weiß jemand, wie das Opfer heißt?« fragte van Appeldorn leise.

»Ich glaube, das ist dieser Politiker von den Grünen, der heute ein paarmal in den Reden erwähnt worden ist«, antwortete Astrid. Sie lehnte am Steinway-Flügel; ihre Hände waren blutverschmiert und ihr war speiübel.

»Jens Bergfeld«, bestätigte Toppe. »Sitzt im Landtag.«

»Dreiundvierzig Lenze, geboren in Moyland«, kam es wie aus der Pistole geschossen von Ackermann. »Hat vor Jahren 'ne Bürgerinitiative gegründet, dat die alten Bäume im Park hier nich' umgehackt werden. Un' hat er ja auch geschafft.«

»Aber gar so grün und sozial ist der gute Mann nicht«, übernahm Toppe wieder. »Er hat vor einiger Zeit eine sehr lukrative wirtschaftliche Nische entdeckt: Er hat nämlich einen Zwischenhandel aufgezogen zwischen den ganzen Biohöfen und den Läden. Und damit verdient der sich mittlerweile eine goldene Nase.«

Van Appeldorn zog die Brauen hoch und sah von einem zum anderen. »Und woher habt ihr diese detaillierten Informationen?«

»Wir haben Jan, Pit und alle Mann auffe Gästelisten durchleuchtet«, sagte Ackermann.

Heinrichs maulte. »Aber uns erzählt man nichts.«

»Was hat's denn gebracht?« meinte van Appeldorn gehässig. »Die hatten auch nicht mehr Erfolg als wir.«

»Nein«, bestätigte Toppe bitter. »Typen wie Bergfeld, die irgendwo eine Leiche im Keller haben, waren heute reichlich da. Aber es gab keinen, der unbedingt Eulenspiegels nächstes Opfer werden mußte.«

»Niemand, der 'n besonders großes Schwein war«, bekräftigte Ackermann und spuckte trocken auf den Marmorboden. »Wat für 'n abgezockter Scheißkerl, der Eulenspiegel. Hatt' er voll eingeplant, dat so Veranstaltungen nie pünktlich anfangen. Hat genau gewartet, bis er dat größte un' feinste Publikum hatte.«

»Herr Toppe!« Van Gemmern war auf einmal wieder da. »Oder wer immer hier zuständig ist. Wir haben den Tatort. Und eins steht fest: der Täter muß Blut an seiner Kleidung haben.«

Flintrop schaute Toppe fragend an. »Soll ich?«

Toppe nickte.

»Die Gäste, die gehen wollen, durch den Hauptausgang, und zwar einzeln«, gab Flintrop seine Anweisung ins Funkgerät. »Aber noch nicht! Erst wenn ich da bin.«

»Wär' mir lieber, einer von euch käme mit«, hielt er dann die anderen zurück.

Ackermann meldete sich freiwillig, was Flintrop sichtlich in Erstaunen versetzte.

»Kuck nich' so doof«, fuhr Ackermann ihn an. »Bloß weil du mich wie Karl Arsch behandelt has', vergess' ich do' nich' mein' Beruf. Außerdem, meine Rache kommt noch, verlass dich drauf. Wenn de am wenichsten damit rechnes'.«

Heinrichs versuchte Toppe aufzuhalten. »Willst du nicht lieber gehen?« fragte er leise. »Eben hat die Chefin dich noch geflissentlich übersehen, aber wenn die dich am Tatort erwischt, geht's bestimmt wieder rund.«

Toppe blieb abrupt stehen. »Sag mal, bin ich hier in einer Schmierenkomödie, oder was? Noch bin ich der Leiter der Mordkommission, und wenn ich zufällig an einem Tatort bin, dann gucke ich mir den auch an. Im übrigen darf ich dich daran erinnern, daß ich nur meine Überstunden abfeiere und nicht etwa vom Dienst suspendiert bin. Auch wenn das der ein oder andere zu verwechseln scheint.«

Heinrichs biß sich auf die Lippen und sah zu Boden.

»Ach Herrgott«, lenkte Toppe sofort ein. »Tut mir leid, Walter, du bist ja gar nicht gemeint Wenn der ganze Spuk vorbei ist, werde ich in aller Ruhe mit der Meinhard ein paar klärende Worte wechseln. Falls der Spuk überhaupt mal vorbei ist.«

Der Tatort war ein Eckraum, der zwar auf derselben Etage, aber auf der anderen Seite der Burg lag, ein ganzes Stück vom Zwirnersaal entfernt. Bergfeld hatte sich durch drei Ausstellungsräume geschleppt, wie man an den Blutstropfen, die auf dem makellosen Marmorboden unnatürlich rot leuchteten, deutlich erkennen konnte.

»Daß mir keiner hier reintrampelt«, herrschte van Gemmern sie an. »Wir sind noch nicht fertig. Bleibt an der Tür.«

Bergfelds Hosen und Boxershorts hingen an einem Bild an Wand 4, ein recht bekanntes Werk von Joseph Beuys: *Das Schweigen von Marcel Duchamp wird überbewertet* stand da in großen Lettern, braun wie geronnenes Blut. Darunter auf dem Boden frisches, junges Blut in einer großen Lache. Toppe schauderte: Eulenspiegel liebte die Inszenierung; er hatte zweifellos Phantasie, eine zynische, widerwärtige, morbide Phantasie.

Van Gemmern schickte sie weg. »Wir sind gleich durch, dann könnt ihr euch in Ruhe umschauen.«

Astrid machte sich auf die Suche nach der Toilette; sie wollte endlich ihre besudelten Hände waschen. Die anderen sammelten sich im Treppenhaus.

»Alle Gäste sind draußen«, meldete Flintrop über Funk. »Keiner hatte Blut an den Klamotten.«

»Gottverdammter Mist!« ging es mit van Appeldorn durch.

»Außerdem stehen hier jede Menge Leute vom Fernsehen und wollen mit einem von uns sprechen«, redete Flintrop weiter. »Ach, da kommt die Chefin, alles klar. Over!«

»Hört mal«, rief Heinrichs. »Das kann doch nur bedeuten, daß sich Eulenspiegel noch im Schloß oder im Park befindet.«

Van Appeldorn gab unverzüglich den Befehl zum Durchsuchen des gesamten Geländes.

Astrid kam zurück. Sie war immer noch sehr blaß.

»Diesmal hat er kein Isolierband benutzt«, stellte Toppe fest.

Sie hob den Kopf. »Und was bedeutet das?«

»Ich habe nicht die leiseste Ahnung.«

Die Durchsuchung verlief mit professioneller Ruhe, bis jemand plötzlich durchdringend schrie. Alle auf einmal stürmten sie in dieselbe Richtung. Es kam zu Abschürfungen, mehreren Blutergüssen und einer ausgerenkten Schulter.

Van Gemmern und Rother waren die einzigen, die nicht an der Hatz teilnahmen, einfach deshalb, weil sie direkt hinter op den Hoek arbeiteten, der völlig außer sich vor einem Kunstwerk stand und brüllte.

»Wie kommen Sie überhaupt hier rein?« schnauzte van Gemmern ihn an. Dann entdeckte er, daß es nicht die Blutlache war, die den Mann so aus der Fassung gebracht hatte, sondern ein Beuys-Objekt, das ein Stück von der Wand 3 weg aufgebaut war: »Tisch und Aggregat«. Unter einem schwarzen hochbeinigen Tisch mit einem schwarzen Aggregat darauf und zwei an Kupferkabeln befestigten schwarzen Kugeln darunter lag ein blutverschmiertes Plastikknäuel. Keinem war es bisher aufgefallen, jeder hatte es offenbar für einen Bestandteil des Kunstwerks gehalten.

Aus dem Rahmen fiel nur, daß es noch naßfrisch glänzte.

Rother blickte van Gemmern über die Schulter, als dieser das Knäuel mit zwei Pinzetten aufhob und entfaltete: eine lange, durchsichtige Plastikschürze.

»Das erklärt die unversehrte Kleidung.«

»Was für ein ausgebuffter Kerl«, sagte Rother fast ehrfürchtig.

Van Gemmern guckte sich um. Der Raum war voller Polizisten. Rechts neben dem Fenster entdeckte er Flintrop. »Meiner Meinung nach könnt ihr die Suche abbrechen. Der Typ ist längst draußen.«

23

Bergfeld war auch am Abend noch nicht vernehmungsfähig. Immer noch liefen Bluttransfusionen, immer noch lag er in tiefer Bewußtlosigkeit.

»Es ist doch wie abgebissen!« Van Appeldorn schlug mit der Faust auf den Tisch, daß alle zusammenzuckten.

Niedergeschlagen hatten sie sich alle im K 1-Büro versammelt. Alle, bis auf Toppe, natürlich, und bis auf die Meinhard, die den ganzen Tag tapfer ein Interview nach dem anderen gegeben hatte und jetzt vermutlich in irgendeinem Fernsehstudio saß. Ob Eulenspiegel sich diese Popularität erträumt hatte?

»Ich verstehe nicht, wie der Typ durch unser Netz schlüpfen konnte«, meinte Heinrichs. »Der muß das durchgezogen haben, als op den Hoek sein Interview gegeben hat und wir alle nur darauf gespitzt waren.«

»Oder während der Reden«, überlegte Astrid. »Aber wann auch immer, wir waren seit gestern im Schloß, haben jeden überprüft, der da rumlief, und auf der Videoüberwachung in allen Treppenhäusern war auch nichts Ungewöhnliches.«

»Im Kurhaus war es doch genauso«, grübelte Heinrichs weiter. »Und wenn es doch einer aus dem internen

Kreis ist? Einer von den Promis? Oder von der Presse? Wir müssen nachgucken, wieviele Leute zu allen drei Veranstaltungen geladen waren: Die Ausstellung, das Kurhaus und Moyland.«

»Und ich wüßte zu gern«, unterbrach ihn van Appeldorn, »was Bergfeld eigentlich in diesem Raum verloren hatte. Der Rundgang durch die Ausstellung war doch noch gar nicht angesagt. Er war allein auf der Veranstaltung, soweit wir wissen. Aber trotzdem muß der doch mit irgendwem geredet haben. Irgendwer muß doch gesehen haben, wann der sich abgesetzt hat.«

»Logo«, kam es von Ackermann. »Ich weiß nich', wie et bei euch is', aber ich für mein Teil hab mich schonn auf lange Tage un' kaputte Füße eingestellt. 216 Menschen, denen wer auffen Zahn fühlen müssen. Aber wat sollet, wen'stens tut man sich inne besseren Kreise um un' nich' wie sons' inne sogenannte Halbwelt.«

»Klappe, Ackermann«, fuhr van Appeldorn ihm wie gewohnt dazwischen. »Ob Bergfeld auch einen Anruf gekriegt hat? Vermutlich ja. Was, zum Teufel, ist überhaupt passiert? Das soll der Typ uns gefälligst erzählen, und zwar schnellstens. So, einer von uns wird sich jetzt an dessen Bett setzen, und sobald der die Augen aufschlägt, kriegt der ein Mikro unter die Nase.«

Astrid zog langsam die letzte Haarnadel aus ihrer Frisur und legte müde die Stirn in die Hände. »Ich wäre dir dankbar, wenn du nicht mich schickst. Mir ist immer noch schlecht. Ich weiß auch nicht, was mit mir heute los ist.«

Wieder einmal war es Ackermann, der bereitwillig einsprang. Er verbrachte eine lange, sinnlose Nacht neben Bergfelds Bett auf der Intensivstation. Um halb sechs in der Frühe klingelte er van Appeldorn aus dem Bett. »Ich kann nich' mehr, ich penn' dauernd ein. Du muß' kommen un' mich ablösen.«

Van Appeldorn duschte in aller Ruhe und besorgte sich am Bahnhof erst noch zwei Sonntagszeitungen, bevor er zum Krankenhaus fuhr.

Ackermann stand auf dem Flur an der Wand und schlief. Sein Zottelhaar war filzig, und in seinen langen Bart hatte er lauter Löckchen gedreht. Mit Mühe hob er die schweren Lider, als er Schritte hörte.

»Bisse über Tokio gefahren? Ich geh' echt auffem Zahnfleisch. Mor'n, trotzdem. Halt, halt, wir können jetz' nich' in dat Zimmer rein. Da is' wat am Bach.«

Bergfeld war ins Leberkoma gerutscht.

»Das könnte eine Reaktion auf das Chloroform sein, und dann noch die ganzen Transfusionen«, erklärte der Arzt. »Wir werden ihn nach Essen verlegen.«

»Fährst du mit, Norbert?« fragte Ackermann.

»Was denkst du denn? Bergfeld ist im Moment unsere einzige Karte im Spiel.«

»Aber ob die 'n Trumpf is'?« wiegte Ackermann zweifelnd den Kopf.

»Wann wird er verlegt?« wandte sich van Appeldorn wieder an den Arzt.

»So schnell wie möglich. Aber an Ihrer Stelle würde ich nicht gleich mitfahren. Die Untersuchungen in Essen dauern auch ihre Zeit.« Er war wirklich hilfsbereit. Auch er wußte, wie jeder andere in der Stadt, bestens über Eulenspiegel Bescheid. »Warten Sie mal eben. Vielleicht kann ich Ihnen die Durchwahl von einem Kollegen in der Essener Klinik besorgen. Bei dem könnten Sie sich dann auf dem laufenden halten.«

Der Arzt in Essen entpuppte sich als arroganter Schnösel, der es für nötig erachtete, van Appeldorn geschlagene zehn Minuten lang darüber aufzuklären, daß er in erster Linie der Medizin verpflichtet und nicht Handlanger der Polizei wäre. Außerdem sei seine Zeit kostbar.

Nun war diplomatisches Geschick noch nie van Appeldorns Stärke gewesen, und so endete das Gespräch mit der Gewißheit, daß der Arzt sich auf keinen Fall melden würde, wenn Bergfeld aufwachte.

»Du bis' vielleicht 'ne Knalltüte«, schimpfte Ackermann. »Un' wat nu'?« Er konnte sich kaum noch auf den Beinen halten.

»Ich hole mein Rasierzeug und ein paar Klamotten zum Wechseln und fahre nach Essen. Da kriegen mich dann keine zehn Pferde mehr weg, und wenn ich bei denen auf der Fußmatte übernachte.«

Aber dazu kam es dann doch nicht. Bergfeld starb in den frühen Abendstunden, ohne noch einmal das Bewußtsein zu erlangen.

Helmut Toppe war sehr froh, daß Lowenstijn ihn am Montag morgen anrief und um Hilfe bat. Seine Stimmung lag weit unter dem Gefrierpunkt, und ein bißchen körperliche Arbeit würde ihm gut tun.

Die Villa lag auf dem Eltener Berg, gleich in der Nähe vom Drususbrunnen. Toppe fand sie nicht sofort und kurvte eine Weile bergauf, bergab durch den Ort. Was für eine seltsame Mischung von Häusern. Viel Neues, Protzgleichförmiges wie überall, aber von den älteren Gebäuden sah ein Teil sehr deutsch, der andere eindeutig holländisch aus. Er wußte nicht, wie oft dieser Berg seine Nationalität gewechselt hatte, aber in den Sechziger Jahren war er zum vorerst letzten Mal an Deutschland gefallen. Endlich entdeckte Toppe die Hausnummer neben einem schmiedeeisernen Doppeltor und konnte hinter hellem Laub ein Haus erahnen: eine zweigeschossige, gelb getünchte Jugendstilvilla mitten in einem weitläufigen Park mit jahrhundertealten Buchen, Eiben und Ilexbäumen.

Toppe folgte der gewundenen Auffahrt bis zur großen Freitreppe und parkte neben dem maronenfarbenen Jaguar.

Sofort öffnete sich das Portal und ein bulliger Mann von Ende Fünfzig in ausgeleierten Cordhosen und kariertem Flanellhemd trat hinaus. Er hatte Hände wie Kohlenschaufeln und einen beeindruckenden roten Schnurrbart, der sich an den Enden kunstvoll nach oben bog. Nach einem kritischen Blick auf den Besucher verschwand er, ohne ein Wort zu verlieren, wieder im Haus. Toppe blieb verwundert auf der untersten Treppenstufe stehen und wartete unschlüssig, bis Lowenstijn endlich auftauchte.

»Komm nur herein, wir beißen nicht.«

»War das gerade dein Butler?«

»Ja, das war Daniel. Du mußt ihn entschuldigen, er schämt sich. Sein Deutsch ist noch sehr schlecht, meint er.«

Sie schüttelten sich die Hände.

»Wie ein Butler sieht er nicht gerade aus.«

»Laß ihn das nur nicht hören. Er war auf einer der besten Butlerschulen der Welt, in London, und er ist sehr stolz auf sein Diplom. Warte nur, bis du ihn in seiner Kluft siehst.«

Toppe folgte ihm in die mahagonigetäfelte Eingangshalle.

»Allerdings«, flüsterte Lowenstijn, »hat er diese Schule erst vor vier Jahren besucht. Mein Geschenk zu seinem Fünfzigsten. Es war sein Lebenstraum. Früher war er Schweißer in Birmingham.«

»Und wie bist du an den gekommen?«

»Ach, das ist eine lange Geschichte. Erzähle ich dir mal bei Gelegenheit. Soll ich dich herumführen?«

Das Haus war prachtvoll, die Möbel ausgesuchte Kostbarkeiten, und natürlich hatte ein Umzugsunternehmen längst alle Arbeit erledigt.

»Du hast doch gesagt, du brauchst meine Hilfe.« Mittlerweile waren sie in der Küche angekommen, und Lowenstijn holte zwei Flaschen belgisches Bier aus dem Kühlschrank und goß es in schlanke Gläser.

»Brauche ich auch. Komm mit nach draußen. Und nimm dein Bier mit, wir setzen uns ein wenig in die Sonne.«

Neben dem Haus standen ein paar große Pflanzkübel mit Oleander und Jasmin. »Die müssen auf die hintere Terrasse. Der Gartenbaumann liefert nur bis vor die Haustür. Er ist Holländer.«

Sie setzten sich auf eine verwitterte Steinbank unter einen Baum.

»Und deshalb sollte ich kommen?« lachte Toppe. »Die schafft dein Daniel doch ganz allein mit Links.«

Lowenstijn nippte an seinem Bier. »Der Mensch braucht Freunde. Und jetzt, wo ich in Deutschland wohne ... Du und ich, wir haben einiges gemeinsam.«

Toppe antwortete nicht. Er lehnte sich gegen den Baumstamm und ließ den Blick über die Ebene schweifen. In der Ferne konnte man die Silhouetten der Schwanenburg und der Stiftskirche erahnen. »Es ist herrlich hier, aber meinst du nicht, es könnte ein bißchen zu groß sein für einen allein?«

Lowenstijn lächelte mit den Augen. »Vielleicht will ich ja eine Familie gründen.«

»Du? Nie im Leben!«

»Wieso nicht? Ich denke, fünfzig ist genau das richtige Alter dafür.«

»Da habe ich so meine Zweifel. Außerdem braucht man im allgemeinen dazu eine Frau.«

»Es gibt Anwärterinnen. Obwohl meine Favoritin ja leider dir vollkommen verfallen ist. Und davon läßt sie sich nicht abbringen.«

Toppe verschluckte sich und mußte husten. »Hattest du nicht gerade etwas von Freundschaft gesagt?«

Lowenstijn schaute ihn unschuldig an. »Bitte, ich habe immer mit offenen Karten gespielt und mit fairen Mitteln. Und ich akzeptiere eine Niederlage.«

Ein Kleinwagen kam den kopfsteingepflasterten Weg hochgerollt. Er war rot und hatte vier postgelbe Kotflügel. Das konnte nur Karin Hetzel sein.

»Da kommt eine Anwärterin«, nickte Toppe in ihre Richtung.

»Nein«, entgegnete Lowenstijn ernsthaft. »Ich bevorzuge jüngere Frauen, genau wie du. Für ernste Beziehungen jedenfalls.«

Karin kam gelaufen und umarmte beide Männer herzlich. »Das ist ja traumhaft hier. Darf ich mich umsehen? Kann ich ein paar Fotos machen?«

»Nur zu, fühl dich ganz wie zu Hause. Helmut und ich

haben sowieso noch etwas zu besprechen.«

»Haben wir?« fragte Toppe, als Karin zum Auto gegangen war, um ihre Kameras zu holen.

Lowenstijn nickte. »Ich habe heute morgen Zeitung gelesen. Moyland ist euch ja wohl ganz schön in die Hose gegangen.«

»Das kannst du laut sagen«, antwortete Toppe finster.

»Wieso nimmst du diesen Fall eigentlich so persönlich?«

Toppe lachte auf. »Wie würdest du ihn denn nehmen, wenn dir jemand dein Haus anzündet und auf dich schießt?«

»Ich habe den Eindruck, daß mehr dahinter ist.« Lowenstijn malte mit der Schuhspitze Streifenmuster auf den Sandboden. »Sag mal, ist dir noch nie der Gedanke gekommen, daß dieser Eulenspiegel einer von euch sein könnte?«

»Flüchtig, aber ich hab's sofort wieder verworfen.«

»Das solltest du nicht. Seit Astrid mir auf eurer Party die ganze Story erzählt hat, denke ich darüber nach. Wer wußte eigentlich, daß du zu dem Zeitpunkt in Bimmen warst?«

»Die Leute im Dorf haben mich gesehen. Ansonsten wußten nur die Kollegen, daß ich hin wollte, eine ganze Menge sogar«, gab Toppe widerstrebend zu.

»Siehst du, das meine ich. Oder gehst du davon aus, daß euer Eulenspiegel aus Bimmen kommt?«

»Nein, bis jetzt weist nichts darauf hin. Aber ein Maulwurf bei uns? Das ist absurd, Wim.«

»Ist es das? Ihr habt doch erzählt, daß so viele neue Kollegen gekommen sind.«

»Schon, aber es ergibt alles keinen Sinn.« Toppe stellte das leere Bierglas neben sich auf der Bank ab und stand auf. »Laß uns endlich die Blumenkübel schleppen. Ich komme mir schon ganz nutzlos vor.«

»Du bist ein Dickschädel, aber nun gut.«

Beim ersten Kübel klappte alles prima, aber als Toppe den zweiten mit Schwung anhob, fuhr ihm ein Schmerz mitten durch seinen Körper, die Beine knickten weg, und er lag am Boden wie ein hilfloser Käfer.

»Oh verflucht, nicht schon wieder!«

Lowenstijn hatte die Augen aufgerissen. »Was machst du denn?«

»Hexenschuß. Nein, bitte, nicht anfassen. Ich muß allein hochkommen.«

Er packte den wulstigen Rand des Pflanzkübels mit beiden Händen und holte ein paarmal Luft. »Kannst du mich ins Krankenhaus fahren?«

»Quatsch, Krankenhaus! Leg dich wieder hin, und dreh dich auf den Bauch.«

»Was hast du vor?« In Toppes Augen mischten sich Schmerz und Angst.

Lowenstijn hockte sich neben ihn. »Ist ein Trick, den mir ein alter Freund aus Schweden beigebracht hat. Der funktioniert immer. Ich werde mit meinem ganzen Gewicht langsam über deinen Rücken gehen, dicht an der Wirbelsäule lang. Das ist im Moment ein bißchen unangenehm, aber dafür fühlst du dich nachher wie neugeboren.«

Toppe hatte seine Zweifel, aber einen Versuch war es wert. Schaden würde es hoffentlich nichts.

Ein bißchen unangenehm? Es fühlte sich an, als würde er in Stücke gerissen, es krachte, und er stieß einen sehr langen, sehr lauten Fluch aus. Dann war es vorbei.

Karin Hetzel kam gerannt. »Was ist passiert? Was macht ihr denn da?«

»Physiotherapie«, grinste Lowenstijn. »Komm hoch, Helmut.«

Toppe stand langsam auf und machte zwei Schritte. Es war unglaublich, keine Spur von Schmerz. Ein bißchen steif, ja, aber er konnte sich gut bewegen.

Karin lachte. »Also wirklich! Ich habe tatsächlich gedacht, mein Chef wäre hier. Bei seinem wöchentlichen Wutanfall hört der sich genauso an, wie du gerade eben.«

Toppe durchzuckte es wie ein Blitz.

»Was bin ich doch für ein Idiot!« murmelte er, und dann lief er, ohne sich zu verabschieden oder auch nur daran zu denken, zu seinem Auto.

»Leichtfüßig wie ein Reh«, kommentierte Lowenstijn versonnen.

»Was ist denn jetzt schon wieder los?« fragte Karin.

»Das sah mir ganz nach einer Erleuchtung aus.« Lowenstijn legte den Arm um ihre Schultern und lächelte charmant. »Darf ich dir jetzt mein Heim zeigen? Ich habe auch eine sehr interessante Briefmarkensammlung.«

»Davon bin ich überzeugt«, lächelte sie ebenso charmant zurück. »Worauf warten wir?«

24

Ackermann war gerade in einer Befragung, als Toppe ihn über das Funktelefon erreichte.

»Momentchen, Chef, ich verabsentier mich ma' ebkes.«

Dann hörte man, wie er seine Gastgeber fragte: »Dürfte ich wohl kurz auf Ihre Veranda raus. Ist ein streng vertrauliches Dienstgespräch.« Eine Tür klappte.

»Da wär' ich.«

»Ackermann, meinen Sie, Sie könnten herausfinden, wer diese Frau in Moyland war?«

»Wat denn für 'ne Frau?« Ackermann schaltete nicht gleich.

»Die mit dem Garten, die von Ihnen ...«

»Ach, die Trulla! Doch, müßte sich machen lassen, wenn ich mich 'n paar Stündkes an 't Telefon klemm'. Aber wat wollen Sie denn von der?«

»Vielleicht ist es ja eine ganz dumme Idee«, druckste Toppe herum, »aber ich ...«

»Warten Sie! Nix sagen! Lassen Se mich ma' selbst. Ich glaub', dat Gröschken fällt: Der Postmann hat gesagt, ich hätt' dieselbe Stimme, und die Tussi hat gesagt, ich hätt' dieselbe Stimme. Eins und eins macht eins, wie? Genial! Typisch!«

Ackermann war seit Jahren davon überzeugt, daß sein Hauptkommissar über einen sechsten Sinn verfügte und ließ sich auch jetzt, als Toppe ihn wieder auf den Boden holen wollte, nicht davon abbringen.

»Ich mach mich munter an 't Werk. Wo find' ich Sie, wenn ich Sie brauche?«

»Ich bin zu Hause.«

Toppe setzte sich wieder an seinen Schreibtisch. Er merkte, daß er angespannt war, und das ärgerte ihn, denn im Grunde war seine Idee ziemlich abenteuerlich – so viel Zufall konnte es kaum geben. Sein Blick fiel auf die krakeligen Notizen, die er sich am Samstag abend hastig gemacht hatte, um nichts zu vergessen. Er nahm ein großes, weißes Blatt Papier und begann, die Gedanken zu notieren und auszuführen.

Eulenspiegel handelte mit Bedacht, er war kreativ, und er liebte offenbar die Metapher:

Birkenhauer, der Mann aus kleinen Verhältnissen, auf gesellschaftliches Ansehen bedacht, mit Reichtum protzend – als Punker, schrill, laut, Abschaum, ohne Hosen, mit der lächerlichen Präsentschleife um sein Intimstes.

Geldek, aus ähnlich kleinen Verhältnissen, aber ein ganzes Stück weiter oben auf der Leiter der öffentlichen Anerkennung, auf dem Sprung zum Kunstmäzen – bei der Eröffnung eines Museums, inmitten eines Kunstwerks, das »Plaza« hieß; der Baulöwe auf dem Marktplatz, begafft; keine Schleife, nein, ein albernes Kondom. Schließlich nannte er etliche Bars und Clubs sein eigen.

Glöckner, der gute Katholik – »gekreuzigt« in einer Kirche; der Penis war uninteressant, aber auf den welken Pobacken A und Ω, Anfang und Ende, dazwischen das, was er während seines Lebens von sich gegeben hatte.

Und zuletzt Bergfeld, der »anständige Politiker«, der gute Mensch von Moyland – ausgerechnet unter dem Bild von Beuys: »... wird überbewertet«, die Hoden abgeschnitten, entmannt, entmachtet. Vom selbstgezimmerten Thron gestoßen, wie die anderen auch.

Toppe hatte mit einem Gefühl zu kämpfen, das ihm überhaupt nicht gefiel: eine Art von Faszination für Eulenspiegels Intelligenz und Phantasie. Aber wenn man den Büchern glauben durfte, war es anderen Ermittlern bei dieser Art von Serientätern genauso gegangen, und das versöhnte ihn ein wenig mit sich selbst.

Ackermann blieb zäh bei der Sache; unerbittlich wählte er, fragte und redete und wählte wieder. Fuhr nach Hause, knuddelte seine Töchter, mähte den Rasen, als es schon dämmerte, ging zum Kegelabend und konnte nicht einschlafen, weil er Toppes Idee so wunderbar logisch fand und doch ein bißchen Sorge hatte – um den Chef –, daß sie sich als an den Haaren herbeigezogen erwies. Um halb drei in der Nacht hatte seine Frau genug von der Herumwälzerei und holte zwei Flaschen *diebels* ins Bett. Ackermann kippte sie in vier energischen Zügen weg und fühlte sich schwummerig, als seine Frau ihr plissiertes Nylonnachthemd über den Kopf zog und ihm ihre weißen Brüste übers Gesicht stülpte.

Sein elfter Anruf am Dienstag morgen bescherte Ackermann ein Déjà-vu-Erlebnis: »Ackermann hier, guten Morgen. Ich rufe an, weil ...«

»Patrick? Gut, daß Sie sich endlich melden. Was denken Sie, wie unser Rasen aussieht! Also, wann können Sie kommen? Mir ist diese Woche jeder Tag recht.«

Die Frau des AOK-Bonzen hatte früher ein Gartenbauunternehmen mit der Pflege ihres Anwesens betraut gehabt, aber das war ein teures Unterfangen gewesen. Irgendwann hatte sie hinter vorgehaltener Hand einen der Arbeiter gefragt, ob er nicht nach Feierabend oder am Wochenende, also schwarz ... Das hatte der Mann auch höchst bereitwillig zweimal gemacht und sich wieder melden wollen, was allerdings nie geschehen war. Eine Adresse oder Telefonnummer hatte sie nicht, sie kannte nur den Vornamen, Patrick, und er war so Mitte, Ende Zwanzig. Aber zumindest konnte sie Ackermann erzählen, wo dieser Patrick beschäftigt war.

Bevor er die neue Nummer wählte, freute er sich erst einmal in Ruhe. Mitte Zwanzig! So eine junge Stimme hatte er also. Dat ging einem doch runter wie Butter!

Dann wurde es spannend: Der Gartenbaumeister gab ihm muffelig ein paar spärliche Auskünfte und eine weitere Telefonnummer, und Ackermann endete schließlich bei den Rheinischen Kliniken in Bedburg-Hau: Einer ihrer Patienten, Patrick Tripp, lebte seit acht Monaten in einer Wohnung in der Klever Oberstadt, zusammen mit einem anderen Patienten. Beide hatten eine feste Arbeitsstelle und machten sich sehr gut. Wenn auch noch die regelmäßigen Tests auf Drogenmißbrauch weiterhin negativ blieben, hätten sie beide bei der nächsten halbjährlichen Anhörung die Chance, auf Bewährung entlassen zu werden.

»Chef?« quietschte Ackermann ins Telefon. »Ich bin auffe Königsallee un' komm' gleich angedüst. Bloß dat Se keinen Schreck kriegen, wenn jemand auffet Gehöft rollt. Ich bin dat nur, un' ich hab wat, da gehen Ihnen die Augen über!«

Toppe schaffte es gerade noch, sich zu Ende zu rasieren.

Aufgekratzt und mit bedeutungsschwangerem Blick quetschte Ackermann sich auf die Küchenbank und breitete Zettel auf dem Tisch aus, auf die er dann keinen einzigen Blick warf. »Die Stimme heißt Patrick Tripp, kommt aus Nütterden un' is' 27. Mehrere Brüche, eine Brandstiftung inne Kölner Gegend, eine schwere Körperverletzung bei seine damalige Freundin – alles im Suff. Deshalb sitzt er in Bedburg, ei'ntlich. Aber jetzt eben seit letz' Jahr August inne Wohnung als Freigänger, oder wie dat heißt. Zusammen mit einem gewissen Wolfgang Bäcker, 34 Jahre alt, ähnliche Karriere, bloß dat der dabei au' noch gefixt hat un' Pillen geschmissen. Tripp hat Arbeit bei 'ne Gärtnerei un' der Bäcker bei 'nem – und jetzt kommt et – Elektriker, als Handlanger. Ha, ich kann dat Glitzern in Ihre Augen sehen, Chef. Dabei wird et noch besser: Bäcker is' gebürtig aus Dormagen, un' sein Vater is' – dreimal dürfen Se raten – bei de Post!«

»Gar nicht schlecht.« Toppe pfiff vergnügt durch die Zähne. »Keine schlechte Ausbeute für einen Schuß ins Blaue.«

»Meine Rede«, rieb Ackermann sich die Hände. »So, un' jetz' mach ich mich auffe Socken un' verklicker dat all' dem Rest der Truppe. Un' dann ...«

»Und dann sollte man die beiden Typen mal in Augenschein nehmen.«

»Genau!« Ackermann sammelte seine Zettel ein und grinste spitzbübisch. »Wie ich Sie kenn', wären Se am liebsten mit dabei.«

»Ja, natürlich, aber ...« Toppe hob resigniert die Arme. »Was will man machen?«

»Einfach mitkommen. Ich denk', am besten, wir klopfen heute abend ma' bei den Jungs anne Tür, wenn se von de Arbeit zurück sind. Und vorher kommen wer hier vorbei un' sammeln Sie ein.«

»Wo wohnen die eigentlich?«

»Inne Henri-Dunant-Straße.«

Ackermann sprach den Namen urklevisch aus, und Toppe verzog unwillkürlich das Gesicht.

»Ja, ich weiß et«, winkte Ackermann ab. »Et heißt Henri Dunant.« Jetzt baute er zwei übertriebene Nasale ein. »Aber wie hört sich dat denn an?«

Kurz nachdem Ackermann sich verabschiedet hatte, stürmte eine ziemlich aufgeregte Astrid in die Küche. »Ach, hier steckst du! Hör zu, ich muß ganz schnell nach Köln. Liebe Güte, was ziehe ich bloß an?«

Toppe faßte sie bei den Schultern und wollte sie küssen. »Was ist das denn für eine Begrüßung?«

Aber sie schüttelte ihn ab. »Ich hab keine Sekunde Zeit. Das ganze Präsidium wird von Fernsehreportern belagert, die einem ständig ein Mikro unter die Nase halten. Eulenspiegel ist *die* Nummer. Ich habe schon drei Interviews für irgendwelche Magazine geben müssen. Und jetzt wollen die unbedingt einen von uns heute abend in einer Talkrunde haben. Live! Die Chefin hat mich ausgeguckt.«

Toppe lächelte. »Kann ich gut verstehen.«

Sie runzelte die Stirn. »Kommst du mit zum Händchenhalten?«

»Ich kann nicht. Ackermann hat mir gerade ...«

»Nicht jetzt, Helmut«, stöhnte sie auf. »Erzähl es mir heute abend. Sag mir lieber, was ich anziehen soll.«

Die Henri-Dunant-Straße hatte noch keine Geschichte. Vor nicht allzu langer Zeit war hier freies Feld gewesen, jetzt standen Mietshäuser dicht an dicht, Wohnblöcke aus hellrotem Backstein. Das Grün der Rasenflächen war noch unsicher, die Sträucher mickrig. Es würde eine Weile dauern, bis man wußte, in welche Richtung sich dieses Wohngebiet entwickeln würde. Da gab es ein privates Altenheim, einige der Mieter waren Kurden in der zweiten Generation, einige Deutsche, einige Aussiedler. Toppe kannte einen Jungen aus Olivers Klasse, der vor ein paar Jahren mit seiner Mutter aus Oswieçim nach Deutschland gezogen war und hier wohnte.

Van Appeldorn ließ den Wagen langsam ausrollen und parkte hinter einem nagelneuen BMW. Sie waren zu viert, denn auch Heinrichs hatte darauf bestanden, mit dabei zu sein.

Ihren ursprünglichen Plan, Bäcker und Tripp abzufangen, wenn sie von ihren Arbeitsstellen heimkehrten, hatte die Chefin vereitelt. Sie war mit einem dicken Stapel Zeitungen ins Büro gekommen und hatte sie aufgefordert, Eulenspiegels mögliches nächstes Opfer und den möglichen nächsten Tatort zu finden.

Heinrichs und van Appeldorn hatten nur einen Blick gewechselt, einvernehmlich geschwiegen und – sich gefügt. Die Meinhard mußte nicht alles wissen. Auch Ackermann hatte sein Kichern tapfer runtergeschluckt.

Mittlerweile ging es auf neun Uhr, und es wurde langsam dunkel. Die Straße war menschenleer.

Sie stiegen aus und schlossen leise die Wagentüren.

»Wohnen die beiden im zweiten Stock?« raunte Toppe und schaute zu dem hellerleuchteten, offenen Fenster hoch, aus dem laute Musik und Gelächter tönte.

»Keine Ahnung«, flüsterte Ackermann. »Ich kuck' ma ebkes auffe Schelle.« Er schlängelte sich an einer blitzenden Harley Davidson vorbei, rückte die dicke Brille zurecht und hielt sein Feuerzeug unter die Namensschilder. Dann reckte er den Daumen in die Höhe und kam flink zurück. »Die scheinen 'ne heiße Party zu feiern. Ob dat so allerdings wat wird mit de Bewährung ...«

Glas klirrte; irgend etwas war zu Bruch gegangen. Van Appeldorn betrachtete nachdenklich das dicke neue Auto und das ebenso neue Motorrad.

Heinrichs hatte sich ein paar Schritte entfernt und um die Hausecke geguckt. »Hinten ist ein Balkon, außerdem die Tür zum Keller. Wir sollten uns aufteilen.«

Ackermann piekste van Appeldorn seinen ausgestreckten Zeigefinger in den Bauch. »Komm mit nach hinten, Norbert. Wenn die 'ne Fliege machen ... wir beide haben die längsten Beine.«

Ackermannsches Feingefühl – sowohl Toppe als auch Heinrichs waren gut einen Kopf größer als Ackermann, und auch was die Beinlänge anging, hatten sie ihm einiges voraus.

Toppe klingelte, aber es tat sich nichts, auch auf das zweite und dritte Schellen reagierte keiner. Schließlich ließ er den Finger auf dem Klingelknopf liegen, bis endlich doch der automatische Türöffner summte.

Oben in der Wohnungstür hielt sich ein dünner Mann mühsam auf den Beinen. Sein Hosenschlitz war offen.

Toppe stutzte und drehte sich dann zu Heinrichs um. »Guck mal an, Onkel Jörg!«

Auch Heinrichs war jetzt oben angekommen und japste. »Stimmt! Das muß man sich mal vorstellen: unsere beste Zeugin ist vier Jahre alt!«

Toppe schüttelte den Kopf und hielt fünf Finger hoch. »Soviel!« Dann wandte er sich um. »Sind Sie Wolfgang Bäcker?«

»Ach du Scheiße!« lallte der Mann. »Bullen! Hat der Flachwichser von unten sich wieder mal beschwert, weil wir ein bißchen Spaß haben?«

Toppe holte seine Marke heraus. »Kripo Kleve. Können wir kurz mit Ihnen sprechen?«

Aber Bäcker sah gar nicht hin. Er hielt sich am Türrahmen fest und brüllte in die Wohnung: »Mach mal die Lalla leiser. Hier sind die Bullen. B-u-l-e-n, Bullen, hörste?«

Drinnen gackerten ein paar Frauen, dann kam Ackermanns Stimme: »Glaubste, ich bin taub oder wat? Muß mich noch ebkes ... de Bux anziehen.«

Bäcker sah Toppe aus trüben Augen an und versuchte zu grinsen, was gründlich mißlang. »Kann man nix machen. Müssen Sie warten, bis wir so weit sind. Die Damen müssen sich auch erst salonfähig machen.« Er knallte mit großem Schwung die Tür ins Schloß. Womit er sich wohl übernommen hatte, denn man hörte ihn im Flur zu Boden gehen und vor sich hin schimpfen.

Eine Frau kreischte laut auf.

»Möcht' bloß wissen, wat Walter un' der Chef da oben treiben.« Auch Ackermann hatte das Kreischen gehört, und das war sein Glück.

Als er zum Balkon hochblickte, sah er zwei Kästen herabsausen und machte einen Satz nach hinten. Die Dinger landeten zwanzig Zentimeter vor seinen Füßen. »Wat is' dat denn?« Er bückte sich.

»Paß auf!« rief van Appeldorn von der Kellertür her. Ackermann warf sich zur Seite. Zwei weitere Kästen knallten auf die ersten, ein Deckel sprang auf, Papier fiel heraus.

»Die kamen von deren Balkon.« Van Appeldorn stand jetzt neben ihm und äugte argwöhnisch nach oben, aber da tat sich nichts mehr.

Ackermann hatte sein Feuerzeug angezündet: vier Alukisten, Geldscheine, jede Menge Geldscheine.

»Kneif mich ma', Norbert. Sach mir, dat ich nich' träum'.«

Aber van Appeldorn hatte schon das Telefon in der Hand und zwei Streifenwagen geordert. »Hast du van Gemmerns Privatnummer im Kopf?«

»Normalerweise schon ...« Ackermann hockte immer noch vor den Kästen und guckte wie ein dümmliches Kind.

»Laß stecken, ich mach's über die Zentrale. Bewegung, du Weihnachtsmann! Ab nach oben! Wer weiß, was da abgeht.«

Heinrichs hämmerte mit der Faust gegen die Wohnungstür, als Ackermann die Treppe hochgetobt kam, nicht ohne unterwegs die Nachbarn zu erschrecken. »Alle in Deckung. Es könnte zur Schießerei kommen!«

»Aber jetzt ein bißchen plötzlich«, brüllte Toppe die Wohnungstür an. »Sonst garantiere ich für nichts.«

»Stop, stop, stop«, wisperte Ackermann. »Hört doch ers' ma'. Wir haben 'nen Vollteffer gelandet. Dat sind die Räuber, echt. Die haben uns grad die ganze Beute vor die Füße geschmissen, vom Balkon innen Garten. Die vier Alukästen un' die ganze Knete. Ohne Scheiß.«

Heinrichs hörte auf zu bollern und staunte ihn an. Dann wischte er sich über den Nacken und fing an, schallend zu lachen. »Und so eine Verlierertruppe haben wir nicht erwischen können? Wenn das kein Witz ist!«

Jetzt öffnete sich die Wohnungstür. Bäcker hatte inzwischen seine Hose geschlossen.

»Was ist Sache?«

»Au Mann«, rümpfte Ackermann die Nase. »Dat handelt sich aber um 'ne größere Tankfüllung, wie ich dat seh'.«

Ein zweites Gesicht tauchte über Bäckers Schulter auf. »Wir sind ja schonn leise!«

Ackermann hüpfte begeistert. »Bis' du Tripp? Sach do' ma' wat, Jüngsken!«

»Wat soll ich denn sagen, du Knallarsch? Hasse 'n Bälleken, oder wat?«

Sirenengeheul wurde lauter. Bäckers Blick hetzte von einem zum anderen. Er stieß Tripp zur Seite und stürzte dann nach vorn. Heinrichs setzte geruhsam den linken Fuß ein Stückchen vor, und schon lag Bäcker auf der Nase. Ackermann ließ ein paar Handschellen baumeln. »Scheint nich' ohne zu gehen. Obwohl, ich persönlich hab ja eher 'n gespaltenes Verhältnis zu Armbänder.«

Tripp kriegte nichts mehr auf die Reihe, er stierte vor sich hin und ließ sich ohne Gegenwehr von den beiden Streifenpolizisten abführen, die mittlerweile hochgekommen waren.

In der Wohnung regte sich was: Die gackernden, kreischenden Frauen waren vier junge Mädchen, keines älter als siebzehn.

Heinrichs seufzte. »Mit denen sollten wir auch sprechen«, meinte er. »Ich werde sie bitten, mit auf die Wache zu kommen, dann ist das ein Aufwasch.« Damit ging er hinein. Sie konnten ihn auf der Treppe hören. »Guten Abend, meine Damen. Ich hoffe, es geht Ihnen gut nach dem Schrecken«, begann er väterlich besorgt.

Van Appeldorn wandte sich schnaubend ab. »Soll ich dich schnell eben nach Hause fahren, Helmut?«

»Nein, laß nur, ich gehe zu Fuß. Tut mir ganz gut. Hast du den ED schon verständigt?«

»Ja, van Gemmern müßte bald hier sein.«

»Dann warte ich auf ihn, und ihr könnt euch schon auf den Weg machen. Aber ich glaube kaum, daß die zwei heute vernehmungsfähig sind.«

»Wir werden sehen. Erst mal brauchen wir einen Richter. Hoffentlich hat Knickrehm Dienst.«

»Ich glaube, dafür ist Knickrehm gar nicht zuständig.«

25

Toppe wanderte die Königsallee hoch, am Friedhof vorbei, nach Hause.

Van Gemmern hatte mehrere große Rollen braunes Isolierband gefunden; er selbst die Papiere vom BMW und von der Harley Davidson, Quittungen über Anzahlungen auf die beiden Gefährte in bar und Ratenverträge. Wahrscheinlich hatten sie sich nicht getraut, die gesamte Summe einfach so hinzublättern. Die Alukästen waren als Eigentum der Deutschen Post AG gekennzeichnet.

Heinrichs hatte recht: ein Verliererduo. Es war schon ein übler Scherz, daß sie die beiden nicht viel früher geschnappt hatten. Schwarzarbeiterring! Russenmafia! Profis!

Dabei war es eine Binsenweisheit, daß die meisten Morde unprofessionell, die meisten Gewalttäter nicht mit großen Geistesgaben gesegnet waren. Das war ja der Grund, warum Leute wie Eulenspiegel so viel Aufsehen erregten, klammheimliche Freude und Sympathie weckten. Wie damals die Posträuber in England. Selbst wenn es Tote gab, man zog den Hut vor so viel ausgebuffter Intelligenz, vor dem kühl ausgeklügelten Plan.

Nein, Tripp und Bäcker hatten mit den Anschlägen auf die Prominenz nichts zu tun, auch nicht mit den Attentaten auf ihn selbst.

Onkel Jörg – er mußte unwillkürlich grinsen, als er an die kleine Barbara dachte. Und vermutlich hatte er auch in einem anderen Punkt richtig gelegen: Bäcker und Tripp waren von Aldi aus zu Fuß nach Hause gegangen, die Geldkisten in Plastiktüten oder Kartons unterm Arm. Es war ja nicht weit, kaum zehn Minuten Fußweg.

Die Tennisplätze von Rot-Weiß Kleve waren beleuchtet, es wurde noch gespielt. Toppe blieb stehen und zündete sich eine Zigarette an. Er ärgerte sich, daß er der Stimmenähnlichkeit nicht mehr Beachtung geschenkt hatte, der Tatsache, daß einer der beiden Räuber vom Niederrhein kommen mußte, daß ihn das dilettantische Vorgehen nicht stutzig gemacht hatte. In seinem ganzen Frust über die neue Arbeitsweise, über die Chefin und all die unsinnigen Veränderungen hatte er seinem Instinkt nicht mehr getraut.

Aber er spürte nicht nur Ärger, da war auch bei ihm klammheimliche Freude: Das hatte die Meinhard jetzt davon!

Astrid war noch nicht wieder aus Köln zurück, und auch Gabi war nicht zu Hause. Seit sie mit Henry zusammen war, gab sie auf dem Hof nur noch Gastspiele.

Oliver fläzte sich im oberen Wohnzimmer auf der Couch und guckte irgendeinen Science-Fiction-Film. »Ich hab Astrid in der Show gesehen. War stark!«

»Hast du's aufgenommen?«

»Nö, wieso? Du hast mir nichts davon gesagt.«

Toppe verdrehte die Augen und verzog sich grummelnd in sein Zimmer.

Also gut, den Postraub konnten sie zu den Akten legen. Blieb Eulenspiegel; Eulenspiegel, der immer mehr die Kontrolle verlor.

In den Zeitungen war für die nächsten Wochen kein Großereignis angekündigt worden. Aber vielleicht würde Eulenspiegel sein Operationsgebiet ja erweitern, jetzt, wo man ihn zum Fernsehhelden machte. Einen größeren Gefallen hätte man ihm nicht tun können.

Im Grunde gab es nur eine Möglichkeit ...

Als Astrid um Mitternacht nach Hause kam, war Toppe im Sessel eingeschlafen.

Sie weckte ihn sanft und kuschelte sich auf seinen Schoß.

»Hallo, Fernsehstar.«

»Von wegen! Ich war höchstens drei Minuten auf Sendung. Den Rest der Zeit hab ich in der Garderobe rumgesessen und gewartet. Ich durfte ganz kurz die einzelnen Anschläge schildern, und dann diskutierte eine Expertenrunde, irgendwelche Psychologen. War ziemlich seicht, das Ganze. Aber dann kam so ein Fatzke und hat gemeint, ich sollte doch mal zu einem Casting für Moderatoren kommen. Ich hätte diese gewisse Ausstrahlung.«

Toppe schob ihr Haar zur Seite und küßte ihren Nakken. »Das kann ich unterschreiben.«

Sie kicherte leise. »Und was hast du heute getrieben? Hast du dich gelangweilt?«

»Nein, ich konnte mich beschäftigen. Wir haben heute

abend die Posträuber festgenommen, wenn mich nicht alles täuscht.«

»Was?« Sie rutschte von seinem Schoß. »Das ist doch ein Scherz, oder?«

Am nächsten Morgen um halb elf rief sie ihn aus dem Präsidium an. »Wir haben zwei runde Geständnisse, Helmut. Norbert hat früh um sieben schon angefangen. Da waren die beiden noch gar nicht wieder ganz nüchtern. Ich habe mir eben den Mitschnitt angehört. Norbert war verdammt widerwärtig.«

»Aber erfolgreich«, meinte Toppe. »Du kennst ihn doch.«

»Aber er hätte sie nicht fragen müssen, ob sie in dem Suff überhaupt noch einen hochgekriegt haben, oder?«

Toppe antwortete lieber nicht darauf. »Woher wußten Tripp und Bäcker von dem Geldtransport?« fragte er statt dessen.

»Tripp hatte ein paar Nebenjobs, die er über Mundpropaganda kriegte. Unter anderem hat er auch bei Hoymann den Garten gemacht. Und da hat er letzten Sommer aufgeschnappt, wie Hoymann seinem Sohn was erzählte von ein paar hunderttausend Mark und Kranenburg und Postauto. Den Rest hat er sich zusammengereimt, als Bäcker von einem Heimaturlaub bei seinen Eltern zurückkam und von dem Raub in Dormagen berichtete. Besonders helle sind die beide nicht. Wenn du die hörst, kannst du eigentlich gar nicht glauben, daß die das Ding gedreht haben. Wie die wochenlang die Post in Kleve beobachtet haben, wie sie auf dem Fahrrad hinter allen möglichen Postautos hergedüst sind. Abwechselnd, weil sie nur ein Fahrrad besaßen. Bis sie schließlich den richtigen Wagen ausgekundschaftet hatten. Da haben sie dann ein Auto geknackt, sind dem Transport nach Kranenburg gefolgt und haben beobachtet, wie die Geldkassetten ausgeladen wurden. Der Raub war übrigens schon der zweite Versuch. Beim ersten Mal hatte es mit dem Ausbremsen nicht geklappt, weil sie übersehen hatten, daß die Ampel in Nütterden eine Fußgängerampel ist, und sie ums Verrecken nicht auf Rot umsprang. Deshalb hat diesmal Tripp an der Ampel gewartet und im rechten Moment den Knopf gedrückt. Ich bring dir die Abschrift mit. Dann hast du heute abend was zu lachen.«

Eine Stunde später stand plötzlich Lowenstijn bei Toppe vor der Tür.

»Wie komme ich denn zu der Ehre?« Toppe war sich nicht ganz sicher, ob er sich über den Besuch freute.

Lowenstijn feixte. »Ich könnte sagen, ich hätte mir Sorgen um deinen Rücken gemacht, aber das wäre gelogen. Hast du Lust auf einen Waldspaziergang?«

»Ja, eine gute Idee. Warte einen Moment.«

Toppe zog sich Schuhe an und hängte sich einen Pullover über die Schultern.

Bis sie den Wald erreicht hatten, redeten sie über Belangloses, aber dann meinte Lowenstijn: »Ich habe mir etwas überlegt. Es gibt nur eine Möglichkeit, Eulenspiegel schnell zu schnappen.«

Toppe hielt den Blick auf den Waldweg geheftet und nickte. »Eine Falle.«

»Richtig.« Wenn Lowenstijn überrascht war, zeigte er es nicht. »Wir bauen ihm eine Falle.«

»Wir?«

»Ja! Ich biete euch meine Hilfe an. Und ich habe auch schon eine Idee.«

Toppe überlegte. Er hatte den Plan mit der Falle fast schon verworfen, weil er keinen von den anderen mit hineinziehen wollte. Wenn irgendwas dabei schief ging, stand ihr Job auf dem Spiel, und dafür wollte er die Verantwortung nicht übernehmen. Er hatte sich den Kopf zerbrochen, wie er allein Eulenspiegel reinlegen, stellen konnte, und war zu keiner Lösung gekommen. Aber zusammen mit Lowenstijn, das war möglich, das konnte funktionieren.

»Laß hören!«

»Also, was brauchen wir?« begann Lowenstijn. »Ein

Ereignis mit Öffentlichkeit und einen Prominenten, der im Mittelpunkt steht.«

»Einen Prominenten, der Dreck am Stecken hat. Aber da steht in nächster Zeit nichts an, Wim.«

Lowenstijn blieb neben einem Stapel dicker, frisch gefällter Buchenstämme stehen. »Dann müssen wir es eben inszenieren.«

Toppe sah ihn lange an. »Karin Hetzel«, meinte er schließlich.

»Ich sehe, wir liegen auf derselben Wellenlänge«, grinste Lowenstijn zufrieden. »Sagt dir der Name Bob Postma etwas?«

»Warte.« Toppe überlegte einen Augenblick. »Das ist doch der Besitzer vom Tivoli-Park in Berg en Dal, der drei Millionen in die Wiederbelebung der Bahnlinie Kleve-Nijmegen pumpen will.«

»Stimmt genau, und deshalb wird der Klever Heimat- und Verkehrsverein ihm eine Medaille verleihen.«

Das hatte auch Toppe in der Zeitung gelesen, aber es war nur eine kleine Notiz gewesen, ohne Angaben über Ort und Zeit.

»Das müssen wir eben ändern«, beharrte Lowenstijn. »Ich habe mich erkundigt: Die Sache steigt nächsten Donnerstag.«

»Das ist morgen in einer Woche. Verdammt knapp«, gab Toppe zu bedenken, doch er merkte, daß er längst Blut geleckt hatte. Am Montag hatte er seine Operation, aber bis Donnerstag mußte er wohl längst wieder auf den Beinen sein.

Lowenstijn lehnte sich gegen die Baumstämme. »Also, hör zu. Bob Postma schuldet mir einen größeren Gefallen.«

Toppe runzelte fragend die Stirn.

»Ich habe ihn vor ein paar Jahren aus einer Sache rausgehalten«, meinte Lowenstijn wegwerfend. »Nicht so wichtig jetzt. Auf alle Fälle würde er mitspielen. Karin könnte ab morgen den ganzen Lokalteil der Zeitung zuknallen mit Meldungen über die Medaillenverleihung, mit Lobeshymnen auf Postma. Aber auch mit kritischen Äußerungen über den Typ. Ich weiß nicht, vielleicht als getürkter Kommentar von einem fingierten Redakteur. Da wird Karin schon was einfallen. Soweit ich informiert bin, ist bisher noch nie ein Foto von Postma in einer deutschen Zeitung erschienen. Also kann ich problemlos in seine Haut schlüpfen. Jeden Tag ein hübsches Portraitfoto von mir in der *Niederrhein Post*. Oder eine Aufnahme, auf der ich vor dem Eingang zum Tivoli posiere. Das wäre doch was.«

»Nein, das wäre leider gar nichts, Wim«, sagte Toppe ernst. »So schön dein Plan sich auch anhört. Wenn Eulenspiegel tatsächlich ein Maulwurf ist, dann kennt er dich. Fast jeder im Präsidium kennt dich.«

»Verflucht, ja, das habe ich nicht bedacht.« Aber sofort leuchteten Lowenstijns Augen wieder. »Daniel! Das ist die Lösung! Schau nicht so skeptisch, Helmut. Ich hab dir schon gesagt, du würdest ihn nicht wiedererkennen, wenn er sich fein gemacht hat. Er ist die ideale Besetzung, glaub mir.«

Gutgelaunt stieß er sich vom Holzstapel ab. »Laß uns an die Arbeit gehen. Wir haben viel zu tun. Ein paar Leute müssen eingeweiht werden. Vor allem aber muß Karin her.«

»Bist du sicher, daß sie mitspielt?«

Lowenstijn zwinkerte verschmitzt. »Hundertprozentig.«

Sie machten sich auf den Rückweg, und Toppe versuchte, sein eigenes Hochgefühl zu dämpfen. »Wir müssen sehr, sehr umsichtig sein. Wenn irgendwas schief läuft, wenn irgend jemand zu Schaden kommt bei unserem Spiel, dann sind wir beide dran.«

Aber Lowenstijn tat das mit einer kleinen Handbewegung ab. »Ich habe dir doch schon erzählt, vielleicht mache ich bald meinen eigenen Laden auf. Wenn sie dich chassen, steigst du einfach bei mir als Partner ein.«

Toppe lachte. »Mit einem Startkapital von 50.000 vielleicht.«

»Ach ja, deine russischen Freunde. Wo ist das Geld eigentlich geblieben?«

»Liegt auf einem Notaranderkonto. Kein Mensch weiß im Moment, wem es eigentlich gehört.«

»Na, dir. Schließlich war es ein Geschenk, oder?«

»Aber wenn es unrechtmäßig erworben ist ... egal, darüber sollen sich andere den Kopf zerbrechen.«

Wie sich herausstellte, hatte Lowenstijn schon mit Bob Postma gesprochen und sogar einen »guten Bekannten« gefunden, der es »bewerkstelligen« konnte, daß alle Anrufe, die in den nächsten Tagen bei Postma eingingen, auf Lowenstijns Handy umgeleitet wurden.

»Bist du sicher, daß du mich überhaupt brauchst?« grinste Toppe.

»Du wirst jetzt Kontakt zum Heimat- und Verkehrsverein aufnehmen, oder glaubst du, die würden sich von einem Kaaskopp was erzählen lassen? Hand in Hand, mein Freund, Hand in Hand.«

Sie hatten es sich mit einer Kanne Tee an Toppes Schreibtisch bequem gemacht und warteten auf Karin Hetzel. Die stand dann mit einem großen Blumenstrauß vor der Tür: weißer Flieder.

»Für dich!«

Toppe stand sprachlos da und sah ziemlich betreten aus.

Karin lachte. »Der ist nicht von mir. Den hat mir gerade eine Fleuropbotin in die Hand gedrückt. Hier steckt eine Karte. Hm, sehr elegant.«

Toppe nahm ihr endlich die Blumen ab und ließ sie eintreten. »Geh schon mal in mein Zimmer. Du kennst dich ja aus. Ich suche nur schnell eine Vase.«

In der Küche legte er die Blumen ins Spülbecken, nahm ein Messer aus der Bestecklade und schlitzte den edlen, grauen Umschlag auf. Auf einer Doppelkarte mit feinem schwarzen Füller geschrieben: *Meine allerherzlichsten Glückwünsche und meine Hochachtung! (Ihr Team hat geplaudert – bitte nicht böse sein – es sind großartige Mitarbeiter. Kein Wunder bei dem Lehrmeister!) Ich möchte gern mit Ihnen über Ihre Gedanken zu »Eulenspiegel« sprechen, und ich denke auch, es ist höchste Zeit, daß wir einige Mißverständnisse aus dem Weg räumen. Haben Sie Lust, morgen mit mir zu Mittag zu essen?*

Mit herzlichen Grüßen Charlotte M. Meinhard.

Er setzte sich erst einmal hin. Diese Frau schaffte ihn wirklich. Ohne Frage wollte er mit ihr reden, ohne Frage hatte er eine Menge zu sagen, eine Menge Unangenehmes. Aber doch nicht jetzt! Doch nicht, wenn er gerade dabei war, diese kitzelige, halb legale Sache durchzuziehen. In dieser Situation hatte er nicht die Chuzpe, all das loszuwerden, was ihm auf der Seele brannte.

Kurz entschlossen rief er sie an, bedankte sich galant für die Blumen und entschuldigte sich mit einer »kleinen Unpäßlichkeit«. Gleichzeitig erklärte er ihr, daß er am Montag nicht, wie erwartet, seine Arbeit werde aufnehmen können, da er sich »einem kleinen Eingriff« würde unterziehen müssen. Vermutlich sei er danach für fünf Tage krankgeschrieben.

Er schämte sich ein bißchen, daß er ihre Verwirrung so genoß.

»Oh je, das ist sehr schade, Herr Toppe. Dann müssen wir unser Essen leider eine Weile verschieben, denn ab Montag bin ich für eine Woche in Wiesbaden, zur Evaluation des Modellversuchs.«

Astrid merkte sofort, daß etwas im Busch war, als sie am Abend nach Hause kam.

Der Einkaufszettel, den sie heute morgen beim Frühstück gemeinsam zusammengestellt hatten, lag immer noch auf dem Tischchen in der Halle, in der Küche war es dunkel, und Toppes Erklärung, als er bei ihrem Eintreten geistesabwesend von seinen Papieren aufsah – »es ist mal wieder keiner zu Hause, da dachte ich, ich lade dich schick zum Essen ein« – kaufte sie ihm nicht ab.

»Helmut Toppe, was ist los mit dir?«

»Nichts. Was soll denn los sein?« Aber seine Lippen waren ganz schmal dabei.

Sie kickte sich die Schuhe von den Füßen und zog die Jacke aus. »Puh, es ist richtig warm heute.« Dann zog sie das T-Shirt aus dem Hosenbund und streckte sich. »Also, sag schon, was ist los?«

Er seufzte. »Ich möchte lieber nicht mit dir darüber sprechen. Noch nicht. Es sei denn, du bestehst darauf.«

Sie schüttelte befremdet den Kopf. »Was sind das denn für Töne? Ja, ja, ich bestehe darauf, verdammt. Ich will wissen, was du hast.«

»Dann setz dich.« Er erzählte und versuchte dabei, alles ein bißchen herunterzuspielen. Erfolglos, natürlich.

»Mensch, das ist eine phantastische Idee! Wie weit seid ihr? Wann setzen wir uns zusammen?«

»Das ist der Punkt, Astrid. Wir setzen uns nicht zusammen. Ich ziehe die Sache mit Lowenstijn allein durch.«

»Wie bitte? Spinnst du? Warum denn?«

»Du kannst dir selbst ausrechnen, was los ist, wenn die Sache in die Hose geht, und da ziehe ich euch nicht mit rein. Dich am allerwenigsten.«

Sie sprang wütend auf. »Ach so, mich am allerwenigsten! Bist du noch gescheit? Selbstverständlich mache ich mit.«

Er seufzte wieder. »Ich wußte, daß du dich aufregst. Deshalb wollte ich dir auch nichts sagen. Es tut mir leid, Astrid, aber ich bleibe dabei: Ihr haltet euch da raus. Und wenn du dich auf den Kopf stellst.«

Sie warf ihre schwarze Mähne nach hinten und holte tief Luft. Toppe rechnete mit dem Schlimmsten, aber plötzlich lächelte sie süß und fuhr ihm durchs Haar. »Wir werden sehen, Liebster.« Dann ging sie hinaus.

Wenig später wurde die Haustür ins Schloß gezogen.

Er arbeitete noch eine Weile, führte ein paar Telefonate, aber irgendwann knurrte ihm der Magen, und er ging in die Küche, um sich einen Apfel und eine Portion Cornflakes zu holen. Als er die Milch in den Kühlschrank zurückstellte, hörte er wieder die Haustür. Neugierig guckte er um die Ecke. Da standen Heinrichs, van Appeldorn, Ackermann und Astrid in der Halle, und alle vier schauten ihn böse an.

»Was stellt ihr dar?« fragte Toppe grinsend. »Ein Exekutionskommando?«

»Könnte gut sein«, antwortete van Appeldorn mit Eisesstimme. »Das kommt ganz auf dich an.«

Heinrichs stütze die Hände auf die Hüften. »Ich bin beleidigt, daß du's weißt. Du hast mich persönlich zutiefst beleidigt. Und ich bin mir nicht sicher, ob ich das jemals vergessen kann.«

»Nu' macht doch kein Drama draus, Kinder«, stolperte Ackermann nach vorn. »Der Chef hat et doch bloß gut gemeint.«

Toppe lachte. »Ich geb' mich geschlagen.« Aber er konnte nicht behaupten, daß ihm richtig wohl dabei war.

26

Bis lange nach Mitternacht saßen sie in Toppes Zimmer zusammen und beratschlagten. Es war schnell klar, daß dies nur die erste von vielen gemeinsamen Sitzungen sein würde, und daß sie Platz brauchten. Astrid fiel der alte Klapptisch auf der Tenne ein, den Christian für Claras Wohnung verschmäht hatte, weil er ihm zu schäbig gewesen war. Sie rückten Möbel zur Seite, den Schreibtisch in die Mitte, den Klapptisch daneben, holten Stühle aus der Küche und hatten ihre »Kommandozentrale«.

Dann trugen sie die Fakten zusammen: Tripp und Bäcker hatten mit den Anschlägen nichts zu tun. Nicht nur, daß sie kein Motiv hatten und zu simpel gestrickt dafür waren, sie hatten auch Alibis für die Tatzeiten. Auch die Russenmafia steckte mit ziemlicher Sicherheit nicht dahinter. Dagegen sprach der Brief, den Toppe gekriegt hatte; für ein Ablenkungsmanöver waren 50.000 Mark ein zu teurer Spaß.

Eulenspiegel war ein Einzeltäter, das glaubte ja sogar die Meinhard mittlerweile.

Ein Geheimnis blieb das braune Isolierband. Bäcker hatte ihre Rollen in seinem Betrieb mitgehen lassen. Nur, wie war Eulenspiegel an dasselbe Material gekommen wie die Posträuber? Vielleicht hatte er sein Band auch irgendwo geklaut, schließlich bezogen etliche andere Elektriker im Kreis ihr Material beim selben Hersteller.

Wie sie es drehten und wendeten, Eulenspiegel mußte ein Maulwurf sein. Die Frage war nur, wo man ihn zu suchen hatte: in den Kreisen der Polizei? Oder war er einer von den Gästen, die zu den Veranstaltungen geladen gewesen waren?

»Ich hatte schon mal angefangen, die Listen der geladenen Prominenz zu vergleichen, um zu sehen, wer von denen überall dabei war«, sagte Heinrichs. »Das werde ich als erstes mal vervollständigen, gleich morgen früh.«

»Dat geht klasse mit dem PC«, schlug Ackermann vor. »Du gibst bloß alle Namen ein, un' den Rest macht dat Maschinken.«

»Bis ich alle Namen eingetippt habe, bin ich alt und grau.«

Es war ganz wichtig, daß nichts von ihrem Plan im Präsidium durchsickerte.

»Laßt keine Notizen rumliegen«, warnte Toppe. »Und führt keine Telefonate vom Büro aus, nichts über Funk. Nur Lowenstijn, Karin und wir fünf dürfen davon wissen.«

Van Appeldorn versuchte, aus alter Gewohnheit seine Füße hochzulegen, aber der Klapptisch war zu wackelig. »Die glorreichen Sieben«, knurrte er.

»Na, hoffentlich sind wir glorreich«, antwortete Toppe säuerlich.

Astrid stand auf. »Ich mache uns noch eine Kanne Kaffee. Hat jemand außer mir Hunger? Ich hab heute abend noch nichts gegessen.«

»Es ist kaum noch Brot da«, erinnerte Toppe sie. »Aufschnitt schon gar nicht.«

»Ich weiß, aber in der Kühltruhe ist noch ein ganzes Paket Frühlingsrollen, zwölf Stück.«

»Loempias!« freute sich Ackermann. »Da hätt' ich Bock drauf. Warte, Mädken, ich komm mit un' helf' dir. Habter Sojasauce da?«

Im Gemüsekorb in der Küche entdeckte er ein paar Zucchini. »Brauchter die noch? Sons' zauber' ich uns 'n leckeres Salätken draus. Schön süß-sauer, dat et paßt zu Indonesisch.«

Astrid schob zwei Bleche Frühlingsrollen in den Backofen, ließ Ackermann werkeln und ging zu den anderen zurück.

»Wenn Postma ab morgen in der *Niederrhein Post* zum Heiligen gemacht wird und die Medaille zum Staatspreis«, meinte sie, »wie sollen wir dann verhindern, daß die Chefin Wind davon bekommt? Die ist doch auch schon seit Tagen auf der Suche nach dem nächsten Großereignis.«

»Kein Problem«, erwiderte van Appeldorn gelassen. »Ab Montag ist die Meinhard weit weg vom Schuß, und sie hat mich für die Zeit zum Stellvertreter gemacht.«

»Natürlich ist das ein Problem!« fuhr Astrid ihn an, aber Toppe bremste sie mit einem kurzen Blick.

»Die Chefin kann es ruhig wissen«, sagte er. »Es muß alles so normal wie möglich ablaufen. Nicht nur die Meinhard wird bei der Medaillenverleihung sofort an Eulenspiegel denken. Natürlich muß die Veranstaltung genauso gesichert werden wie die Kurhauseröffnung und Moyland.«

»Sonst weiß Eulenspiegel sofort, daß was faul ist.« Heinrichs klaute sich schon die zweite Zigarette aus van Appeldorns Päckchen. »Falls er wirklich ein Maulwurf ist.«

»Ich soll also Flintrop mit seiner Schupo-Truppe ganz normal einsetzen?« fragte van Appeldorn.

»Ja«, nickte Heinrichs. »Und wir werden als K 1 vor Ort sein, so als wäre es ganz offiziell.«

»Ganz offiziell habe ich es heute schon gemacht, als ich mit dem Heimatverein telefoniert habe«, gab Toppe zu. »Mit dem Vorsitzenden treffe ich mich morgen früh.«

»Jetzt erzähl uns was von Postma. Wie ist seine Geschichte?« wollte Astrid wissen.

»Die echte oder die, die wir uns für die Presse ausgedacht haben?«

»Beides!«

»Vorsicht! Heiß un' fettich!« rief Ackermann und balancierte ein vollgepacktes Tablett ins Zimmer.

»Gutes Timing«, lächelte Toppe. »Ich erzähl's euch beim Essen. Ist genau die richtige Unterhaltung.«

Karin Hetzel hatte schnell gearbeitet. Schnell und intelligent.

Der erste Artikel legte den Schwerpunkt auf die große Bedeutung der Bahnlinie, die eigentlich schon so lange wieder in Betrieb genommen gehörte, wofür aber bisher keine ausreichenden Mittel vorhanden gewesen waren. Die verschiedenen Initiativen, wie *Pro Bahn*, waren erwähnt und natürlich Postma als der Mann, der alles möglich machte. Auch sein privates Interesse an der Bahnlinie – ein regelmäßig verkehrender historischer Zug, der über ein Nebengleis direkt den Tivoli-Park anlief – wurde nicht verschwiegen. Der Text war nicht zu kurz und so plaziert, daß er einem sofort ins Auge fiel. Flankiert wurde er von drei Fotos: einem Diagramm des Streckenverlaufs, einem Bild vom Kranenburger Bahnhof, der durch die wiederbelebte Bahnstrecke endlich wieder einen Zweck bekommen würde, und einer leicht unscharfen Aufnahme von Bob Postma, respektive Daniel Baldwin, die Karin Hetzel bei ihrem letzten Besuch in Hochelten gemacht hatte.

Die Fotos von Baldwin für die nächsten Ausgaben sollten heute nachmittag gemacht werden, und Toppe würde dabei sein, um ihn kennenzulernen. Es war nicht so, daß er Lowenstijn nicht traute, aber er wollte sich doch lieber selbst ein Bild machen.

Doch zuerst mußte er mit dem Mann vom Heimatverein sprechen.

Um zwei Uhr holte Karin ihn zum Fototermin ab.

»Kommt Wim nicht mit?« wunderte sichToppe.

»Der ist in Nimwegen, um irgendwas wegen der Telefonleitung zu klären.«

Daniel Baldwin stand neben Karins Auto und sah beeindruckend aus: anthrazitfarbener Zweireiher, schneeweißes Hemd, Windsorknoten in der Seidenkrawatte, glänzendes Schuhwerk; rosig glatt rasiert, bis auf den akkurat gezwirbelten Schnurrbart, das rostbraune Haar wie mit dem Lineal gescheitelt.

Seine hellgrauen Augen guckten immer noch skeptisch, aber nicht mehr ganz so abweisend wie bei ihrer ersten Begegnung. Toppe schüttelte ihm die Hand und stammelte linkisch herum, weil er nicht wußte, welche Sprache denn nun angesagt war.

»Guten Tag, Herr Toppe«, sprach Baldwin reserviert und hob dabei das Kinn. »Wir können Duits miteinander praten. Ick bin noch lange nit perfekt, aber es kommt wohl.«

Toppe nickte und drückte noch einmal Baldwins Hand. Der Akzent hätte jeden Linguisten in die Knie gezwungen: Baldwins Deutsch war niederländisch gefärbt, gleichzeitig hatte sein Holländisch einen deutlich englischen Einschlag. Diese Mischung, gepaart mit seiner britischen Butlerhaltung – sorry Sir, aber ich sehe nur aus wie ein Lakai – war rührend liebenswert. Jetzt wußte Toppe, was Lowenstijn gemeint hatte, als er sagte, Daniel sei die ideale Besetzung. Hinter allem Glattgebügelten ahnte man den stolzen britischen Arbeiter, kraftstrotzend, schon wegen der Schultern und der Hände, und alles zusammen ergab etwas Halbseidenes, unterschwellig Gefährliches.

Genau diese Rolle hatten Toppe und Lowenstijn Postma ins Drehbuch geschrieben. Der Holländer hatte sich köstlich darüber amüsiert, und Toppe wollte überhaupt nicht wissen, wie nah sie an die Wirklichkeit herangekommen waren, es reichte ihm, wenn Lowenstijn das wußte. Postma bestand allerdings darauf, daß dieses

Bild, wenn die Geschichte vorüber war, ausführlich in der internationalen Presse richtiggestellt wurde. »Kostenlose Werbung für meine Park, Sie verstehen, Commissaris?« Lowenstijn hatte den Pakt ohne Zögern per Handschlag besiegelt.

Toppe war ganz froh, daß er Daniel den Beifahrersitz überlassen hatte, denn Karin Hetzel fuhr, wenn man es nett ausdrücken wollte, ein wenig abenteuerlich. Dabei war die Landschaft, durch die sie kamen, gerade jetzt im späten Frühling ausgesprochen lieblich. In Wyler überquerten sie die Grenze. Das Dorf lag auf dem Kamm einer Endmoräne, rechts zogen sich talwärts weite Wiesen, Gehölze und Felder; Felder, auf denen im letzten Krieg die letzten Schlachten geschlagen worden waren. Gleich hinter der Grenze, wo die Moräne steil abfiel, begann ein uralter Buchenwald, glatte, fast schwarze Stämme mit zartem Mailaub. Das Sonnenlicht machte einen Zauberwald daraus. Nach ein paar Kilometern kamen sie zum Tivoli-Park mit seinem Entree aus den fünfziger oder sechziger Jahren. Es paßte genauso wenig in den Zauberwald wie das aufgemotzte Pannekoekenhuis schräg gegenüber.

Weder Toppe noch Karin Hetzel hatten Lust auf einen Vergnügungsparkbesuch. Fotos von Daniel Baldwin vor dem Eingangsschild und neben dem Kassenhäuschen reichten völlig. Daniel befolgte ernsthaft und konzentriert Karins Anweisungen, wechselte ein paar holländische Floskeln mit der Kassiererin, stieg wieder ins Auto und schwieg sich aus. Erst als sie auf Toppes Hof ankamen, gestattete er sich ein paar Sätze: »Ick hoffe, now ist alles gut. Ick denke, wir werden ...«, und plötzlich lächelte er und faßte Toppes Hand, »... entlang gehen sehr gut zusammen.«

Das dachte Toppe auch.

Vor acht Uhr würden die glorreichen Sieben nicht zusammentreffen. Er hatte also reichlich Zeit, endlich die versäumten Einkäufe nachzuholen und dann etwas für alle zu kochen. Gabi war richtig sauer gewesen, daß sie heute kein anständiges Frühstück bekommen hatte. Schon früher hatte sie sich immer aufgeregt, wenn er über seiner Arbeit alles andere vergaß.

Was konnte er kochen für so viele Leute? Eine Rindfleischsuppe? Nein, ein Chili wäre gut.

Er komplettierte seine Einkaufsliste und machte sich auf den Weg.

Wie gestern saßen sie um den improvisierten Schreibtisch herum und überlegten, diesmal alle sieben.

»Wo?« fragte Toppe in die Runde. »Wir müssen schnellstens den Ort festlegen, an dem die Sache steigen soll.«

Lowenstijn zog das Jackett aus und knöpfte langsam seine Weste auf. »Vorzugsweise ein Gebäude, das sich gut präparieren läßt. Vor allem aber sollte es sich gut abriegeln lassen, falls der Kerl uns – wider Erwarten – durch die Lappen geht. Also am besten keines, das mitten in der Stadt liegt.«

Toppe nickte. »Der Vereinsvorsitzende hatte das Kurhauscafé oder den Ratssaal vorgeschlagen. Beides habe ich abgelehnt. Ich hoffe, das war in eurem Sinne.«

»Wie wär's mit Schmithausen?« schlug van Appeldorn vor.

Haus Schmithausen am alten Deich in Kellen, die ehemalige Zollstelle der Klever Herzöge, war ein Kleinod, in dem heute die Euregio ihren Sitz hatte, das aber auch für alle möglichen kulturellen Ereignisse genutzt wurde.

»Sehr gut«, sagte Toppe. Das Gebäude lag günstig, in drei Himmelsrichtungen eingerahmt von feuchten Wiesen, an der Front führte die Landstraße vorbei, keine Gebäude gegenüber. Es ließ sich hervorragend abriegeln.

»Die Frage ist nur«, meinte Heinrichs skeptisch, »ob wir das so kurzfristig buchen können.«

Toppe griff zum Telefon. Die Nummer des Vorsitzenden vom Heimatverein kannte er inzwischen auswendig.

Der Mann würde sich darum kümmern; er hatte beste Beziehungen zur Euregio.

»Wir müssen dafür sorgen, daß die Zahl der Anwesenden bei der Veranstaltung so klein wie möglich ist«, sagte Toppe, als er aufgelegt hatte. »Wir dürfen einfach niemanden unnötig gefährden.«

Van Appeldorn sah ihn mitleidig an. »Träum weiter! Wie willst du das denn bewerkstelligen bei dem Presserummel?«

Bevor Toppe antworten konnte, meldete sich Karin Hetzel zu Wort: »Das ist doch ziemlich simpel. Ich gebe in der Zeitung bekannt, daß es sich um eine ›geschlossene Gesellschaft‹ handelt. Nach Moyland dürfte das keinen mehr wundern.«

Walter Heinrichs hatte heute die Gästelisten aller Ereignisse überprüft: Nur sechs Personen waren überall dabei gewesen, unter ihnen der Bürgermeister und der Stadtdirektor. »Der Ministerpräsident kommt wohl nicht in Frage«, feixte Heinrichs. »Der wäre in Bimmen bestimmt aufgefallen.«

Toppe holte den Topf mit dem Chili aus der Küche und stellte ihn mitten auf den Tisch, Astrid reichte Teller und Gabeln herum, Ackermann öffnete Bierflaschen. Heinrichs nahm die große Kelle und verteilte den Eintopf. Van Appeldorn ließ sich eine doppelte Portion geben.

Nach dem zweiten Bissen nahm Astrid den Faden wieder auf. »Wir halten die Veranstaltung also so klein wie möglich. Am liebsten nur die Leute vom Heimatverein und wir.«

»Entschuldige«, van Appeldorn hob seine Gabel, »aber das ist Schwachsinn. Selbstverständlich müssen der Bürgermeister, der Stadtdirektor und die anderen Megapromis eingeladen werden. Schließlich gehen wir davon aus, daß einer von denen Eulenspiegel sein könnte.«

Toppe behielt seine Gedanken lieber für sich: Wenn Eulenspiegel an dem Abend tatsächlich zuschlug und sie nicht rechtzeitig am rechten Ort waren, verlor er seinen

Job samt Pensionsberechtigung, das war sowieso klar. Wenn aber einer von der Klever Prominenz dabei zu Schaden kam, wanderte er erst mal unverzüglich in den Knast.

Karin Hetzel leckte sich die Lippen. »Mm, das war köstlich. Falls du mal keine Lust mehr hast, Polizist zu sein, Helmut, kannst du jederzeit als Koch arbeiten. So, und jetzt muß ich mich sputen. Wenn das mit der ›geschlossenen Gesellschaft‹ morgen noch erscheinen soll, muß ich es sofort in die Schlußredaktion geben. Und ihr solltet dafür sorgen, daß die Einladungen an die Offiziellen morgen rausgehen. Ist sowieso schon ungewöhnlich spät.«

Am Freitag wachte Toppe schon um halb sechs auf. Sein Zimmer war immer noch verraucht, obwohl er die ganze Nacht das Fenster weit offen gelassen hatte.

Bestimmt war die Zeitung schon da.

Leise ging er durch die Halle und öffnete behutsam die Haustür. Die *Niederrhein Post* lag wie jeden Morgen auf der Fußmatte, aber heute hatte sie jemand mit einem Strauß gelber Rosen dekoriert.

Die Karte, die zwischen den Blütenköpfen steckte, war kitschig bunt. *Er lebe hoch!* stand da in großen Lettern. Toppe klappte sie auf: *Herzlichen Glückwunsch zu Ihrem Erfolg. Jetzt fehlt nur noch Eulenspiegel. Ihre russischen Freunde.*

Unwillkürlich sah Toppe sich um. Woher wußten die, daß er bei Bäckers und Tripps Verhaftung dabei gewesen war? Woher wußten die – wer auch immer »die« sein mochten –, daß er die entscheidende Idee gehabt hatte?

Sein Blick blieb an seinem offenen Fenster hängen, und ihm wurde ein bißchen mulmig.

Karins Artikel stand gleich auf der ersten Seite des Lokalteils. Um ein großformatiges Foto von Postma-Baldwin gruppierte sich der Text. Es ging um die erstaunliche Großzügigkeit des Holländers und um den Dank, zu dem man verpflichtet sei, denn ohne seine Finanzspritze wäre die Wiedereröffnung der Bahnstrecke niemals in Frage gekommen. Am Ende war noch einmal die Medaillenverleihung erwähnt, und es wurde mit einem ironischen Unterton darauf hingewiesen, daß es sich um eine geschlossene Gesellschaft mit handverlesenen Gästen handeln würde.

Am frühen Nachmittag meldete sich der Vorsitzende des Heimatvereins: Er hatte Haus Schmithausen für nächsten Donnerstag gebucht. Die Veranstaltung würde um 19 Uhr beginnen. Den Schlüssel zum Haus hatte man ihm schon ausgehändigt. Die Einladungen an die Gäste, die Toppe ihm genannt hatte, waren heute per Boten rausgegangen, und bis jetzt hatte es noch keine Absage gegeben.

Heute abend gab es für alle nur ein paar Mettbrötchen und Kaffee.

Heinrichs wischte sich die fettigen Finger an einem Papiertaschentuch ab. »Eines bereitet mir schon die ganze Zeit Sorgen«, meinte er. »Was ist, wenn Eulenspiegel uns genauso ein Schnippchen schlägt wie in Moyland? Wir konzentrieren uns auf Postma, und Eulenspiegel stürzt sich auf ganz jemand anderen.«

»Auf Helmut, zum Beispiel«, warf van Appeldorn ein, aber Toppe ging darüber hinweg.

»Wir dürfen uns halt nicht nur auf Postma konzentrieren. Natürlich müssen wir jeden einzelnen Gast genau im Auge behalten.«

»Ja.« Karin Hetzel verstand. »Nicht nur zu deren Schutz, sondern auch weil einer von denen Eulenspiegel sein könnte.«

»Und natürlich müssen wir uns gegenseitig im Auge behalten, falls einer von uns der Maulwurf ist«, flachste van Appeldorn wieder.

»Du gehst mir wirklich auf die Nerven, weißt du das«, schimpfte Astrid und drehte sich betont von ihm weg. »Wir sind zu sechst, da müßte es doch wohl möglich sein, die paar Leute zu bewachen.«

»Vergiß die Presse nicht«, erinnerte Heinrichs sie. »Man weiß vorher nie, wieviele von denen kommen.«

»Müßte man die Presseleute nicht auch in den Kreis der Verdächtigen aufnehmen?« fragte Karin.

Alle schauten sie an und überlegten. Daran hatte noch keiner gedacht. Sie hob unsicher die Schultern. »Ich meine ja nur ...«

»Da meinst du gar nicht so falsch«, munterte Lowenstijn sie auf. »Ich könnte übrigens ein paar zusätzliche Leute mitbringen. Es gibt eine Menge Kollegen, die mir noch einen Gefallen schulden.«

»Um Gottes willen!« rief Toppe. »Bloß nicht auch noch internationale Verwicklungen.«

Van Appeldorn hatte heute mit Flintrop gesprochen und wollte morgen mit ihm eine Ortsbegehung machen, um zu entscheiden, wieviele Polizisten sie brauchten.

»Ich will keinen von denen im Haus haben«, meinte Toppe bestimmt.

»Das war mir klar«, antwortete van Appeldorn. »Ich hab ihm schon gesagt, daß ich ihn für eine engmaschige Außensicherung brauche.«

Eine große Unbekannte gab es in ihrem Spiel: Wenn Eulenspiegel ihren Köder schluckte und Postma eine von seinen aparten »Lektionen« erteilen wollte, was würde er sich diesmal ausdenken? Würde er als vermeintlicher Reporter anrufen und Postma um ein Interview vor der Feier bitten, wie er es bei Geldek und Glöckner gemacht hatte? Vielleicht auch bei Bergfeld, aber das hatten sie ja leider nicht mehr herausfinden können.

»Und was tun wir, wenn die richtige Presse anruft?« fragte Heinrichs. »Es wollen doch bestimmt auch echte Journalisten Interviews mit Postma machen.«

Sie grübelten eine ganze Zeit lang. Schließlich meinte Lowenstijn: »Die Anrufe landen alle bei mir. Mit ein paar Gegenfragen müßte ich schon rauskriegen, ob ... nein, ich hab's! Ich lasse mir die Namen der Anrufer geben und sage denen, daß meine Sekretärin sich noch einmal melden würde, um den Termin zu bestätigen. Dann hat Karin Gelegenheit herauszufinden, ob es ein echter Redakteur war, der angerufen hat.«

Heinrichs zog die Mundwinkel nach unten und schüttelte den Kopf. »Damit würden wir Eulenspiegel vergraulen, ganz sicher. Den Braten riecht er.«

»Dem geht es um Publikum«, überlegte Astrid. »Also wird er doch, genau wie bei den anderen, einen Interviewtermin direkt vor der Feierstunde wollen. Folglich fallen die Reporter schon mal weg, die Stunden vorher oder hinterher mit Postma sprechen wollen oder denen der Zeitpunkt einfach egal ist.«

»Das ist wohl wahr«, sagte Lowenstijn. »Ich könnte ja ganz vorsichtig abwimmeln, wenn jemand vor der Veranstaltung ein Gespräch haben will. So in dem Tenor: muß es unbedingt dann sein, ich komme erst spät an. Wenn der Typ aber darauf besteht, sage ich zu.«

»Und ich kann ja auf jeden Fall überprüfen, ob es sich um echte Redakteure handelt«, bot Karin an. »Du mußt dir nur die Namen und die Zeitungen aufschreiben, Wim.«

»Nicht nötig, es wird immer ein Band mitlaufen. Die Leitung steht ab Montag morgen. Das hat mein Bekannter fest zugesagt.«

»Eins noch«, sagte Toppe. »Du bestimmst den Treffpunkt. Laß dich da auf nichts ein!«

Karin machte ihre Sache gründlich. Am Samstag hatte sie zwei Leserbriefe zum Thema Postma untergebracht, und damit sie auch niemandem entgingen, hatte sie in der ›Kleinen Spalte‹ auf der ersten Seite einen Hinweis darauf eingebaut: *Die Meinung über den holländischen Investor Postma scheint nicht ungeteilt zu sein; s. Leserbriefe.*

Der erste Brief war von einem Hans Eckel, der sich darüber empörte, daß man Postmas schmutziges Geld annehmen wollte, wo doch jeder wußte, daß der Mann mehrere Bordelle und Saunaclubs betrieb.

Der zweite Brief kam von einer Frau, die in einem der *Puffs* gearbeitet hatte: *Ich kenne diesen Mann und seine*

Methoden, und ich weiß, daß er auch vor Menschenhandel und Kinderprostitution nicht Halt machen würde (Name ist der Redaktion bekannt).

Einen großen Teil des Wochenendes verbrachten sie im Haus Schmithausen. Dort gab es im ersten Stock den Saal, in dem der Festakt stattfinden sollte, und im Erdgeschoß das ›Biedermeierzimmer‹, das für kleine Veranstaltungen genutzt wurde. Die anderen drei Räume waren Büros der Euregio.

Sie waren sich sofort einig, Toppe hätte es nicht zu sagen brauchen. »Also, Wim, du lockst ihn ins Biedermeierzimmer.«

Der Raum war perfekt. Er hatte nur eine Tür und zwei große französische Fenster, hinter deren burgunderfarbenen Samtportalen sich zwei Leute unbemerkt verstekken konnten.

»Du und ich?« fragte Lowenstijn.

»Wer sonst?« meinte Toppe mit düsterem Lächeln.

Sie brauchten keinen Plan zu zeichnen, der Grundriß war denkbar einfach, und die Postierung der Schupos ergab sich von selbst.

Van Appeldorn erteilte Flintrop die Anweisung, ab 18 Uhr jeden ins Gebäude zu lassen, aber niemanden mehr hinaus, ohne daß Toppe oder er das persönlich genehmigt hatten.

Am Sonntag abend, es war schon fast elf Uhr, fiel Toppe ein, daß sie etwas Wichtiges vergessen hatten. Als er umgehend den Vereinsvorsitzenden anrief, wirkte der zum ersten Mal leicht ungehalten. Bisher hatte er gut mitgearbeitet, schien sogar ein wenig stolz auf seine Rolle gewesen zu sein.

»Aber natürlich müssen wir wenigstens Sekt ausschenken!«

»Dann soll der Partyservice den um 17 Uhr anliefern und sofort wieder abfahren. Ich will nicht, daß diese Leute da rumscharwenzeln.«

»Das geht doch nicht. Wie sollen wir den Sekt denn über zwei Stunden lang kühlen?«

»Ihnen wird sicher etwas einfallen. Ich verlasse mich auf Sie.«

Der Mann gab sich geschlagen. »Sie sind aber ein ganz Hundertprozentiger.«

»Hundert Prozent reichen bei Eulenspiegel nicht. Wir müssen mindestens zweihundert bringen.«

27

Toppe litt still vor sich hin.

Astrid hatte sich den Montag nachmittag frei genommen und Toppe zu seiner Operation gefahren. Die hatte er, für seine Verhältnisse, außerordentlich tapfer überstanden. Auf der Rückfahrt hatte er sogar Witze gerissen und behauptet, das Ganze sei doch wirklich ein Klacks, und er verstünde gar nicht, wieso manche Männer so ein Theater darum machten.

Aber jetzt, zwei Stunden später, ließ so langsam die Betäubung nach, und es fing an, gemein weh zu tun.

Mit weit gespreizten Beinen saß er in seinem Lieblingssessel. Astrid hatte ihm zwei Eisbeutel gebracht und sich zum Händchenhalten neben ihn gesetzt, aber er hatte behauptet, er wolle ein wenig schlafen. Wenn es ihm schlecht ging, war er schon immer am liebsten allein gewesen. Sie war dann zu Gabi in die Küche gegangen.

Die beiden Frauen tranken Tee und plauderten gemütlich.

»Wann fängst du denn jetzt in Goch an?« fragte Gabi.

»Im Januar, aber eigentlich habe ich das Gefühl, ich arbeite schon da. Die Chefin will, daß ich die ganze Vorbereitung mitgestalte. Wenn wir nicht gerade Eulenspiegel am Hals hätten, wäre ich wahrscheinlich kaum noch im Präsidium. Vor ein paar Tagen kam sie wieder mit einer neuen Idee. Die Frau hat ein Tempo am Leib, da bleibt dir die Luft weg! Sie hat mich gefragt, ob ich, wenn das

Dezernat in Goch in Schwung gekommen ist, nicht Lust hätte, Psychologie zu studieren. Bei dem Mangel an Polizeipsychologen würde ich vermutlich sogar das ganze Studium finanziert kriegen, meinte sie.«

»Und was hast du gesagt?«

»Noch nichts, aber reizen tät's mich schon.«

Gabi verschränkte die Hände im Nacken und lächelte versonnen. »Ich habe im Augenblick ganz andere Sachen im Kopf.« Sie betrachtete bewundernd Astrids Busen. »Ich glaube, ich kaufe mir auch so ein Ding. Henry steht auf so was. Sind die eigentlich teuer?«

Astrid verstand kein Wort. »Ist wer teuer?«

»Na, diese Push-up Bras, diese Wonderdinger.«

»Ich habe keine Ahnung. Ich trage doch so gut wie nie einen BH.«

Gabi guckte ungläubig. »Dann muß deine Bluse eingelaufen sein.«

»Quatsch, die ...« Astrid hielt mitten im Satz inne, und sie sahen sich mit großen Augen an.

»Kann es sein, daß du ...« Gabi wollte es nicht aussprechen.

»Nein, natürlich nicht«, antwortete Astrid schnell. »Obwohl, ich habe ziemlich geschlampt mit der Pille in letzter Zeit, und wenn ich's mir genau überlege ...« Sie sprang auf. »Wie spät ist es?«

»Viertel nach sechs.«

»Dann hat unsere Apotheke ja noch auf.«

Sie lief zu Toppe ins Zimmer, besann sich aber. »Du, ich muß noch schnell was besorgen, bevor die Läden zu machen.«

Er sah sie aus waidwunden Augen an. »Ich brauche neue Eisbeutel. Die hier sind schon ganz warm.«

»Ich sage Gabi Bescheid. Bis gleich. Bin in einer Viertelstunde zurück.«

Gabi war beinahe genauso aufgeregt wie Astrid. »Diese neuen Tests sind toll. Als ich meine Schwangerschaften hatte, funktionierten die nur mit Morgenurin, und danach durftest du auch noch stundenlang warten.«

»Welch ein Glück, daß ich vorhin so viel Tee getrunken habe.«

»Ich geh solange raus.«

»Blödsinn! Gib mir mal das Teströhrchen.«

Es dauerte nur wenige Minuten.

Schwanger!

Gabi zog sie in ihre Arme. »Warum weinst du denn?«

»Wenn ich das wüßte«, schniefte Astrid. »Wahrscheinlich habe ich einfach zu viele Gefühle auf einmal, und die streiten sich ganz furchtbar.«

Gabi streichelte sie. »Du hast es dir so lange gewünscht.«

»Ja, schon, aber ...« Dann wischte sie sich mit einer trotzigen Geste die Tränen weg, riß ein Stück Klopapier ab und putzte sich die Nase. »Ich gehe jetzt und sag's ihm.«

»Ja, tu das.« Gabis Lächeln war warm und ein ganz kleines bißchen wehmütig.

Toppe saß immer noch mit geschlossenen Augen unbeweglich im Sessel.

»Helmut?«

Nur zögernd hob er die Lider.

»Ich bin schwanger, Helmut. Wir kriegen ein Kind.«

Seine Schmerzen waren schlagartig verschwunden, aber sprechen konnte er nicht. Auch mit dem Denken haperte es noch ziemlich lange.

Es wurde schon hell, als sie endlich alles zu Ende gedacht, gefühlt und geredet hatten. Sie lagen in Toppes Bett, er unbequem breitbeinig auf dem Rücken, Astrid sehr vorsichtig an ihn gekuschelt.

»Du müßtest jetzt eigentlich deine Hand auf meinen Bauch legen und irgendwas ganz Romantisches sagen.«

»Ich würde meine Hand ganz woanders hinlegen, wenn ich nicht ...« Und dann lachte er auf einmal laut: »Völlig absurd! Aber verdammt schön. Am liebsten würde ich das Unternehmen Eulenspiegel abblasen. Stell dir vor, dir passiert was. Stell dir vor, ich verliere meine Arbeit.«

»Ach was«, murmelte Astrid, schon im Halbschlaf. »Nichts wird passieren, alles wird gut gehen.«

28

Sie hatten beschlossen, Astrids Schwangerschaft erst einmal geheimzuhalten, und über die letzten Vorbereitungen für Donnerstag kamen sie beide auch nicht dazu, sehr intensiv darüber nachzudenken. Nur manchmal tauschten sie einen besonderen Blick, aber das schien niemandem aufzufallen.

Am Dienstag erklärte Toppe der Familie, daß ihr Telefonanschluß ab heute für jedes Privatgespräch gesperrt war. Oliver tobte, denn für gewöhnlich telefonierte er täglich stundenlang mit Steffi, meistens schon bevor er zur Schule fuhr, dann noch einmal, wenn er von der Schule nach Hause kam, und am längsten, wenn sie sich gerade getroffen und ausgiebig verabschiedet hatten. Nachdem er eine Weile rumgebrüllt hatte, besann er sich und versuchte zu verhandeln: wenigstens eine halbe Stunde am Tag. Aber Toppe ließ sich auf nichts ein. Bei ihm würden ab jetzt alle Information eingehen, und er würde sie weiterleiten.

Abends lösten sie das letzte große Problem: Wie sollten sie sich im Haus Schmithausen verständigen? Das 2-Meter-Band kam nicht in Frage, denn auf dieser Funkfrequenz konnte sich Eulenspiegel, wenn er zur Polizei gehörte, jederzeit einklinken.

Karin hatte einen alten Kontakt aufgewärmt und über den WDR sechs Knopfmikrofone und die entsprechenden Knöpfe fürs Ohr besorgt. »Ich weiß nur nicht, wie man die Anlage bedient.«

»Dat übernehm' ich«, bot Ackermann sofort an. »In so wat is' mein Neffe firm. Der zeicht mir dat.«

Jetzt konnten sie nur noch warten.

Am Mittwoch riefen zwei Reporter von lokalen Käseblättchen bei Postma-Lowenstijn an. Sie wollten Vorabinterviews, ließen sich aber problemlos auf einen Termin nach der Veranstaltung vertrösten. Karin überprüfte die beiden trotzdem – sie waren sauber.

Es klappte alles wie am Schnürchen.

Am Donnerstag um zwanzig vor zwölf meldete sich Lowenstijn wieder. »Gerade hat einer von dem *Magazin für Eisenbahnfreunde* aus Hannover angerufen. Ein Herr Frisch. Er will das Interview unbedingt heute abend um 18.30 Uhr, da er schon eine Stunde später einen anderen Termin am Bahnhof in Kranenburg hat. Ich habe zugestimmt. Um 18.30 Uhr im Biedermeierzimmer. Bist du wieder fit? Kannst du gehen?«

»Ganz gut schon wieder.«

Toppe leitete den Anruf sofort weiter, und schon zehn Minuten später rief Karin Hetzel zurück. Sie brauchte es nicht auszusprechen, er hörte es an ihrer Stimme, als sie sich meldete. »Er hat angebissen! Dieser abgezockte Kerl! Es gibt tatsächlich einen Redakteur Frisch bei dem Magazin – den muß er aus dem Impressum haben – aber der hatte noch nie von Kleve gehört, geschweige denn von Postma.«

Sie hatten ihn an der Angel. Wenn jetzt keiner einen Fehler machte.

Das erweiterte K 1 traf um 16.30 Uhr in Schmithausen ein, um 17 Uhr rückte Flintrop mit seiner Mannschaft an, wenig später die vier Gastgeber vom Heimat- und Verkehrsverein.

Daniel Baldwin würde um 18.25 Uhr ganz standesgemäß im Jaguar vorfahren.

Klaus van Gemmern war müde, und eigentlich hatte er längst Feierabend, aber er haßte es, wenn Dinge halbfertig liegenblieben. Also hatte er seinen Abschlußbericht zum Postraub in Nütterden noch diktiert und ging jetzt zum Schrank, um die Asservate herauszunehmen und wegzuschließen: den großen Beutel mit den drei Rollen Isolierband aus Tripps und Bäckers Wohnung und den kleineren mit dem dicken Knäuel Isoband, das sie in Nütterden nach dem Raub sichergestellt hatten.

Später konnte er nicht mehr sagen, was ihn veranlaßt hatte, die Tüten mit den Asservaten vom Attentat auf Geldek zu öffnen. Das gab's doch nicht!

Dann betrachtete er Birkenhauers »Halsband« – genauso!

Das war doch niemals das gleiche Isoband wie beim Postraub!

Auf den ersten flüchtigen Blick vielleicht, aber wenn man es ins Licht hielt, sah man deutlich, daß der Braunton eine Spur heller, das Band sogar ein wenig schmaler war.

So unfähig konnte doch nicht einmal Rother sein!

Weil van Gemmern ein gründlicher Mensch war, begnügte er sich nicht mit dem Augenschein, sondern untersuchte verschiedene Proben unter dem Mikroskop. Das Resultat hätte eindeutiger nicht sein können. Er schüttelte den Kopf. Was war das für eine Sauerei?

Obwohl er die Ergebnisse schon kannte, überprüfte er noch einmal Rothers Berichte und die Analysen vom BKA: Alle bescheinigten, daß es sich bei dem Raub und bei den Attentaten um identisches Material gehandelt hatte.

Irgend jemand mußte die Proben hier im Labor ausgetauscht haben!

Wer? Und wie konnte das passieren? Die Labortür wurde immer sorgfältig verschlossen, wenn sie nicht da waren. Ob Rother es hin und wieder vergessen hatte? Er war abends ja oft der letzte gewesen, weil er so ehrgeizig darauf bedacht war, möglichst perfekt zu werden.

Van Gemmern wählte Rothers Privatnummer, erreichte aber nur dessen Frau. »Mein Mann ist in seinem Entwicklungslabor.«

»Dann geben Sie mir doch die Telefonnummer, bitte.«

»Tut mir sehr leid, aber er hat dort keinen Anschluß. Das würde ihn zu sehr von der Arbeit ablenken. Und sein Handy liegt hier. Das hat er wohl nicht mitgenommen.«

Dann mußte er eben zum Technologiezentrum fahren. Van Gemmern schloß das Labor ab und machte sich auf den Weg.

Um 18.15 Uhr nahmen Toppe und Lowenstijn ihre Positionen hinter den Vorhängen ein. Heinrichs ging hinauf in den großen Saal, Astrid postierte sich auf dem ersten Treppenabsatz, von wo aus sie beide Stockwerke im Blick hatte. Ackermann bediente die Mikrofonanlage von einem Holzverschlag unter der Treppe im Erdgeschoß aus. Von hier konnte er gleichzeitig den Eingang im Auge behalten. »Soundscheck«, hatten alle plötzlich seine Stimme im Ohr.

Im Technologiezentrum wurde um diese Zeit offenbar nicht mehr sehr intensiv gearbeitet. Nur hinter zwei Fenstern brannte Licht.

Van Gemmern ging auf das nächstgelegene zu und tickte mit dem Autoschlüssel gegen die Scheibe.

Nach ein paar Sekunden teilten sich die Lamellen der Jalousie, und ein Männergesicht erschien.

»Kripo«, rief van Gemmern. Das Gesicht verschwand. Wenig später kam der Mann nach draußen.

»Kripo? Habe ich das richtig verstanden?«

»Ja, van Gemmern. Eigentlich brauche ich nur eine Auskunft. Ich suche Dr. Rother. Wo hat der sein Labor?«

»Dr. Dr. Rother, meinen Sie wohl«, antwortete der Mann und grinste gemein. »Den habe ich seit Wochen hier nicht mehr gesehen. Leider! Wir warten nämlich darauf, daß der endlich seinen Krempel aus der Halle räumt.«

Um 18.28 Uhr hörten sie Ackermanns Stimme: »Daniel ist gerade vorgefahren.«

Dann kam Baldwin ins Biedermeierzimmer geschlendert, lässig beide Hände in den Hosentaschen. Langsam wanderte er an der Wand entlang und betrachtete die Gemälde. Kein einziges Mal sah er zu den Vorhängen hin. Er war wirklich gut. Das Bild, das zwischen den beiden Fenstern hing, schien ihn ganz besonders zu fesseln.

Da hörten sie Ackermann fassungslos keuchen. Dann sein heiseres: »Achtung!«

»Dieser tolle Doktor hat doch hier längst schon seine Kündigung gekriegt«, erklärte der Mann van Gemmern. »Was der nicht alles erzählt hat von verbesserter Lasertechnik und verschiedenen Oberflächen und Zusammenarbeit mit der DFG. Alles nur heiße Luft. Wollen Sie sich das angebliche Labor mal ansehen? Ich habe den Schlüssel.«

Van Gemmern staunte: In der Halle stand praktisch nichts; ein gekachelter Tisch mit einem steinalten Laser, eine Kabeltrommel. Alles war dick verstaubt, auch der Fußboden. Eine Trittstraße führte zu einem Kabuff rechts hinten. »Ist das sein Büro?«

»Wenn Sie es so nennen wollen. Sie können da ruhig rein. Habe ich keine Probleme mit. Der Kerl ist für mich sowieso gestorben.«

Auch im Büro gab es nicht viel zu sehen. Ein leerer Schreibtisch, zwei Regalbretter. Auf dem einen standen, sicher in vierzigfacher Ausführung, Rothers Dissertationen. Auf dem anderen ein paar Aktenordner. Van Gemmern nahm den ersten, der mit *Korrespondenz* gekennzeichnet war, heraus: Bettelbriefe an den Forschungsminister, an das Wirtschaftsministerium, an verschiedene Forschungsgesellschaften, blumige Beschreibungen seines »Projekts«, knappe Absagen, Formbriefe.

Der Mann redete immer noch ohne Punkt und Komma, aber van Gemmern hörte nur mit halbem Ohr hin. »Zuerst hat Rother mir ja noch leid getan. Der hat ja wirklich mal was auf dem Kasten gehabt. Zwanzig Jahre lang sein Lebenswerk aufgebaut, ein AKW, das nicht in Betrieb genommen wurde. Und dann durfte er das Ding auch noch über Jahre wieder abbauen. Der hat gut und gerne dreißig Jahre hart gearbeitet, sein ganzes Arbeitsleben – an ... nichts. Wie gesagt, anfangs hat er mir noch leid getan, aber jetzt? Der ist total bekloppt, wenn Sie mich fragen.«

Van Gemmern schlug den nächsten Ordner auf: aufgeklebte Zeitungsartikel, sorgfältig in Prospekthüllen gepackt. Er blätterte müßig, bis er auf den großen Artikel über Helmut Toppe, den alten Hasen, stieß. Erst dann blätterte er zurück und fand sie alle: Birkenhauer, Geldek, Glöckner, Bergfeld – und wieder Toppe.

Er drückte dem verblüfften Mann den Ordner in die Hand und sprintete zu seinem Auto.

Lautlos betrat er den Raum.

Baldwin betrachtete das Gemälde zwischen den Fenstern.

Schritt für Schritt kam er näher. Als er die Hand mit dem weißen Lappen hob, schlug Toppe den Vorhang zur Seite.

»Guten Abend, Herr Rother.«

Da war kein Schrecken, nicht einmal Überraschung in seinem Gesicht. Bedächtig fuhr seine rechte Hand in den grauen Mantel, zog die Pistole hervor. Seine Augen waren ausdruckslos, als er anlegte. Er lächelte.

Toppe zog seine Waffe, aber da fiel schon der Schuß.

Rother sackte zu Boden und blieb auf dem Rücken liegen. Sein Mantel war aufgeklappt. In beiden Innentaschen steckten rote Lackpumps.

Das Loch in seiner Brust war ungewöhnlich groß. Er atmete nicht.

Baldwin schüttelte bekümmert den Kopf, aber Wim Lowenstijn zuckte nur kurz mit den Schultern, schraubte den Schalldämpfer ab und steckte seine Waffe wieder ein.

Ackermann erschien in der Tür, dann Astrid.

Im Saal brandete Beifall auf. Der Vorsitzende hatte die Veranstaltung eröffnet.

Daniel Baldwin rückte seine Krawatte zurecht und knöpfte das Jackett zu. Dann stieg er über Rothers Körper hinweg und ging gemessenen Schrittes zur Tür und die Treppe hinauf.

Oben im Saal wurde es still, und jeder hörte ihn: »Meine liebe Freunde, verehrte Herrschaften. Ick weiß, meine Duits ist nickt perfekt, aber ick bin sicher, wir können entlang kommen ...«

Krimis von Leenders/Bay/Leenders

Königsschießen
Der erste Krimi mit dem Klever K 1
ISBN 3-89425-029-1 DM 14,80
»Das feucht-fröhliche Schützenfest in einem Dorf am Niederrhein endet jäh mit dem Mord am allseits beliebten Bäcker.« (Wiesbadener Kurier)

Belsazars Ende
Der zweite Krimi mit dem Klever K 1
ISBN 3-89425-037-2 DM 15,80
Das tote Genie liebte schöne Lolitas, die Honoratioren lieben große Feste, und Astrid Steendijk liebt es spontan und intensiv.

Jenseits von Uedem
Der dritte Krimi mit dem Klever K 1
ISBN 3-89425-045-3 DM 15,80
Auf der Herrensitzung im Karneval bricht Privatdetektiv te Laak tot zusammen - Giftmord? Welche Rolle spielen die beiden abgeschlachteten Zuchthengste? Was wollte te Laak vom dubiosen Apotheker Braun? Und wohin ist das Vermögen der toten Sopranistin verschwunden? Die Spuren führen Toppe und das Klever K 1 bis hinter Uedem...

Feine Milde
Der vierte Krimi mit dem Klever K 1
ISBN 3-89425-057-7 DM 15,80
Zwei tote Säuglinge in einem Kleinlaster und ein überfahrener Kripo-Mann nahe der holländischen Grenze - kein Sommerloch für die Klever Kripo.

Clara!
Der fünfte Krimi mit dem Klever K 1
ISBN 3-89425-071-2 DM 16,80
Wasserleiche, religiöser Wahn und Toppes Wohngemeinschaft, - und alles dreht sich um Clara.